# No Great Mischief

Alistair MacLeod

# 彼方なる歌に耳を澄ませよ

アリステア・マクラウド

中野恵津子 訳

CREST BOOKS
Shinchosha

この本をアニタ、「マバーンス・マクリー」（私の妻である愛しい人）にささげる。
また私たちの子供たち、
アレグザンダー、ルイス、ケネス、マリオン、ダニエル、アンドルーに感謝する。
もちろん、私たちの亡き息子ドナルドも含めて。

No Great Mischief

by

Alistair MacLeod



First Japanese edition published in 2005 by Shinchosha Company

Japanese translation rights arranged with

The McClelland & Stewart Inc.

through Japan UNI Agency, Inc., Tokyo.

Photograph ©Jim Richardson/CORBIS/Corbis Japan

Maps by pan art co.

Design by Shinchosha Book Design Division

彼方なる歌に耳を澄ませよ

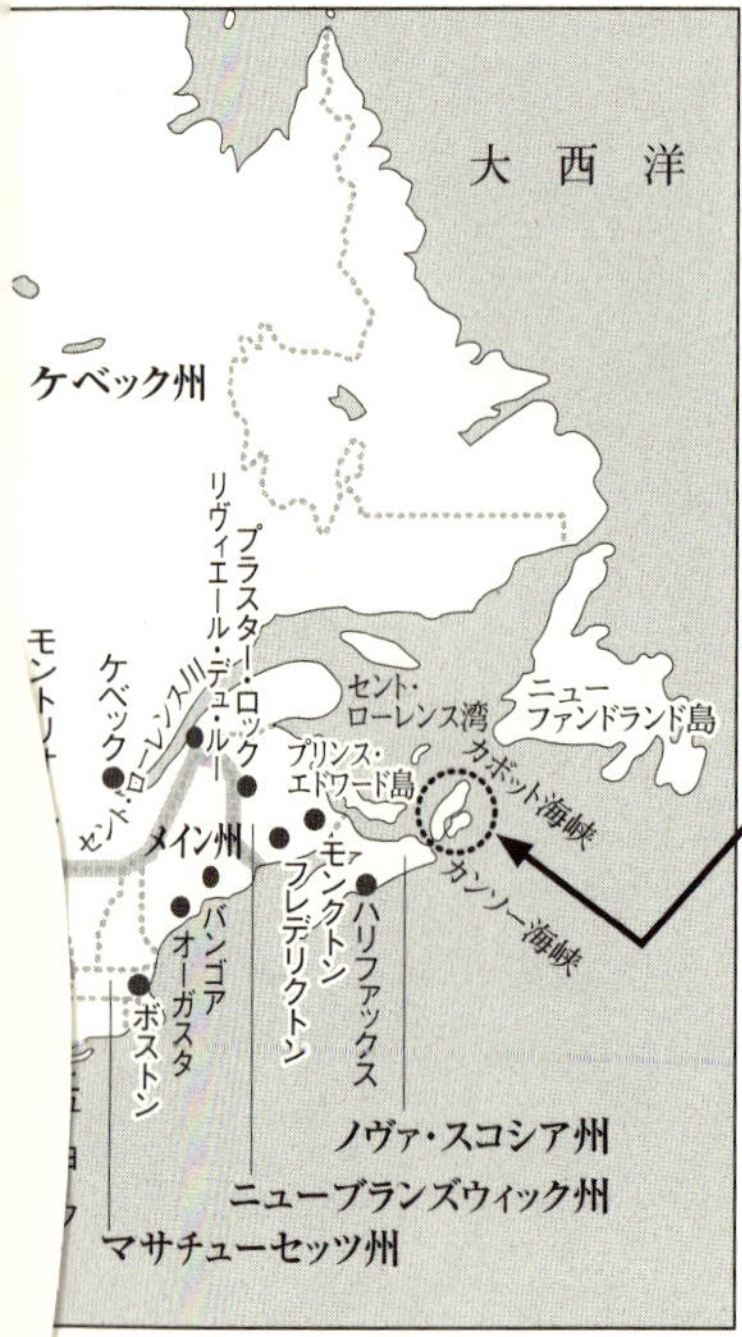
大西洋
ケベック州
ケベック
セント・ローレンス川
リヴィエール・デュ・ルー
プラスター・ロック
セント・ローレンス湾
ニューファンドランド島
プリンス・エドワード島
カボット海峡
カンソー海峡
メイン州
バンゴア
オーガスタ
ボストン
モンクトン
フレデリクトン
ハリファックス
ノヴァ・スコシア州
ニューブランズウィック州
マサチューセッツ州

ケープ・ブレトン島
カンソー・コーズウェイ
ブラドー湖
シドニー
ルイブール

シェトランド諸島
ローランド
ヘブリディーズ諸島
インバネス
バンフ
ハイランド
カローデン
アバディーン
グレンフィナン
グレンガリー
モイダート
フォート・ウィリアム
マル島
グレンコー
イギリス
グラスゴー
エディンバラ
スコットランド
北アイルランド
イングランド
ウェールズ
ロンドン

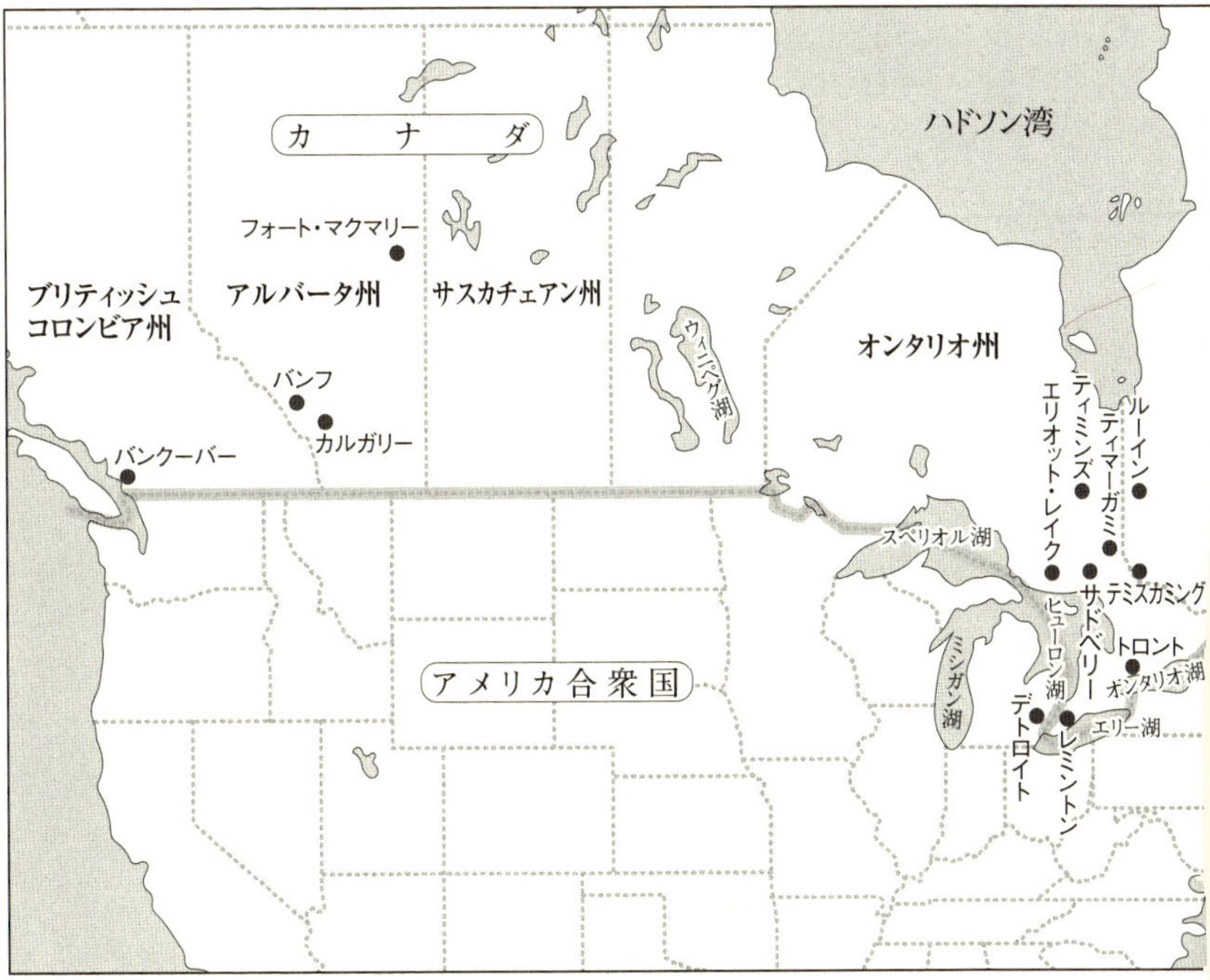
カナダ
ハドソン湾
フォート・マクマリー
ブリティッシュ
コロンビア州
アルバータ州
サスカチェアン州
ウィニペグ湖
オンタリオ州
バンフ
カルガリー
バンクーバー
エリオット・レイク
ティミンズ
ティマーガミ
ルーイン
スペリオル湖
サドベリー
テミスカミング
ヒューロン湖
ミシガン湖
トロント
オンタリオ湖
アメリカ合衆国
デトロイト
レミントン
エリー湖

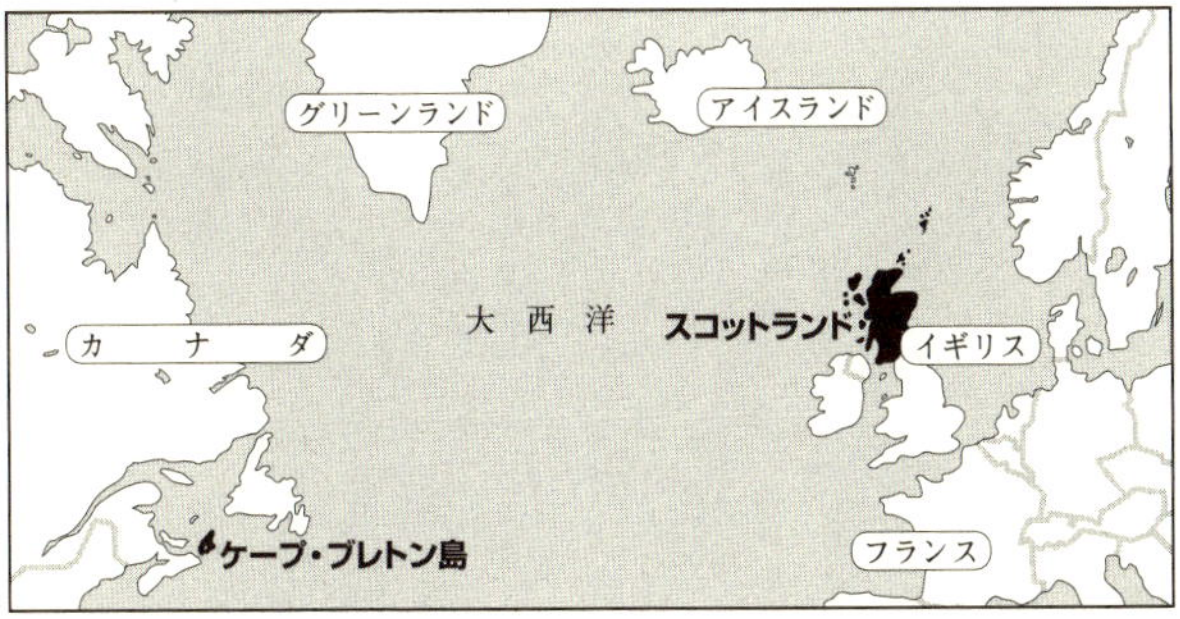
グリーンランド
アイスランド
大西洋
スコットランド
カナダ
イギリス
ケープ・ブレトン島
フランス

# 1

九月、黄金色の季節を迎えたオンタリオ州の南西部で、私はこの話を語りだそうとしている。明るく輝く秋の日射しをあびた大地の恵みは目をみはる豊かさで、まるでキーツの詩そのものの光景を見ているようだ。ハイウェイ3号線の沿道には小さな台が並び、秋の収穫の入った籠やいろいろな草花をぎっしりのせて売っている。「自分の手で収穫を」と書かれた看板が目を引く。そのスローガンを、家族ぐるみで実行している姿も見える。腰を曲げたり伸ばしたり、こぼれそうなほど中身の入った大きな籠を抱えてよろめいたり、リンゴやナシの木のなかに立てかけた梯子の上に立ったり。

大きな農場では、収穫作業はだいたい外《よそ》から来た労働者がやる。彼らも家族ぐるみが多い。労働者は「自分の手で収穫を」するためではなく、ここを出てゆくとき稼いだ金を手にして出るために働いている。この土地は自分の土地ではないからだ。カリブ海の島から来る者が多いが、メキシコのメノナイト［十六世紀に始まったプロテスタントの一派］や、ニューブランズウィックやケベックのフランス系カナダ人もいる。

すでに収穫の終わった土地では、トラクターが黒ずんだ畑を動きまわり、残った古い作物を掘り起こして、新しい作物を植える準備をしている。心得たカモメの群れが、ものほしげに騒々しく鳴きながらトラクターのあとを追っている。

いつだったか、ちょうど遊びにきていた祖母を乗せてレミントンの近郊を走っていたとき、熟れたトマトがトラクターでつぶされてゆくのを見て、祖母がわっと泣きだしたことがある。「なんて、もったいない」と言って泣いた。捨てられて、迫ってくる畝のなかに埋もれようとしているトマトを救おうと、畑に向かって駆けだしかねない様子だったので、止めなければならないかと思ったほどだった。祖母はそのとき、いつも保存食をつくる愛用の鍋から二千キロ以上も離れたところにいた。そしてもう何十回もの夏と秋を、植物を栽培できる期間の短い、岩だらけの土地で、貴重な野菜を育てて過ごしてきた。秋になると、わずかに残った緑のトマトを窓のそばに置き、ガラスから斜めに射しこむ弱い日光のなかで、赤く熟すのを待った。祖母にとってトマトは大切な作物であり、それが無駄に捨てられるのを黙って見てはいられなかったのだ。レミントンの近郊で目にした無惨なトマトの光景は、何日も祖母を落ち込ませた。落ち込まずにはいられなかったのだろう。こういう人を落ち込ませる問題は、時を選ばず、ともすれば最もふさわしくないタイミングでやって来るものだ。

そんなことを考えながら、実り豊かな黄金色に輝くハイウェイを、トロントへ向かって走っている。このドライブは土曜日の恒例の旅で、こんなに朝早くから始める必要はないのだが、いつも朝早くから始める。秋や春には、遠回りでも景色のいい、たとえばハイウェイ2号線やハイウェイ3号線、ときには98号線や21号線を通る。こうした道路は、川の流れのようにゆったりと蛇行しながら進み、沿道の家々の前を過ぎるとき、道端まで駆けだしてくるような犬がまだいたりして、これは一大事と言わんばかりに通りすがりの車の車輪に向かって吠えたりすると、何かほっとさせられる。寒さや暑さの厳しい季節には401号線を通る。この話を聞いている人はたいてい知っていると思うが、401号線はオンタリオ州の幹線ハイウェイで、アメリカ合衆国との国境から、ここもまた別の国かと思ってしまいそうなケベック州との境まで、ただひたすらに伸びている。これは人間や物資を最大限に移動させるためにつくられた道路だから、平坦で退屈で、できるだけ効率よくできている。思うに、これは一種のシンボルなのかもしれない。この道は「まっすぐで狭い道」［「正しい道」という意味の決まり文句］とはいわないまでも、少なくとも「まっすぐ」で「ひたすらな一本道」であることはまちがいない。この道には決まった場所でしか出入りできず、目的地がハイウェイ沿いにあるなら、コンベヤーで運ばれるトマトのように、じつに手際よく確実にそこに到着することができる。道に従っていれば、道がこちらを裏切ることはなく、決して迷わせない。

どのハイウェイからトロントに入るにしても、実際にその街のなかを走りだすと、いつもちょっと驚かされる。まるで、渋滞ののろのろ運転に順応するために新しい反射神経を身につけ、しかも最終目的地に入ったらさらに注意深く気を配って運転しなければならないという感じなのだ。

ヤング・ストリートから西へ伸びるダウンタウンで、反核運動のデモ隊がプラカードを持って歩いている。「一、二、三、四」と声を合わせて、「核戦争反対」とスローガンを叫ぶ。「二、四、六、八、放射能反対」。その反対側には、これまた負けず劣らず断固とした足取りで、並行して歩いているグループがあり、険悪な空気をはさんでデモ隊をにらみつけている。こちらのプラカードには「平和主義者は共産主義者の愛人」「この国の方針がイヤなら、よそへ行け」「カナダを好きか嫌いか、嫌いなら出て行け」と書かれている。

ヤング・ストリートとスパディーナ・アヴェニューのあいだにあるクイーン・ストリート・ウエストの周辺に来ると、ひょっとして彼がいるかもしれないので、どっちの方向から通りに入るにしても、いっそう周囲に目を光らせながらゆっくり走る。でも、今日は姿が見えない。だから、裏通りの近道を通ることにする。薄汚い裏通りには、鎖で結わえたゴミ箱が置かれ、鎖につながれた犬がいることもある。粉々に割れたガラスの上を通ったりもするが、あまり粉々に砕けて道に食いこんでいるので、ガラスがタイヤをパンクさせる危険すらなくなっている。いかにも間に合わせでつくったという感じの避難梯子や裏階段が、建物に寄りかかるようにだらしなく取り付けられている。開け放したドアや窓からは、さまざまな国の音楽や歌や、喧嘩寸前の大声や、またもやガラスの割れる音など、いろんな音が混じりあって聞こえてくる。

秋の日射しのなかで、午後の裏通りに車を停めて鍵をかけ、建物の壁と壁のあいだを歩いて、特売品を買う客や大声で客を呼び込む店主や不用品を漁る人たちでにぎわっている通りへと出て行く。埃のこびりついた店のウインドウには、ボール紙でつくった手書きの看板が出ていて、ほとんど何でもというくらい、嘘みたいな安い値段で売っている。

こういう店のドアとドアのあいだに、ところどころ普通のドアがある。ふらりとやってきた人は気づかないようなありふれたドアだ。たいてい茶色に塗ってあり、番号はついていたりいなかったりで、番号がついていても一桁なくなっていたり、妙な角度で釘からぶら下がっていたりする。ドアを開けてなかへ入ると、郵便受けの列がずらりと並んでいたりするが、郵便受けなどないところもある。名前を書いた灰色の粘着テープが張ってある郵便受けもある。いずれにしろ、こういう建物のなかにある階段というのは、ほとんどが木でできた急な階段で、それをのぼってゆくと、四十ワットの黄色い電球で照らされた廊下に出る。その廊下や、ときにはもっと上階の廊下にも、人の住む部屋が並んでいる。一階は店舗、その上はアパートという建物なのだ。世間で思われているのとはちがって、店舗の所有者が上に住んでいることはめったにない。店どころか、こういうアパートの住人の所有するものはあまり多くない。たいていの場合、部屋にある粗末な家具でさえ自分のものではなく、住人は頻繁に入れ替わるが、出るときに電話帳をめくって運送会社を探すことはない。

カップルもいないことはないが、ほとんどは独身、それもほとんどは男、しかもほとんどは中年を過ぎている。ときには、その階の住人が全員男ということもある。こうした建物のアパートは、間取りがひどく狭いか、ワンルームがほとんどだ。廊下の一番端には小さなバスルームがあり、その階の住人が共同で使う。鍵が壊れているので、用を足すときには便器に坐って片足でドアを押さえつけていなければならない。ときどき、トイレを使おうとやってきたやつが、閉まっているドアに向かって、「誰か入ってんのか？」と怒鳴っている。まるで、朝食前のあわただしい時間の大家族のようだ。バスルームのなかでは、トイレット・ペーパーが複雑な結び方で鎖につながれ、薄暗い電球は金網の檻に入っている。部屋に持ち去られないための盗難対策なのだ。流し台は廃品の再利用で、蛇口の一つがちゃんと閉まらず、常時ポタポタ水が垂れているので、黄色い染みができている。お湯がたっぷり出ることなどめったになく、上の階では全然出ないときもある。

閉まったドアの奥からは、かすかに音が聞こえる。一番はっきり聞こえるのは、咳をしたり痰を吐いたりする音かもしれない。ほとんどがヘビースモーカーで、下着姿でベッドの端に坐りながら自分でタバコを巻く者もいる。ラジオの音やテレビの音も聞こえる。テレビといってもテーブルや冷蔵庫の上に置くちっぽけなポータブル・テレビだ。冷蔵庫のなかはほとんどからっぽ。大食漢はまずいない。調理用レンジのついてない部屋が多く、ちゃんと使えるオーブンも置いてない。缶詰のトマト・スープをホットプレートで温め、クラッカーをいっぱい詰めこんで食べる。焦げたトーストの匂いがすることもある。窓のそばや古いスチーム暖房器具の上に置かれたインスタント・コーヒーの瓶やティーバッグの箱の隣に、買ってきたクッキーの箱があったりもするが、何ヵ月も放置されているかもしれないのに全然変質しないクッキーなど、大量の保存料が入っているにちがいない。

私が今、太陽を通りに残して入っていこうとしているのは、そういう建物のなかだ。そして、そういう粗末な木の階段をのぼって上の階へ向かう。彼が同じ住所のアパートに住むのは、この数年で三回目になる。どこかへ行ってはここに戻ってきて、たとえばアパートの雑役などをやるという条件で、住まわせてもらう。舞い戻ってきた彼を、家主はほとんどいつも迎え入れる。彼はけっこう頼りになるし、少なくとも二、三年はここに住んでいたという実績もある。この家主は、ワインを茶色い紙袋に入れて店子たちに売っていたりするのだが、それなりに悩みを抱えていて、聞いてくれる人間がいればいつでもその悩みを打ち明ける。楽なもんじゃないよ、家賃を踏み倒して夜逃げするような店子がいるってのは、と家主は言う。俺と女房とでそろえた家具を、かっぱらって売り飛ばしちまう店子がいるっていうのはな。合鍵つくって友だちに貸すやつもいるしよ。ほんと、楽じゃないよ、夜、家でテレビを見てると、警察から、店子が騒いでいるという通報があったなんて電話がかかってきたりするのはな。酒が原因の喧嘩で、キッチン・ナイフを持ち出して刺し違えるような連中がいたりしてな。小便だらけのベッドで、ゲロをつまらせて窒息死してるやつを見つけたときなんか、ほんと、人変だよ。連絡しようにも、こっちはそいつの家族も親戚も知らないんだから。そういうときの遺体は、だいたい「科学にやっちまうんだ」と家主は言う。「その点、あんたはいいんだよ。誰に連絡すればいいかもわかってる——万一のときにはな」。家主はでっぷりした背の低い男で、少年の頃ヨーロッパから移住してきて以来、商売に精を出して成功した。自慢の子供たちはみんな大学出だ。財布から取り出して見せる写真には、完璧な歯並びの真っ白い歯を見せて笑っている子供たちが写っている。

私は廊下を歩きながら、いつものように、これから遭遇する場面を考えて憂鬱になる。もしドアをノックしても返事がなく、鍵がかかっていたら、鍵穴に耳を当てて、不規則な寝息が聞こえるかどうか確かめる。聞こえなければ、通りに戻って酒場を何軒か探してみる。水たまりができても拭かれることもないテーブルやカウンターの上に生ビールのグラスが置かれ、水滴が床にポタポタ垂れているような酒場、そして千鳥足でトイレから出てきた男たちがズボンのジッパーを上げるのに苦労しているような安酒場を。

でも今日は、ドアをノックすると、すぐに「どうぞ」と声が返ってきた。

ドアの把手がまわらないので、私は「鍵がかかってるよ」と言う。

「ああ、ちょっと待ってくれ」と彼が言う。「ちょっと待て」。ふらつくような足音が三回聞こえたあと、ドッシン、バッターン！　大音響がして、静かになる。

「だいじょうぶ？」

「ああ、うん」という返事。「ちょっと待て。今、行くから」

鍵がまわされてドアが開き、私は部屋のなかへ足を踏み入れる。彼は立ったまま、がっしりした両手で、すがるようにドアの把手につかまっている。体がゆらゆら揺れ、それにつれてドアも前後にゆらゆら動く。靴下をはいて、茶色い作業ズボンに茶色い幅広の革ベルトを締めている。上半身は、かつては白かったはずの黄ばんだウールの下着だけ。春夏秋冬を問わず、一年中その下着を着ている。

「ああ」と彼は英語とゲール語を混ぜて話しだす。「ああ、イレ・ヴィグ・ルーア、やっと来たか」とドアを引き寄せながら後ろに下がる。体を支えるために、ドアの把手はまだしっかりつかんだままだ。左の眉の上が切れている。ベッドの金属製フレームがマットレスの丈より長いため、余って出ているフレームの角にぶつけたらしい。血が顔を伝って耳の下に垂れ、それからあごを伝って、首に流れて、下着のなかの胸毛に消えている。床にはまだ垂れていないが、それも時間の問題だろう。ズボンの折り返しの下から出てくるかもしれない。とりあえず今は、顔の輪郭に沿って流れているといったところか。山の渓流が海へ出てゆく前に、地形に沿って流れるように。

「怪我、したの？」と私は、血を止めるためのティッシュペーパーを探しながら訊く。

「いや。どういう意味だ？」と言って、私の視線に気がついた彼は、ドアから左手を離して頬をさわる。指についた血を見て、驚いた表情になる。「いや。何でもない。ただのかすり傷だ」

彼はもう一方の手も把手から離すが、そのとたん後ろへよろめいて、ドシンとベッドの上に尻をつく。ベッドのスプリングがギーギー音をあげて反発する。把手から離したときに激しく震えていた手は、今、腰をおろしたベッドの両側の金属フレームをしっかりつかんでいる。傷ついた大きな手の関節が白くなるほど強くしがみついて、しばらくして、ようやく震えがおさまる。

「何かつかまるものがあれば、だいじょうぶなんだ」と、彼は体を前後に揺らしながら言う。

私は見慣れた小さな部屋を見まわす。こざっぱりした簡素な部屋だ。今朝何かを食べたような形跡はなく、食べるものも見当たらない。流し台のそばのゴミ箱に、よく甘ったるい安酒を入れて売られている琥珀色の瓶が一本入っている。瓶のなかは空だ。

「何か、食べるもの、ほしい？」と私は訊く。

「いや」と答えたあと、彼は間をおいて言う。「食べるものはな」。食べるという言葉を強調して、にやりと笑う。彼の目は私と同じ黒に近い色で、髪は昔は黒かったが今では豊かな白髪になっている。今もまだ豊かなのはこの髪だけだ。額の生え際から盛りあがって後ろへ波打ち、ハサミを入れていないから、耳を覆い、首まで届いている。ろくに食べないで飲んでばかりいる男にはありがちな現象で、髪はそのシンボルみたいなものだ。まるでアルコールには植物を育てる不思議な栄養剤が入っていて、木そのものは弱ってゆくのにてっぺんにある葉っぱだけはふさふさ茂らせるというように。

彼はいつもの愛情のこもった微笑を浮かべて、期待するように私を見つめる。「俺の小切手、月曜にならないと出ないんだ」

「いいよ」と私は言う。「車まで取りにいってくる。すぐ戻ってくるから」

「わかった。ドア、あけたままにしといてくれ」

私は廊下に出ると、ひっそりと閉ざされているドアをいくつも過ぎ、階段をおりて、通りに出る。薄暗い建物から明るく輝く太陽の下に出てきて、その落差にちょっと不意をつかれる。建物のあいだの細い路地を通って、車を停めてある場所へ行く。車のトランクをあけ、こんな場合に備えて前の晩に買っておいたブランデーの瓶を取り出す。いつもブランデーが一番速く効く。私は瓶をジャケットの内側に入れて、上から左手でしっかり押さえ、今来た道を戻っていく。ドアは少しあいていて、彼はまだベッドの端に坐ったまま懸命に手の震えを止めようとしている。

私がジャケットからブランデーを取り出すと、彼は「戸棚に、ショット・グラスがある」と言う。私はショット・グラスを探しに戸棚のほうへ行く。ほかにはほとんど何もないから、すぐ見つかる。このグラスはケープ・ブレトンの土産物で、島の輪郭といくつかの地名が書いてある。

私の子供たちが、二年前、バー・セットのひとつとして買って、彼にプレゼントしたものだ。「キャラム伯父さん、きっとこれ気に入るよ」と、幼すぎて皮肉を込めるほど小賢しくない子供たちは言った。

私はブランデーをショット・グラスに注ぎ、それを渡すためにベッドまで歩いていく。彼はベッドから右手を離してグラスをつかむが、そのとたん、グラスはするっと手から飛び出して、私の太腿に当たって床に落ちる。割れはしなかったが、ブランデーがズボンの左脚に黒く広がり、肌に染みこんでくる。彼は火傷でもしたようにぱっと手をベッドに戻す。

把手のついてないマグでもうまくいかなかった。少しは両手で持っていられても、すぐに中身を股にこぼしたり、両脚のあいだから床にこぼしてしまった。私は戸棚へ引き返し、三回目の今度は、プラスチックのボウルを取り出す。幼い子供が食卓椅子で食事をするようになると母親が買い与えるような、壊れにくく頑丈な食器だ。ボウルの底にブランデーを少し入れて持っていく。彼は大きな両手をボウルの下に添え、私にボウルの縁を前から支えてもらいながら口のほうへ持ちあげる。頭を後ろへそらせ、ゴクゴクと音を立ててブランデーを喉に流しこむ。ボウルを傾けすぎて、ブランデーが顔にこぼれ、あごを伝って落ち、まだ傷口から流れている血と混じりあう。私はもう一度ボウルにブランデーを注いで、彼に渡す。効き目はすぐにあらわれる。手の震えが止まり、黒い瞳が前よりはっきりしてくる。麻酔をかけられた患者のように、不安も震えもひとまず鎮まる。

「ああ、イレ・ヴィグ・ルーア」と彼が言う。「俺たち、長い付き合いだよなあ、俺とおまえはな。だから恨んでるわけじゃないんだが、おまえ、クリスティを覚えてるか?」

「うん」と私。「もちろん、クリスティのことは覚えてるよ」

「かわいそうなやつだよ、クリスティは。あいつはいつも、俺との約束はちゃんと守っていたのに、俺のほうはちゃんと応えてやれなかった」。彼はひと息ついて、話題を変える。「ここのところ、キャラム・ルーアが死ぬ前の最後の数日のことを考えてたんだ」とまるで弁解でもしているように肩をすくめる。

「ああ、そうなの」と私。

「キャラム・ルーアは、俺たちのじいさんたちの、ひいじいさんだったよな?」

「うん、そうだよ」

「そう、そうなんだ。キャラム・ルーアって、どんな男だったんだろう」

「さあ」と私。「体がでかくて、ルーアというからには、髪はもちろん赤かったんだろうけど、それ以外は知らないね。たぶん、僕たちと似てたんじゃないかな」

「おまえに似てたかもな」と彼が言う。

「でも、兄さんも体でかいし」と私はにっこりする。「それに、キャラムという名前も同じだし」

「そうだな、名前は同じだな。でも、おまえは髪の色を受け継いでる」と言ったあと、少し間がある。「あの墓、まだあそこにあるのかな」

「あるけど、もう崖の縁に達しそうだよ。岬の突端がだんだん削れてるんだ。年によっては、いつもより削れるのが速い。天気の荒れ方次第でね」

「うん、そうだろうな。あそこはいつだって荒れてたからな。まるで墓が海に向かっていってるという感じなんじゃないか？」

「うん、そういうふうにも見えるかも。あるいは海のほうが彼を迎えにきているというかね。でも、碑文が彫ってある大きな石は、まだあるよ。字を彫りなおして、船用の新しい防水塗料を塗っておいたから、しばらくはもつはずだよ」

「ああ、しばらくはな。いずれ、それも磨り減って、また誰かが彫りなおすにしてもな――今までやってきたように」。また間をおく。「なんか、年がたつにつれて、彼がだんだん石のなかに入りこんでいくみたいな感じだな」

「そうだね」と私は言う。

「海に落ちる前に、石のなかに入ってしまおうってのかもな。おまえ、覚えてるか？　風が強いと、海から飛んでくるしぶきで石が濡れて、きらきら光ってただろ」

「うん」

「石が濡れると、字がはっきり見えて、なあ？」

「うん。そうだったね。よく見えたよ」

「うん、晴れた日より嵐の日のほうがはっきり見えた。今になって、そんなことを思い出してたんだ。あの頃そんなことを考えていたかどうか、覚えてないけどな」

彼はベッドから立ちあがり、把手のないマグを床から拾う。さっきよりしっかりして、手も震えていない。それから、ブランデーの瓶を手に取ると、ほんの少し前には持つことすらできなかったマグのなかに、トクトクと音を立てて酒を注ぐ。今はひとつの状態を脱して、次の状態へと入っていっている最中なのだ。そのあと一種の横ばい状態になって一時間ほどは安定し、しばらくたつと、飲んだ酒の量にもよるが、山の反対側を転げ落ちるような落ち込みが始まる。午後遅くから夕暮れ近くになったら、血を吐くことになるかもしれない。あるいは、暗がりのなかでふらふらしながら、左手を壁について体を支え、流しのなかに小便をしようと右手でズボンの前をまさぐっているかもしれない。その頃には、私は暇《いとま》を告げて、ヘッドライトの先導で街を抜け、ハイウェイへと戻ってゆかなくてはならない。われわれのどちらも、それぞれのささやかな歴史をくりかえしている。

「こないだおまえが来たとき、この話、しなかったかな？」と言われて、物思いを破られる。またキャラム・ルーアと墓の話に戻ったのだ。

「いや」と、恥をかかせないように最初は打ち消してから、付け加える。「ああ、そういえば、言ってたね」

「ああ、そうだよ」と彼は言う。「イレ・ヴィグ・ルーア。おまえも飲まないか？ 俺と一杯やろうぜ」。そう言って、彼は私が持ってきたブランデーを差し出す。

「いや、それはやめとくよ。飲まないほうがいいと思う。これからずっと運転していくんだから。帰らなきゃならないんだ」

「ああ、そうか、帰るのか」。彼はまだブランデーの瓶を持ったまま立ちあがり、窓のところへ歩いていく。窓は裏通りに面していて、風変わりな避難梯子や、放置されたゴミや、砕けて磨りつぶされたガラスが見える。

「向こうは、いい天気だ」と、まるで別の国を見ているように言う。「いい天気の九月の日だ。〈キャラム・ルーアの岬〉の沖には、クジラが跳ねてる。目に見えるようだよ。水に濡れて黒々と光っているクジラが。だけど、クジラは岸に近づきすぎたらだめだ。岸に打ち上げられたやつのこと、覚えてるか？」

「うん、覚えてるよ」

「嵐が来て、波がクジラを海に戻してくれないかと思ったんだが、だめだった」

「そうだね、クジラ、海に戻れなかったね」

「うん、そうだった」と彼は窓からふりかえって言う。「おまえ、父さんと母さんのこと、覚えてるか？」

「よくわからないんだよ、それが。少しは覚えてるけど。どこまでが自分の記憶で、どこまでが人から聞いた話を勝手にふくらませたものか、はっきりしないんだよね」

「ああ、そうだろ。妹のカトリーナもそうだろうな」

「うん、同じだよ」

彼はまた飲む。今度は瓶からラッパ飲みだ。中身がどんどん減っていく。

「おじいちゃんとおばあちゃんも、かわいそうだったな。おまえたちによくしてくれた。精いっぱい、よくしてくれたよな」

「うん。ほんとにそうだった」

『どんなときにも身内の面倒をみるのを忘れるな』って、おばあちゃん言ってたな」。そう言ったとたん、彼の機嫌が一変する。急に腹が立って、疑り深くなったようだ。「おまえは、だからここに来るのか？」

突然風向きが変わって、不意をつかれた私は、自分なりに抱いていた罪悪感と自分の生い立ちという罠にはまってもがく。

「いや」と私は言う。「そんなことない。ちがうよ。そういうんじゃないんだ」

私は彼のほうを見て、その気分を推し量ろうとする。彼は靴下をはいた足で立ちながら、私の前でわずかに揺れている。窓から斜めに入ってくる九月のやわらかい金色の日射しを背に受けて、埃がきらきら舞う光のなかにシルエットが浮かびあがる。まるで午後の舞台でスポットライトを浴びている俳優のようだ。彼は身構えており、危険になる可能性を秘めている。その体は長年酷使してきたにもかかわらず、緊張した状況にはまだ敏感に反応する。爪先から踵へと体を揺らしながら、左手でブランデーの瓶を軽く握っていて、瓶を投げようとしているようにも見える。右手の指がゆっくりとリズミカルに開いたり閉じたりする。ぎゅっと握り固めたり、大きく指を広げたり。しばらくして、彼が笑いだし、危機は去る。

「ああ、そうだよな」と彼が言う。「そうだよ、イレ・ヴィグ・ルーア。ちょっと思っただけだ。酒、もう少し買ってきてくれ。ブランデーがいいならブランデーでもいい。ワインでもビールでも、おまえの好きなのを。今日はいっしょに思い切り飲もうぜ。夜もな」

「わかった」と言いながら私はドアのほうへ歩きだす。ちょっとタイミングが早すぎたかもしれない。遠くからはるばる車を運転してやって来たこの部屋を、早く出たいと焦っているようで、気がとがめる。

「何がいい？　ビール？　ワイン？」

「ああ。何でもいいよ。何でもいいから」

「うん、わかった。すぐ帰ってくるよ」

「急がなくていい。ゆっくり行ってこい。俺はどこにも行かないから。これもあるし」と彼は、左手につかんだ琥珀色のブランデーの瓶と中身を振ってみせる。「ここに坐って、待ってるから」

廊下に出て、後ろ手でドアを閉めると、つかのまの安堵感とともに力が抜けてぐったりする。試験を受けた教室から出てきて、ドアを閉めたときの学生か、あるいは「詰めるのは二週間後です――今日はこれで終わり」と言われて、歯医者の診察室から出てきたときの患者の気分だ。あるいは、証人席で反対尋問を終えて、解放されたときの証人の気分か。

廊下に立っていると、ドアの向こう側で歌を口ずさみはじめた彼の声が聞こえる。穏やかだが力強く、誰に聞かせるでもなく一人で歌っている。酔っぱらいや酔っぱらう寸前の人間が独りごとを言っているような歌い方だ。

*Chi mi bhuam, fada bhuam,*
*Chi mi bhuam, ri muir lain ;*
*Chi mi Ceap Breatuinn mo luaidh*

*Fada bhuam thar an t-sail.*

彼が歌っているのは「クヴァ・ケプブレトン」、つまり「ケープ・ブレトン哀歌」。よくあるゲール語の共同体の歌のひとつで、大勢で歌うことが多い。一人が詩の部分を歌って、グループはコーラスの部分を歌う場合もある。意味はこんな感じだ。

わたしははるか彼方を見つめる。
時の流れのはるか彼方を見つめる。
わたしが見つめるのは、海のはるか彼方の、
愛するケープ・ブレトン。

私は廊下を歩き、歌い手の声が届かないところへ進んでゆく。一歩進むごとに歌い手は遠くなるが、四十ワットの電球に照らされたわびしい急な階段をおりはじめても、歌はまだ続く。その歌が彼から出ているのではなく、自分の頭のなかから出ているとわかって、ちょっと驚いた。ほとんど反射的に唇が動くほど、自然に歌詞が出てくる。

*Gu bheil togradh ann am intinn*
*Bhi leibh mar a bha*

*Ged tha fios agam us cinnt*
*Ribh nach till mi gu brath.*

今わたしはかつて住んでいたところに
帰りたいと、心から願っている。
そこには二度と戻らないことを、
はっきり知ってはいるけれど。

彼の歌の終わりと私の歌の始まりは、あいだに継ぎ目がないかのようになめらかにつながった。主題はだいぶ違うのに、詩とコーラスがすらすら頭に浮かんでくるのは、中年になってもボーイスカウト時代に歌った「町から来たあの子」や「いとしのクレメンタイン」の歌詞を覚えているのと同じなのかもしれない。あるとき種を蒔かれて休眠状態に入り、思いがけないときに花を開く音楽。

私は通りへ出ながら、つくづく自分は二十世紀の人間なんだと思う。それからすぐに「好むと好まざるとにかかわらず」という祖母の別の口癖を思い出す。この九月現在、私はまさに中年であり、二十世紀はもうあまり残されていない。このまま世紀末に向かって旅を続ければ、二十世紀が幕を閉じるときには五十五歳になっている。五十五歳が若いか若くないかは、年齢や時間を受け止める視点や姿勢によって違うだろう。「クロウン・キャラム・ルーア」(赤毛のキャラムの子供たち）である私の祖父は、「われわれは長生きするぞ」と言ったものだ。「もしそのチャンスが与えられて、自分がそう望むなら」と。私は九月の太陽のなかで、胸を張ろうとする――まるで、もうすぐ公開される超大作『二十世紀の男』のオーディションを受けているとでもいうように。「ああ」という一番上の兄のキャラムの声が耳について離れない。「ああ、イレ・ヴィグ・ルーア、やっと来たか。俺たち、長い付き合いだよなあ、俺とおまえはな、だから恨んでるわけじゃないんだが」。声はひと息入れる。「ここのところ、キャラム・ルーアが死ぬ前の最後の数日のことを考えてたんだ。彼はどんな男だったんだろう」

「さあ。僕にはわからないよ。話で聞いたこと以外は」

「ああ」と声が言う。「俺といっしょにいてくれ。いっしょにいてくれよな。おまえはまだ、あのギラ・ベク・ルーアだ」

# 2

「まだ、あのギラ・ベク・ルーア」。ギラ・ベク・ルーアとは「小さな赤い男の子」または「小さな赤毛の男の子」という意味で、私は物心ついた頃からずっとそう呼ばれてきた。それが自分の本名だと思いこんでいたから、そう呼ばれればすぐに返事をしたが、出生届けに書かれた「アレグザンダー」という名前で呼ばれてもぴんとこなかった。小学校にあがった最初の日、私は新しい服を着て、双子の妹の後ろに坐って、きれいに洗ったのにもう汗で湿っている手に、新しく買ってもらったクレヨンを握りしめながら、名簿の自分の名前を呼ばれても返事をしなかった。

「おまえだよ」と、通路をはさんだ隣の席から、いとこが私をつついた。

「誰?」と私は言った。

「おまえだってば。今の、おまえの名前だよ」

それからいとこは、ここは自分が言うしかないというように手をあげて、私を指差しながら教師に言った。「それ、この子だよ、ギラ・ベク・ルーア、アレグザンダー」

自分の名前を忘れていたというので、みんなが笑った。そして、よその土地から来た女性教師は真っ赤になった。たぶん、ゲール語が理解できなかったからだろう。しかし、ありがたいことに、もうゲール語をしゃべっても叩かれない時代になっていた。昔は「叩くのはおまえのためだ」と言われたものらしい。「英語を身につけて、よきカナダ人になるように」と。私たちの受け持ちの教師はそんなことは言わず、「あなたの名前はアレグザンダーというの？」と訊いただけだった。

「はい」と私は少し落ち着きを取り戻して言った。

「これからは、名簿の名前を呼んだら、返事をしてね」

「はい」と言って、私は、これからはあの耳慣れない名前に気をつけるぞと肝に銘じた。

　そのあと、最初の休み時間のときに、年長の少年が数人近づいてきて、一人が「おまえがギラ・ベク・ルーアか？」と言った。

「うん」と、いつもの習慣で答えたが、すぐにさっきの出来事で学んだことを思い出して、「ううん、違うよ、アレグザンダー。アレグザンダーだよ」と言いなおした。

でも、そんなことはどうでもよかったらしい。「キャラム・ルーアの毛は赤い。その毛がベッドに火をつける」と少年は節をつけて囃した。

　攻撃にさらされて、またもや下唇がぶるぶる震え、泣きだしそうになった。

「ほっといてやれよ」と別の少年が言った。「おまえだって、キャラム・ルーアの子孫だろ」。そして私の頭をもみくしゃにすると、ほかの少年たちを引き連れて立ち去った。私は離れて待っていた妹のところへ飛んでゆき、二人で滑り台へ行った。休み時間には滑り台で楽しく遊びなさいと言われていたのだ。

　今日、このトロントでも兄といっしょに話題にしたり思い出したりしたキャラム・ルーアとは、前にも触れたように、私の祖父母たちの曾祖父にあたる。一七七九年、スコットランドのモイダートから新世界に渡ってきた。私たちはこの人物について、たくさん知っているような気がするが、ほとんど知らないという気がすることもある。よく言われるように、「みな相対的《リラテイウ》」なものなのだ。「みな親戚《リラテイウ》」というシャレではない。事実もあるし、空想もあるかもしれない。空想の部分は、われわれがどれだけ真相を知っていて、どの程度関心を持っているかによって変わってくる。

事実だと思われることを話そう。キャラム・ルーアはスコットランドのモイダートでアン・マクファーソンと結婚し、男三人、女三人、計六人の子供をもうけた。この子供たちがまだ幼い頃、アン・マクファーソンは病気になり、「高熱」のため死んでしまい、あとには「彼の世話すべきもの」（母のない子供たちのことを、私の祖父母たちはそう呼んだ）が残された。しばらくして、亡くなった妻の妹のキャサリン・マクファーソンが、家事や子供たちの世話をするためにやってきたが、結局、子供たちの父親と結婚した。二人はあと六人の子供をもうけた。今度も男三人、女三人だった。スコットランドの歴史、とりわけ一七七九年前後のハイランドとウェスタン・アイルズ［スコットランド北西沖のアウター・ヘブリディーズ諸島］の歴史を知る人なら、彼らがなぜ故郷を去ったか、容易に理解できるはずだ。

北米大陸にはすでに友人や親戚がいた。多くはノース・カロライナのケープフィア川流域にいたが、これはほぼ全員がアメリカ独立戦争に加わった男たちだった。彼らはこの戦争で、新世界で新しい人生を切り開くために戦おうと決心して独立軍についた者と、あくまでイギリスに忠誠をつくすためにイギリス軍についた者とに分かれた。夜になると、翌日の戦場となる谷間の草原をはさんで、両軍の陣地からゲール語の歌が応酬された。互いにノース・カロライナの谷間の向こう側にいるハイランドの友人や親戚たちに向かって、「こっちに来て、われらに加われ」とゲール語で歌いかけた。「おまえらは間違った側にいる」。「だまされるな」。「未来はわれらのものだ」

キャラム・ルーアは、一七七九年には五十五歳になっていた。「決起してチャーリーに続け」という召集がかけられた「一七四五年」には二十一歳だった。この決戦のときにも、互いに歌ったり呼びかけたりする友人や親戚がいた。「だまされるな」。「おまえらは間違った側にいる」。「おまえは見当違いの相手に忠誠を尽くしている」。「よく考えろ」。周囲四方からのみならず、上からも圧力がかかった。

移住については、キャラム・ルーアはしばらくのあいだ妻や家族と話しあったらしい。そして、ひそかに計画を練り、移住の仲介人と話をつけて、海岸線から少し引っ込んだ小さな入り江で仲介人とその船を待つことになった。仲介人はその入り江で、移住を希望する家族たちを船に乗せ、「森の国」ノヴァ・スコシアへ向けて送り出していたのだ。といっても、キャラム・ルーアがめざしたのはケープ・ブレトンだった。そこへ行けば土地が手に入る、とゲール語の手紙に書かれていた。

出発は八月一日と決まり、追い風に恵まれれば約六週間で海を渡れるはずだった。しかし、出発の前の週、キャサリン・マクファーソンが病気になり、どうすべきか迷った。結局、すでに牛も売り払い、残り少ない貴重な樹木も家とともに手放したあとだったので、思い切って出発することになった。あの時代、あの土地で、家や木を手に入れるのはきわめて困難だった。ほとんど木のない土地を離れて、皮肉にも、邪魔なほど木の多い土地へ行くことになったわけだ。キャラム・ルーアと、病気になってしまったものの希望に胸をふくらませた妻と、十二人の子供たちは、海岸に出て船を待った。長女はすでにカンナ島のアンガス・ケネディという男と結婚していたが、その二人もいっしょに船を待った。当時に思いを馳せれば、想像力の霧のなかに、物陰から出たり入ったりしながら、落ち着かなそうに足を動かしたり水平線に目を凝らしたりしている友人や親戚の姿が、ぼんやりと浮かびあがってくるかもしれない。「もしかしたら、間違っているのかも」。「だまされたのか」。「未来はおぼつかないぞ」

みんな待っていた。キャラム・ルーアは、ヴァイオリンを持ち、中が整然と仕切られているような船乗りの所持品箱の上に片足をかけて、待っていたのかもしれない。全員、わずかな食料を持ち、靴のなかに金を隠していた。このときのキャラム・ルーアは、フランス革命が近づいていることや、ナポレオンというまだ十歳の少年がやがて世界制覇に乗り出そうとすることなど、まったく知らなかった。もっとものちに、ワーテルローの戦い［一八一五］が始まる前やその最中、自分の親戚がそこでもやはりゲール語で鬨の声をあげながら、抵抗するフランス軍に突っこんで、イギリスのために大勢戦死したという話を聞いても、驚きはしなかった。そして船を待っていたキャラム・ルーアは、「一七四五年」の頃のジェームズ・ウルフ将軍のことも思い出さなかったかもしれない。このときにはもう、ウルフがハイランダーとともに――十四年前に自分が皆殺しにしようとしたハイランダーとともに――アブラハム平原で死んでから、二十年もたっていた。一七七九年の八月に、キャラム・ルーアがウルフ将軍のことをいろいろ考えたということはなさそうだ。モイダートを離れる準備をしていたのだから、もっと切羽詰まった問題で頭がいっぱいだったろう。またしてもマクドナルドの一族がモイダートをあとにしようとしていた。しかし今度は、たとえ一七四五年の出陣の光景と音楽が彼の頭の隅につきまとっていたとしても、「決起してチャーリーに続く」ためではなかった。

海岸で待っているとき、犬が狂ったように走りまわった。何年もいっしょに働いてきた雌犬だったが、残してゆくことになり、近所の人に世話を頼んでいた。犬は何かおかしいと勘付いたらしく、砂の上を転げまわりながら不安そうにクンクン鳴いた。そして、キャラム・ルーアの一家が水際を歩いて小舟に乗り、沖で待つ大きな船へ向かって漕ぎ出すと、あとを追って泳ぎはじめた。犬の頭が水をV字に切り、その目は去ってゆこうとする家族にひたと向けられていた。犬は自分も家族の一員だと思っていたのだ。家族の漕ぐ小舟が、錨をおろした船に近づき、ゲール語で「帰れ」と怒鳴られても、犬は泳ぎつづけた。泳ぎつづけて、だんだん陸から遠く離れていったとき、とうとう耐えきれなくなったキャラム・ルーアは、脅しつける声を励ましの声に変え、身を乗り出して、ずぶ濡れで震えている冷たい体を持ちあげ、舟のなかに引き入れた。犬は彼の胸をびしょびしょに濡らしながら身をくねらせ、うれしそうに彼の顔をなめまわした。彼はゲール語で言った。「よしよし、おまえはずっと俺たちといっしょだったもんな、もうおまえを捨てたりしないぞ。いっしょに行こうな」

「話がここのところにくると、いつもぐっとなるんだよ」と祖父が言っていたのを思い出す。

「この犬のところにくるとな」

ひどい航海だった。甲板の下の狭い部屋に人がいっぱい詰めこまれていた。ハイランドの兵士たちを新世界の戦場に運ぶ輸送船や、やはり新世界とアフリカを往復する奴隷船をモデルにしていたらしい。詰めこみすぎは、経済的利益を優先させる強欲のあらわれだった。

天気がよければ甲板に出て手足を動かしたり、体を拭いたりもできたのだろうが、その年の八月の海は荒れ模様でそれもままならず、やむなく、人々は悪臭漂う部屋に閉じ込められたまま過ごした。出航してから三週間後、キャサリン・マクファーソンが息を引き取った。この死も「高熱」によるものだが、詰めこみすぎの部屋と、虫のわいているオートミールと、わずかな量しか配られない塩辛い水が死を早めたことは間違いなかった。あんなに期待していた新世界を見ることもなく、遺体は粗布《あらぬの》の袋に入れられて口を縫われ、船べりから海へ投げこまれた。その一週間後、アンガス・ケネディの妻が出産した。子供はキャサリンと名づけられ、以後、誕生のいきさつにちなんで「カトリーナ・ナ・マーラ」(海のキャサリン)と呼ばれるようになった。

さっきも言ったように、これはほんとうにあったことらしい。というか、私が空想した部分もあるが、とにかく、ある程度は事実のようだ。ゲール語の歌が自然に出てきたのと同じように、私はそうした出来事を、覚えようとして覚えたわけではない。気がついたらそこにあった。生まれてからこの方の、さほど長くもない人生においてさえ、もうずっと昔のような気がする頃から、そこにあったのだ。ある早春の午後、外で薪を削って焚き付けをつくりながら、祖父がその話をしてくれたのを覚えている。私は、祖父がつくった焚き付けを、乾燥させるために家のなかに運んでいた。たしか、十一歳の頃だったと思う。川や湖はまだ氷に閉ざされているというのに、雁が北へ飛んで行くところだった。こんなに早くから、きちんと隊形を組んで、あらかじめ決められた進路と目標に合わせてひたすら飛ぶなんて、馬鹿みたいだと思った。

「船がピクトウの海岸に着いたあと」と祖父は言った。「キャラム・ルーアはすっかり挫けてしまってな、泣いて泣いて、まる二日間泣き明かしたそうだ。きっと、犬も含めて、みんなキャラム・ルーアのまわりに集まって、どうしたもんかと思案したんだろうな」

「泣いたの？」と私は信じられない気持ちで訊いた。その頃には、陸に近づく船上で、自由の女神を見た人々から拍手喝采が湧き起こる映画を見ていた私は、そういうものだと思っていたからだ。人々はいつも、抱きあい躍りあがって、新世界に着いたことを喜んでいた。しかも、五十五にもなる男が泣くなんて、ちょっと考えられなかった。「泣いたの？　どうして泣くことがあるわけ？」

祖父が斧を木の台に荒々しく叩きつけたのを覚えている。その勢いがあまり激しかったので、刃が台に食いこみ、あとで斧を引き抜くのに苦労したが、ともかく、祖父は一瞬、目に怒りを浮かべて私をじっと見つめた。私は胸ぐらをつかまれて揺さぶられるのではないかと思った。その目は、おまえがそんなに馬鹿だとは思わなかったと言っていたが、それもほんの一瞬だった。思うに、そのときの祖父は、黒板に図を描いて説明して、例をあげて教えたあと、ちゃんと理解したかどうか質問してみたら、自分の言ったことがまったく伝わっていないとわかったときの教師のような気分だったのだろう。そして、お互いに時間を無駄にしただけだったという腹立たしさ。あるいは、それは単に、相手は子供なのに、共通の知識や考えをもった大人に話しているような気になってしまうという、大人が時折やる間違いだったのかもしれない。まだそういう話題には関心がなく、クッキーを食べるほうに興味があるという子供に、人生の厳しい現実を説明していただけなのかもしれない。

「そうだよ」と祖父は平静を取り戻し、しばらく考えたあとで言った。「キャラム・ルーアはそれまでの自分をふりかえって、泣いたんだよ。故郷を捨て、連れ合いを亡くし、ゲール語の通じない土地に来ている。夫婦そろって国を出たのに、着いたときには独り身になって、孫ができていた。自分を取り巻く大勢の家族の面倒をみなきゃならん。いわば」と言って、祖父は空を見あげた。「あの雁のV字の先頭にいるやつみたいなもんだったわけだ。そして、ほんのちょっとのあいだだけど、自信がぐらついて、元気をなくしていたんだよ。とにかく、海峡を越えてこのケープ・ブレトン島に連れてきてくれる小舟《シャロップ》をつかまえようと、みんなしてその海岸で二週間待った。しばらくすると、キャラム・ルーアも少し元気になったんだろうな、話によると、『歯を食いしばって』、がんばる決心をしたんだそうだ。そうやってがんばってくれたおかげで、今のわれわれがいるわけだ」

「シャロップって何？」と私は訊いた。無知だと思われる不安より好奇心がまさった。

そう訊かれても祖父は怒らず、笑いながら、木の台に食いこんだ斧を引き抜きにかかった。

「おじいさんもよく知らんのだよ。言葉だけでな、いつも『シャロップ』って言われてた。甲板のない、小さい舟だよ。艪《ろ》で漕ぐか、帆をかけるかする。平底舟《ドリー》みたいなもんだ。元はフランス語から来てる言葉だと思うが」

祖父の斧が削り落とした焚き付けを集めていると、別の雁の群れがV字を描きながら北へ飛んでいった。今度の群れは前のより低く飛んでいるように見え、貪欲に翼を広げてたくましく羽ばたく「ヒュー ッ、ヒュー ッ」という規則正しい音が聞こえてきそうだった。

今でも想像力を働かせると、まるで現実に見ているように、人々が一隻のシャロップに乗って、あるいは数隻に分乗して、艪を漕いだり帆をかけたりして波立つ秋の海に乗り出してゆく姿が、ぼんやりと浮かんでくる。彼らが眺めているケープ・ブレトン島の海岸線は、後年、「チミヴァム」(自分から遠くを見る)という歌の主題になるはずだったが、当時の彼らには知る由もなかった。また、いったん島に上陸したら「永遠」にそこに居着くようになるということも、たぶん知らなかった。このときシャロップに乗っていた人たちはみなケープ・ブレトン島に骨を埋め、島の外に出た者はいない。「命を救われた」あの犬は、シャロップの舳先に陣取って、しぶきの混じった風を受けて頭の毛をぴったり頭蓋に張りつかせ、鬱蒼と木の茂った海岸線を賢そうな黒い瞳でじっと見ていたのかもしれない。舟が砂利の浜に着くと、ゲール語の手紙を書いてきたいとこたちと「森の国」の住人ミクマク人が待っていて、彼らの上陸を助けてくれ、そのあとも、最初の長い冬を越すのを助けてくれた。

当時のケープ・ブレトン島は、まだ政治的にも植民地的にも不安定な状態にあったので、正式な開拓は認められなかったが、一七八四年、ケープ・ブレトンがイギリスの植民地として確立されると、すでに「定住」している者は自分たちが開墾している土地の権利を政府に申請した。キャラム・ルーアは、百五十キロ余りの道のりを歩いてシドニーまで出向き、「ケープ・ブレトン植民地」にある自分の土地のおおざっぱな輪郭を描いた正式な「書類」を受け取った。このときキャラム・ルーアは六十歳だった。それから三十六年後の一八二〇年にケープ・ブレトンはノヴァ・スコシアに再併合され、新しい州の新しい書類を受け取ることになったが、この頃には近くに州政府の支所ができていて、長い距離を歩いて取りにゆく必要はなかった。再併合当時九十六歳だった彼にとって、それは幸運なことだったろう。新世界に来てから四十一年たっていた。それからさらに十四年生きた彼の人生は、妙にバランスのとれた構成になった。すなわち百十年の生涯のうち、五十五年はスコットランドで、残りの五十五年は「海を渡った国」で過ごした。後半の五十五年間のうち、最初の五年間は、公有地を切り開いて自分の土地にすることをめざすエネルギッシュな開拓者として、三十六年間は「ケープ・ブレトン植民地の住民」として、あとの十四年間はノヴァ・スコシアの住民として生きた。そして一八三四年、カナダ連邦が設立される三十三年前に死んだ。

キャラム・ルーアは、新世界では再婚することもなかった。海に突き出た岬の突端にある墓がいっそう寂しげに見えるのは、そのせいかもしれない。墓はそこで、さまざまに変化する風に吹かれている。彼の子供たちのほとんどは、初期につくられた「公認」の墓地に埋められ、その妻や夫とともに眠っている。埋葬区画が大きければ、その子供たちやそのまた子供たちに囲まれている。彼らは生前と同じように死後も家族といっしょだ。しかし、キャラム・ルーアはまったくの独りで、本人が望んだと思われる場所に眠っている。目印はただひとつ、大きな石で、その石には、名前と命日と簡単なゲール語の文句が手彫りの字で刻まれている。「フォイス・ド・タナム」――彼の霊よ、安らかなれ、と。

## 3

キャラム・ルーアが最初に手に入れた土地は、その後の長い年月のあいだにたくさんの子孫によって拡大されていったが、海岸に沿ってもっと先に進んでゆく者もいれば、島の奥地へ入って住み着く者もいた。ほとんどは大家族だったので、複雑な親戚関係や込み入った系図ができあってゆくことになったが、そうしたすべての系図の頂点にあるのは常にキャラム・ルーアという名前だった。私は高校時代、アイスホッケーの選手だったので、当時としてはずいぶん遠いような気がした町まで遠征にでかけた。そういう町の試合会場はちゃんとした競技場であることは珍しく、だいたいは海のそばにある寒風の吹きすさぶ池だった。試合が終わると、相手チームの選手の家に招かれ、その親や祖父母に、「きみの名前は?」「お父さんの名前は?」「お母さんのお父さんの名前は?」とお決まりの質問をされた。そして、私やいとこの場合、質問者たちは名前を聞いて、まず間違いなく、「やっぱりね」という顔になり、「ああ、きみはクロウン・キャラム・ルーアか」と、それだけですべてがわかるというように言った。clann(クロウン)をよりゲール風に発音するので「クウォウン」と聞こえた。「ああ、きみはクロウン・キャラム・ルーアか」というのは、「ああ、きみは赤毛のキャラムの子供たち(または一族)か」という意味だ。私たちは脛当てから氷や雪の水滴をしたたらせながら、うなずいて、その推理が当たっていることを認めた。そしてあとで、その家を出てきたとき、世間を上手に渡っている気になって、声を立てて笑ったり、さっき訊かれた質問の真似をしたりした。「きみのお父さんのお父さんのお父さんの名前は?」などと言いあって、ホッケーのスティックで雪の上に自分たちの名前の頭文字を書き、それから、「ああ、そうだろう、きみはクロウン・キャラム・ルーアだね」と自分で自分の質問に答え、笑いながらスティックのブレードで雪を飛ばしあった。

クロウン・キャラム・ルーアにはいくつか身体的特徴がある。その特徴は代々伝わっているらしく、なかにはだんだん強調されてきたようなものもある。ひとつは双子が生まれやすいという傾向で、それもだいたいは一卵性ではなく二卵性だ。もうひとつは髪や目や肌の色に関するもので、「外見の色合い」と呼ばれることもある。肌はだいたい色白なのだが、ほかの兄弟姉妹がつやつやした真っ黒な髪をしているのに、明るい赤毛になったりする者もいた。私の双子の妹は、十七歳のとき、若い娘の見栄から黒い髪にシルバー・ブロンドの縞が入るように染めた。ひたいから立ちあがったその縞は、たっぷりした黒髪全体に、うねる波を描いていた。しばらくすると、そのスタイルにも飽きて、縞を元の黒に戻そうとしたが、前と同じような黒になる染料が見つからなかった。私は今でも、妹が鏡の前に坐って、がっかりした顔で泣きそうになりながら唇を嚙んでいる姿を思い出す。スコットランドのバラッドに出てくる「乳白色の肌と烏の羽根のように黒い髪」をもちながら、別の人間になりたがった乙女のようだった。祖母は悩んでいる妹にあまり同情せず、きっぱりと言った。「おまえにはそれで充分だよ、だって、神様がくださった髪を、みだりにいじったんだから」

何ヵ月かしてまた元の黒い髪に生え変わったが、皮肉なことには、ほぼ同時に早くも最初の白《しら》髪《が》が何本かあらわれはじめた。よくあることだが、黒い髪は若いときから白髪になりやすい。

赤毛の人間は瞳が黒みがかった色のことが多く、その色は茶色より濃く、輝くような黒に近かった。こういう特徴をもった人間を、きわめて珍しいと思う人もいれば、気味の悪いほど見慣れている者もいるのだ。私の息子の一人がオンタリオ州の南西部で生まれたとき、病院の職員に言われた。「この子は髪が黒くなるか、目が青くなるでしょう。赤毛の人はだいたい青い目なんです。こういうケースは珍しい」。私を見れば説明の必要はないだろうに。

また、妹がアルバータ大学で出会った石油関係の技術者と結婚してから十数年後のある晴れた夏の午後、十一歳になった彼女の息子が、カルガリーのサルシー・トレイルの坂道を自転車を押しながら登っていた。その子の言うことには、男たちをいっぱい乗せた車がそばを通りかかった。車の前部のラジエーター・グリルのところに「B. C. or Bust」(絶対ブリティッシュ・コロンビ

（クロウン・キャラム・ルーアまで行くぞ）という横断幕がひもで縛ってあった。車は追い抜いていったが、しばらくして道端の砂利のなかに停まり、大きな音を立ててバックしながら、半分おびえて自転車のハンドルを握りしめている彼のところまで戻ってきた。「名前、何ていうの？」と男の一人が車の窓をあけて訊いた。「パンコヴィッチ」と彼は答えた。すると、後ろの座席にいた男が（「膝にビールを持っていた」そうだ）体をのりだして「お母さんの名字は何ていうの？」と訊いた。「マクドナルド」と少年が答えると、「ほらな」と車のなかの誰にともなく言った。「言ったとおりだろ」。それから、別の男がポケットから五十ドル札を出して少年に渡した。「何でですか？」とパンコヴィッチという名の甥は尋ねた。男は言った。「それはだな、きみの外見が気に入ったからだよ。お母さんに伝えてくれ、クロウン・キャラム・ルーアからのプレゼントだって」

そのあと、「絶対ブリティッシュ・コロンビアまで行くぞ」というスローガンをつけた車は、山の麓にゆるやかに波打つ丘陵とちらちら輝き揺らめいている遠い山のほうへ向かう、夏のハイウェイの流れに合流していった。

「ねえ、お母さん」と家に帰った甥は言った。「クロウン、キャラム、ルーアって、なあに？」

「どうして？」と母親は驚いて訊いた。「それ、どこで聞いたの？」。そして甥はさっきの顚末を話し、母親は自分の知っている話をかいつまんで語った。

「はっきり覚えているけど」と、あとになって妹は私に言った。「私、そのとき、髪を結ってたの、その晩は外へ食べに行こうということになってたから。だけど、あまりにも突然そんな話を聞いたものだから、泣きだしてしまって。その車がどんなナンバー・プレートをつけてたか、息子に訊いたんだけど、知らないって言うの。私、その人たちが誰なのか、知りたかった、そして、ともかくお礼を言いたかった――もちろん、お金のことじゃなくてよ。息子のためでもなくて、なんていうか、私自身のためにね」。妹は両手を前に差し出して、宙に浮いた見えないテーブル・クロスのしわを伸ばすようにその手を横に動かした。

## 4

私も双子の妹も父方の祖父母に育てられた。この祖父母はともに「キャラム・ルーア」の血を引いていた。つまり、二人は親戚同士だった。母方の祖父も一族の血を引いていたが、私たちはこの祖父のことを、親代わりになって育ててくれた祖父母ほどよくは知らなかったし、それほど長いあいだ知っているわけでもなかった。よく知らないという意味で、今となってはより興味をそそられる存在になっているようだ。この祖父は「はからずも生まれた子供」、つまり私生児だった。父親はキャラム・ルーアの一族で、メイン州バンゴアの近くの森へ働きに出かけ、二度と戻らなかった。どうやら、祖父の両親は春には結婚する計画を立て、将来の夫は新しい生活を始めるための資金を稼いで戻ってくるつもりでいたらしい。だから、その前の秋、将来の花嫁は彼に身をまかせたのだった。若い娘が戦場に赴く若い兵士に、きっと戻ってくると思いつつも不安と恐れを抱きながら身をまかせるように。祖父の命が芽生えたのは十月下旬か十一月はじめにちがいない。誕生日は八月三日だったから。そして今でも、彼らを哀れに思う気持ちが人々の胸を去らない。冬のさなかに自分の手の届かないところにいる男の子供を身ごもっていることに気づいた娘に、そしておそらく、自分が新しい生命を芽生えさせたことにも気づかず――それはひいては、たとえば私などの生命を芽生えさせることにもなるのだが――ころ道の丸太の重みに押しつぶされて死んだ男に、人々は深く同情した。

男が死んだのは一月だったらしいが、噂が聞こえてくるまでしばらく時間がかかった。遠く離れていて、冬でもあったし、電話もなく郵便も当てにならず、関係者のほとんどがまだゲール語しか話せなかった。男は現場の、冬のメインの森に埋葬され、春になってからいとこが出かけていって、ブーツなどわずかな身の回り品を持ち返った。まとまった金を稼ぐほど長くは働いていなかったし、結婚資金として取り分けてあった金は葬式のために使われた。さっきも言ったように、人々は二人を哀れんだ。彼にも同情したが、真冬には自分を恥辱から解放してくれるはずの男を待ちつづけ、しばらくたった暑い夏の日々には、絶望に打ちひしがれ恥を忍びつつも、生まれてくる父のない子へ人知れず期待を抱いていたかわいそうな娘に、深く同情した。

この母方の祖父が並外れて慎重な性格だったのは、こうした出生のいきさつのせいかもしれない。祖父は、成長してからは、時間をかけてきちんと計算して仕事をすれば常に完璧な結果が得られるという手仕事の正確さに惹かれ、優秀な大工になった。結婚したのは中年になってからだが、そのときにはすでに、小ぢんまりした素晴らしい家を設計して、町のなかに建てていた。そして結婚後は、たった一人だが申し分のない子供の父親になった。その子が私の母だった。祖父は妻をお産で亡くしたあと人の助けを借りずに暮らし、六時きっかりに起きて、ひげを剃り、手入れの行き届いた赤い口ひげを整えた。家のなかはきれいに掃除され、何がどこにあるか、すべて頭に入っていた。家の裏の、よく磨きこまれた道具類を置いておく小屋にしても同じことだった。たとえば、「八分の十一インチのねじ釘、ある？」と訊かれれば、すぐさま、それが入っている小さなガラス瓶のところへ行って、注文どおりの釘を取り出す。祖父はそんな男だった。

寝る前に、翌日の朝食の食卓の用意をするのだが、これにもきわめて几帳面で、皿は表を伏せて置き、カップは把手がいつも同じ角度にくるように受け皿の上に伏せ、ナイフ、フォーク、スプーンもそれぞれあるべき場所にきちんと置かれていた。まるで高級ホテルのように。靴はいつもぴかぴかで、爪先を前にしてベッドの下に並べられていたし、そのベッドにはしわひとつなく、小さなやかんはきれいに磨かれたレンジの上のいつも決まった場所に置かれていた。この祖父を深く愛しながらもタイプがまるで違うもう一人の祖父は、「あいつはきれい好きの度が過ぎて、人を緊張させるんだよ」と言った。

朝の起きぬけと夜の就寝前にはウイスキーを一杯やったが、同年代のほかの男たちに比べれば酒量はわずかなもので、誘われて酒場へ行くことはあっても長居することはなく、そもそも酒場というもの自体が苦手だった。「あいつはな、いつも立ちあがって、布巾を取ってきてテーブルなんか拭きはじめるんだ」と、もう一人の祖父は愚痴を言ったものだ。「テーブルから離れて坐ってな、こうやって」(と、テーブルに近いけれど微妙に距離をとって坐っている真似をして)「ズボンにビールでもこぼされるんじゃないかって、心配なわけだよ。それから、床がションベンだらけのトイレに我慢できないんだよな」

英語だろうがゲール語だろうが卑猥な歌や猥談も苦手で、少し下ネタめいたことを匂わされただけで顔を赤らめた。それはたぶん、自分の痛ましい過去には、きちんとした準備もなしに軽率におこなわれた行動があったと考えていたからだろう。女と寝たあと姿をくらます男の話なぞ、祖父にとってはとくに面白いものではなかった。

妹と私は小さい頃、この祖父の家に行くのは、会いたくて行ったというより義理で行くことが多かった。というのも、自分がいつもきれいに磨きこんでいる床を泥だらけの長靴で汚されたり、ハンマーをいつもと違う場所に置かれたり、のこぎりを雨のなかに出しっぱなしにして錆だらけにされるのを、とても嫌がる人だったからだ。しかも、ちょうど留守だったりして、私たちがたどたどしい字で書いたメモをドアに残してくると、大工用の鉛筆でスペルの間違っている単語をいちいち丸で囲み、私たちが次に訪ねていったときに正しく書き直させた。それほど何事も「きちんと」しているのが好きな祖父だった。

祖父は私たちの宿題の厳しい目付役だったが、独特のユーモアも忘れなかった。ある晩、祖父の家に泊まりにいったとき、歴史の年代を暗記しようとした。「カナダ連邦誕生、一八六七」と私は節をつけて覚えようとした。祖父は目をきらきらさせて、「このおじいさんのことを考えてごらん」と言った。「おじいさんは一八七七年の生まれだ。カナダより十歳若いだけで、しかも、ほら、そんなに歳をとってるようには見えんだろ』。当時の私にはびっくりすることだった。祖父はすごく歳をとって見えたし、カナダだって充分古い国のように思われたからだ。私は物事の相違を見分けるのが得意ではなかったし、何が若くて何が古いのかよくわからなかった。

この祖父（おじいさん）は父方の祖父母（おじいちゃん、おばあちゃん）より年上で、「違うタイプ」の人ではあったが、おじいちゃんとおばあちゃんはおじいさんが大好きで、尊敬もしていた。自分たちの息子が彼の一人娘と結婚して、その結果、両家が同じ悲しみを分け合うことになったというだけではなく、彼が親戚であり、「クロウン・キャラム・ルーア」だったからだと思う。もっとも、彼の父親のことは誰も覚えていなかった、前の世紀に雪深いメイン州バンゴア近くの森の、材木のころ道で死んだという若い男のことは。

「あの人はいつもあたしらの力になってくれるの。身内を大事にする人でね。このチャンスをくれたのも、あの人なんだよ」とおばあちゃんは言った。この「チャンス」というのは、田舎ではなく町に住めるようになったいきさつの話だ。祖父母は結婚してから数年間は「キャラム・ルーア」の土地に住んでいた。しばらくは義理の親兄弟といっしょに暮らし、その後自分たちの住む家を建てはじめていた。いつもお金に困っていて、将来が不安で、サンフランシスコへ行くことも考えたようだ。サンフランシスコには、おじいちゃんの兄と結婚したおばあちゃんの姉が移り住んでいて、なかなか羽振りのいい生活をしていたらしい。でも、結局、サンフランシスコには行かなかった。「年寄りたちに反対されてね」というのもひとつの説明だったが、ほんとうは自分たちが行きたくなかったということらしい。このプランは空想の世界に、とくに酔っぱらったときのおじいちゃんの頭には、根強く残っていた。「俺はだな」と、ふらふらしながら、しかし威厳たっぷりに椅子から立ちあがり、片手にグラスを持って、言ったものだ。「サンフランシスコに行ってたかもしれないんだぞ」

子供たちが生まれてきた数年間は、不安定な「普通の生活」を送った。おばあちゃんは小川に行って洗濯物を岩に叩きつけて洗い、石ころだらけの土地に丹精して貴重な菜園をつくった。おじいちゃんは、夏には〈キャラム・ルーアの岬〉の沖で魚を捕ったり家畜の世話をし、冬には森で手当たり次第に仕事を見つけて働いた。

十五キロほど離れた町で新しい病院の建設が始まったとき、おじいさんはそこで大工として働きだし、やがて、建設の一部を請け負うまでになった。病める者のための輝ける記念塔のように、見あげる高さで病院が立ちあがってきたときには、この祖父ほどこの病院についてよく知っている人間は数えるほどしかいなかった。祖父は、病院が完成したら今度はそれを維持管理することが必要になると見越して、その仕事をさせるためにおじいちゃんを教育することにした。「あの人はね、夜になると、よくうちに来たもんよ」とおばあちゃんは言った。「ほんとにまあ、きれいに、きっちり書いたいろんな図面を持ってね。おばあちゃんがテーブルの上に出てるものをすっかり片づけると、あの人はその図面を広げて、三人で石油ランプの下でそれを見て研究したの。配管だの配線だの、どれがどこにつながっているか全部説明してくれて、新式のスイッチやラッチの仕組みとかを話してくれて、そのあと、学校の先生みたいに私たちに質問するの、いろいろ問題が起きたときのことを考えて、それをどうやって解決するかと訊くわけね。ゲール語で説明してくれることもあった。それが終わると、ウイスキーを一杯やって、ヴァイオリンを一曲弾いて――まあ、そこが不思議な感じだったけどね、まさかあの人がヴァイオリンを弾くなんて、誰も思わないだろうからさ――それから、自分の家に帰っていったの。うちに泊まることはなかったわね。あたし、思ったもんよ、うちには内風呂がないからだって。とにかくきれい好きな人だったから――『気むずかしい』って言われてるのを、この耳で聞いたこともあるよ。そんなわけで、このあたしまでが、病院のなかの仕事にくわしくなってしまったってわけ」

新しい病院には管理人が必要だと当局がわかりかけてきたときには、おじいちゃんのほうは、本人に言わせれば「いつでも出てゆく準備ができていた」のだ。人間関係の対立などで反感を買うこともあったらしいが、面接ではみごとに質問に答え、反対意見を圧倒するところを見せて、管理の仕事に雇われることになった。「ようし、これで人生の準備完了だ」と、新しい作業ズボンのポケットに入れた新しいパイプレンチを上からさすりながら、おじいちゃんは言ったにちがいない。「サンフランシスコなんか、クソくらえだ」

これが、さっきも話したように、父方の祖父母であるおじいちゃんとおばあちゃんを田舎から町に住めるようにさせたあの「チャンス」だった。もちろん、その町は物理的にも田舎とほんのちょっとしか離れていなかったし、心理的にも違いはほとんどなかった。祖父母が暮らしはじめたのは町はずれで、二エーカーほどの「庭」があり、今まで飼っていた鶏や豚や、先祖代々飼っていた「キャラム・ルーア」の犬たちも引き連れてきたし、しばらくは牛さえ飼っていた。親戚もしょっちゅう訪ねてきた。町はやはり海のそばにあったので、ジグザグに入り組んだ海岸線に沿って遠くに目をやると、自分たちのやって来た土地の岬が見え、澄みわたった夜には、家々の明かりが地上にとどまった星のように輝いて見えた。その岬のあたりで、遠く暗い地平線がカーブを描いて海のほうに下りていた。

おじいちゃんとおばあちゃんはほんとうに満足して、この「チャンス」をありがたく思い、それ以上多くは望まないようだった。「あいつは実に利発な男だ」と、思慮深いもう一人の祖父であるおじいさんは、おじいちゃんのことを評して言った。「ただ、もうちょっと物を考えるやつだったらなあ」

それでも、おじいちゃんのために病院の管理の仕事を見つけ、おじいちゃんをそっちのほうへ導いたのは、この祖父だった。まるで、仕事を見て、生徒を見て、その仕事にはこの生徒が向いていると判断する（そして期待する）職業指導の教師のようだった。

おじいちゃんはおじいちゃんで、「俺はひとつだけ、ようく知ってることがある。それはな、この病院の管理だ。俺にはそれで充分だ」と言っていた。

おじいちゃんは結婚当初、できることは何でもやって金を稼ぎ、稼いだ金はタバコとビールを買う小遣いを除いて全部おばあちゃんに渡すと決められていたらしい。それ以外のことはほとんどすべて、おばあちゃんのやりくりに任された。結婚してから十二年間で子供が九人もできて無事に育ったことを考えると、それは決してたやすいことではなかったはずだ。「チャンス」が来る前のおじいちゃんには定収入がなかったので、おばあちゃんはしょっちゅう金に困っていたが、「チャンス」のあとはおばあちゃんもおじいちゃんのように「これで人生の準備は整った」と思った。毎日やりくりしながらなんとか暮らしていた頃から見れば、予想していたよりずっと「金持ち」の特権階級になった気がしたようだ。おばあちゃんは倹約家で、何でもよくできる人だった。「そうでなきゃ、やってゆけなかったよ」とおばあちゃんは言った。継ぎはぎの上からまた継ぎを当てて使い、物を捨てることなど考えもしなかった。そして心から信じている格言があった。ひとつは「物を無駄にするな、欲しがるな」、もうひとつは「どんなときにも身内の面倒をみるのを忘れるな」だった。

おばあちゃんはおじいちゃんのことを、「あんなにいい人は、ちょっといないよ」としきりに言ったものだ。そして「それはあたしが一番よく知ってる。四十五年以上もいっしょに寝てきたんだからね。世間には」と悪いことでも起こりそうな大まじめさで付け加えた。「外づらはいいけど、家に帰ってくると、いっしょに暮らす家族に意地の悪いことをするような、しみったれた男がいるもんだよ。その家の人間以外、だあれもそんなことは知らないだろうけどね。でも、うちのおじいちゃんは全然そんなことはないよ」と、そう考えるだけでうきうきするというように言った。「うちのおじいちゃんはね、いつも朗らかで楽しそうだけど、それだけじゃない、世間の人が見るよりずっとえらい人なのよ」

# 5

私はよくおじいちゃんとおばあちゃんのことを思い出す。ゲール語の歌もそうだが、意識的に思い出すのではない。朝、目が覚めて、足が床につくや——ベッドのわきで十分間体操するとか、決めた回数だけ腕立て伏せをやるように——「今日は、おじいちゃんおばあちゃんのことを思い出すぞ。まるまる十分、集中して思い出そう」などと言うわけではない。そういうのとはまったく違う。そうではなく、私のクリニックの裕福な静けさのなかに（そこでは、患者に痛みを与えず、期待がもてるような美しさをつくり出すことになっている）、知らず知らずのうちに思い出が忍びこんでくるのだ。そして、一段低くなったリビングルームや、地味だが品のよい高級家具を備えた、私の家の裕福な静けさのなかにも、いつのまにか入ってくる。そしてまた、グランド・ケイマンやモンテゴ・ベイ、サラソタ、テネリフェなど、冬など存在しないかのように私たちが出かけてゆく避寒地にも、思い出は入りこんでくる。かつて兄たちが住んでいたキャラム・ルーアの古屋に入ってきた粉雪のように……。雪は目に見えないしつこい風に吹かれて、窓枠の隙間から、ドアの下から、篩《ふるい》にかけられたように入ってきて、旧式の隙間ふさぎで目張りをしたり、ボロ布を詰めたりしているにもかかわらず侵入しつづけ、ひっそりと純白の線をつくり、驚きの声で迎えられた。

私は今でも祖父母を、その仕草やちょっとした場面とともに思い浮かべる。たとえば春の大掃除のとき、おばあちゃんはよく、梯子の上に立っているおじいちゃんの股間を後ろからさわった。おじいちゃんは大掃除が嫌いだったが、いつもちゃんと手伝った。おばあちゃんにさわられたおじいちゃんは、驚いてがくっと膝を崩し、やっと体勢を立て直すと、カーテン・レールや雑巾を握ったまま、笑いながら梯子の上からおばあちゃんを見おろした。

歳をとっておじいちゃんの耳が少し遠くなると、二人はほとんどゲール語で話すようになり、とくに二人だけでいるときにはすっかりゲール語に戻った。深夜、二人の寝室から漏れてくるのはゲール語だった。耳が遠くて自分の声もよく聞こえない人にありがちなことだが、おじいちゃんの声はやや大きすぎた。ゲール語は二人の恋愛時代の言葉であり、どんなときにも英語より自然に話せた。もっとも英語も、とくに「チャンス」のあとは格段にうまくなっていった。朝早く、祖父母の寝室の前を通ったりすると、わずかに開いているドアから、いつも同じ姿勢で眠っている二人が見えた。おじいちゃんはベッドの外側のほうにあおむけに寝て、少し口をあけ、右腕を伸ばしておばあちゃんの肩にまわしていた。おばあちゃんは頭をおじいちゃんの胸にのせていたが、右手は夫の股間へと伸びているのが毛布の輪郭からわかった。二人はお互いに励まし支えあってきた。新しい知識を得るとすぐに教えあった。そして自分たちの生き方に自信をもっていた。

おじいちゃんはたまに酒場で長居することがあった。歳をとってからは、そんなときよく金を使い果たしてしまい、おばあちゃんのところへ「使い」を出して、さらに仲間と酒を付き合うための資金を取りによこした。おばあちゃんは、「こんなことはめったにないんだから。それに、おじいちゃんがあたしらにしてくれたことを思えば、こんなのはささいなことだよ」と言って、いつもその金を用意した。あるとき、軽口で人をけなしたがる隣人から「うちの亭主だったら、一セントもやらないけど」と言われたとき、いかにもおばあちゃんらしく、憤慨して言い返したものだ。「ああ、そうでしょうよ、だけどあの人はお宅の亭主じゃない。あんたは自分の亭主の面倒みてればいいのよ、あたしはあたしの亭主の面倒をみるから」

ある年のクリスマス・イヴの日、私たちは午後から日暮れまでずっとおじいちゃんを待ちつづけた。おじいちゃんは時間切れ寸前になってプレゼントを買いに出かけたのだが、おばあちゃんの言うように「きっとどこかで道草を食っている」にちがいなかった。おばあちゃんは「プレゼントを買うにしては、たくさんお金を持ちすぎたのかもね」とも言った。「でも、まあ、六時半には帰ってくるよ、いろいろと用事があることも、今夜は教会へ行かなきゃならないこともわかってるんだから。どのみち、クリスマス・イヴには酒場も六時に閉まるし」

たしかに、六時半には帰ってきた。なんと、タクシーに乗って、変わった組み合わせの友人たちに付き添われて……。友人たちはおじいちゃんのためにドアをあけてやり、大事なプレゼントの包みを運ぶのを手伝ったあと、調子っぱずれの「メリー・クリスマス」を合唱しながら、タクシーのなかに戻っていった。

「やあ」とおじいちゃんは、よろよろしながら台所の床を横切った。「キマラ・ハー・シヴ？　メリー・クリスマス！　みんな、楽しんでるか？」

そして、千鳥足でキッチン・テーブルの端の椅子までたどり着き、そこにどっかり腰をおろすと、上下に揺れながら港を出てゆく船の甲板にいるように、ゆらりゆらりと揺れていた。「みんな、元気か？」と私たちに向かってあいまいに手を振る。その手は、目に見えないフロントガラスを拭いているように、顔の前で左右に動いていた。それから、「わが生涯の最良の日だ」と付け加えたと思ったら急に体勢を崩して、あっという間に、だが目をみはるような連続動作で、椅子から転げ落ちた。まるで、巧妙にダイナマイトを仕掛けられたビルが、ほんの数秒間のうちに折り重なるように崩れて、目の前で突然音もなく消えてしまう映画のシーンを見ている感じだった。二、三回、ブルブルッと身震いしたあと、激しく揺れ、それから粉々に崩れてゆくビルの解体シーンを。

このとき床の上からおじいちゃんが言ったせりふは二つあった。一つは、「たいへんだ、潮が満ちてこないうちに、早く船を引き揚げろ」、もう一つは「仕事にかかる前に、バルブが全部閉まってるか確かめろ」。どちらもかなり変わったせりふだが、一つは「チャンス」前の生活から来た言葉で、もう一つは「チャンス」後の病院の仕事に関係しているようだった。おじいちゃんはそのあとぐっすり寝入ってしまった。これにはさすがのおばあちゃんも面食らった様子で、大の字に伸びて口を半開きにしたまま、すやすや眠っているおじいちゃんを見おろしていた。

「さて、どうしたもんかしら？」と考えこんでいたおばあちゃんは、やがてぱっと顔を輝かせると、「わかった」と言った。そして、クリスマス・ツリーの飾り物の残りが入った箱のところへ行くと、いろいろな飾りや、銀紙でつくった鎖や、ちょっと汚れた星などを取り出した。その星をおじいちゃんの頭に置き、銀紙の鎖をうまく手足に這わせ、小さな球や小さな星を、手足を広げて伸びている体の要所要所に飾った。胸の上に置かれたつららの飾りは、なんとなく、戦争で手柄をたててもらった古い勲章のように見えた。そうしておいて、上から雪を降らせた。雪を振りかけられたおじいちゃんは鼻にしわをよせて、くしゃみをしそうになったが、それもほんの一瞬のことで、また眠ってしまった。おじいちゃんの飾り付けが終わると、おばあちゃんはその姿を写真に撮った。夜になって、目を覚ましたおじいちゃんは、最初、リリパットの小人に囲まれたガリバーのように、ちょっと不安になったらしい。なにしろ、起きてみたら小さな銀紙の鎖に覆われていて、自分がどこにいるかも何が起こったかも、しばらくはわからなかったのだ。じっと身動きしないで、目だけ動かして部屋を見まわし、ようやく、足元からたいして離れていない椅子に、静かに坐っているおばあちゃんの姿を見つけた。そのあと、ゆっくりと右手をあげ、手から落ちる雪やつららや、中指に結ばれた緑色の球を見つめた。

「みんなであなたにクリスマスの飾り付けをしてあげようと思ったの」とおばあちゃんは妹と私を見ながら言った。そして笑いだした。おじいちゃんは、体に仕掛けられた爆弾をはずそうとするみたいに、銀紙の鎖やリボン飾りを破らないよう慎重に体を動かしながら、ゆっくり体を起こした。立ちあがって、自分の寝ていた場所を見おろしたときには、床のそこだけは何もなく、体の輪郭がだいたいわかるくらいだった。おじいちゃんの手足の輪郭に沿って白い雪や飾り物が散らばって、いわば「雪の天使」の白黒反転のイメージがつくりだされていた。その夜、教会でおじいちゃんが頭を動かすと、角度によって、髪に残った雪がやわらかい金色の明かりに反射してキラリと光った。

おじいちゃんはできあがった写真を財布に入れて持ち歩いた。長いあいだにしわができたり破れたりすると、もう一枚焼き増しするために、おばあちゃんに昔のネガを探させた。

それは、高校の卒業アルバム用に撮る「おふざけ」写真みたいなもので、何年もたってからそういう写真を見ると、そのときには全然気づかなかったことまで見えてくるようだ。

## 6

私と妹は双子の兄妹で、わが家の末っ子だった。そして三月二十八日、二人で祖父母の家に一泊すると決まったときには、まだ三歳だった。

私の父は戦争中海軍に入り、復員してから、小さな島の灯台守の職に応募した。その島は本島の沿岸の町から二キロ半ほど離れていて、まるで海に浮いているように見えた。船にも海にも精通していた父は、試験に合格したあと、正式な採用通知を郵便で受け取った。それはよその土地へ出てゆく必要がないということだったから、父と母はおおいに喜んだ。しかも安定した仕事のようで、それこそ戦争の混乱期を過ごした両親の望んでいたことでもあった。祖父母たちも非常に喜んだ。「あの島は、ずうっとあそこにあるんだからな」とおじいちゃんは、その点が肝心とばかりに言った。もっとも、あとで、「灯台なんてもんは、誰にでも管理できる。病院をまるごと任される責任とは比較にならん」と鼻で笑ったそうだが。

週末に入った三月二十八日の朝、両親と子供六人、そして犬一匹は、氷の張った海を歩いて渡った。十六歳と十五歳と十四歳の兄たちが、交代で私と妹を肩車して歩き、ときどき立ち止まっては手袋をはずして私たちの顔をこすってくれたらしい。そうしないと、気がつかないうちに頬が凍傷にやられてしまうのだ。父は十一歳のコリンを連れて先頭を歩いた。ときどき長い棒で氷の状態を確かめていたが、その二ヵ月ほど前に氷の上に「木を立てた」ので、それもあまり必要なさそうだった。木を立てたというのはつまり、冬に凍結した海峡を渡るときの目印となるように、雪や氷のなかにトウヒの木を立てておいたということだ。

厳冬期の、いわゆる「ドッグ・デイズ」と呼ばれる時期には、氷は驚くほどかちかちに固まる。それは北極地方の東部から流れ着いた流氷と、海峡が凍ってできた「氷の埋め立て地」とが合体したものだった。とりわけ寒さの厳しい冬で、氷の上が平坦なら、小島と本島とのあいだを自由に往来できた。歩いてもいいし、スケートで滑ってもいい。氷上ヨットをつくって、身を切るような猛スピードで自在に方向を変えながら、冷たい氷の上を飛ぶように滑ってもいい。大胆にも車やトラックを走らせることもあったし、一冬に一回か二回は競馬を楽しむ週末もあった。滑り止めつきの蹄鉄を打たれた馬が、軽いそりや夏用の一人乗り二輪馬車を引いて、トウヒで区切った間に合わせのコースを走った。レースが終わると、すぐに汗が霜に変わりはじめるので、馬の持ち主は大急ぎで馬に毛布をかけた。まるで、見る見るうちに馬が老いてゆくような感じで、黒や茶の毛皮は数秒で、触れれば砕けそうな白い毛皮と化してしまった。氷と雪の野に立つ凍りついた白い馬たち。

私の両親は冬の氷を喜んで迎えた。夏より楽にできる用事がいろいろあったからだ。たとえば必需品をトラックに乗せて氷の上を運ぶことができた。夏だと、荷物をまず港まで運んで、揺れる船に積みこみ、海峡を渡って島に着いたら、船から埠頭に降ろし、それからまた、灯台の建つ崖の上の高台まで運びあげなければならない。冬だと、そういう面倒な手間をかけずに石炭や薪を運んだり、家畜を綱で引いて、一見安全そうだが危険もひそむ氷の仮橋を歩いて渡らせ、本島で売ったりした。

冬には社交生活も充実した。不意の客がラム酒やビールやヴァイオリンやアコーディオンを持参して、両親に会いにやって来た。みんなで一晩中、歌や踊りやカードに興じ、いろんな話をした。外では、アザラシが氷の上で悲しげな声で鳴いていた。氷そのものも、白く冷たい外見のその下で勢いよく流れつづける海流や潮流に押されて、雷鳴のような音や、ピシッと割れるような音、ときにはうめき声のような音を立てていた。男たちのなかには外へ出て用を足す者もいたが、戻ってくると、「ジェ・クーラ？」（何が聞こえた？）と訊かれたものだ。「何にも」と訊かれた男は答えた。「カ・クーラ・シーン」（氷の音しか聞こえない）と。

さて三月二十八日、私たち家族にはやることがたくさんあった。年上の兄たちは田舎のいとこたちを訪ねるつもりだった。いとこたちはまだ、キャラム・ルーア時代に建てられた古い家々に住んでいた。私の祖父母も、町に住むことに決まって村を去るまでは、そのすぐ近くに住んでいた。兄たちは、乗せてくれる乗り物があれば週末はいとこの家に泊まろうと計画していた。祖父母の家から村まで十五キロもあったが、乗り物が見つからなくても、内陸の道には風をさえぎるものがあるから氷の上を二キロ半も歩く寒さに比べればまだましだと言って、歩いてゆくことにしていた。両親は祖父母が郵便局で受け取っておいてくれた給料の小切手を換金しようとしていた。四番目の兄のコリンは新しいパーカを楽しみにしていた。春が近づくと冬物衣料が値下げされる。しっかり者の母は、この時期のイートン・デパートの安売りカタログでコリンのパーカを注文しておいたのだ。コリンはクリスマスの前からずっとパーカをほしがっていた。私と妹は、いつも大騒ぎで迎えてくれて、決まって「遠くからよく来たね、おりこうさん」と褒めてくれるおじいちゃんとおばあちゃんに会うのを楽しみにしていた。そして犬も、これから行こうとしている場所を知っており、慎重に道を選んで歩きながら、ときどき立ち止まっては、鍛えられた足のデリケートな指球のあいだにはさまった雪や氷の塊をかじり取っていた。

すべては順調だった。太陽は明るく輝き、私たちは家族そろって、はじめは氷の上を、そのあとは陸の上を歩いていった。

午後遅く、太陽はまだ照っていて風もなかったが、急に寒くなってきた。冬に日が射しているからといって暖かくなったなんて思うのはとんだ間違い、とからかっているような寒さだった。祖父母の家にやってきた親戚たちは、兄たちは無事にいとこの家に到着して、たぶん翌日まで戻らないと言った。

両親は、買った物を雑嚢のなかに振り分けて入れた。雑嚢はいつも祖父母の家に置いてあり、必需品を背中にかついで運ぶのに使った。両親の背中は荷物でいっぱいになり、上の兄たちがいなかったので、私と妹は「一晩泊まって」、兄たちが戻ってきたらおぶって島へ連れて帰ってもらうことになった。コリンも泊まるように言われたが、待ちに待った新しいパーカの暖かさを試したくて、両親といっしょに帰ると言ってきかなかった。三人が出発したとき、太陽は傾きかけていたもののまだ照っていた。三人はランタンを二つ持っていた。日が暮れてから島に着くまでの、明かりや目印や信号になるはずだった。一つは母が持ち、もう一つはコリンが持ち、父は長い棒を握っていた。最初の一、二キロは海岸に沿って、上に乗ってもだいじょうぶそうな堅い氷を探して歩き、それから氷の上の旅を始めて、父が立てておいたトウヒの木のコースに従って進んでいった。

白い氷の上に、三つの黒い人影と小さい犬の影が、くっきりと輪郭を描いて進んでゆくのが見えた。途中で日が暮れて、黒い人影が氷の上でランタンに灯《ひ》をともしたが、それも海岸から見えた。三人と一匹は先へ進みつづけた。そのとき、一つのランタンの光がぐらぐら揺れ、激しく舞ったかと思うと、一つは消え、もう一つはすっかり暗くなった闇のなかで弧を描いたあと、じっと動かなくなった。おじいちゃんは自分の目にした光景を確かめようと一分近く見つめていたが、大声でおばあちゃんを呼んだ。「おい、氷の上で何かあったぞ。明かりが一つしか見えないし、それもまったく動かんのだ」

おばあちゃんは窓に駆け寄った。「たぶん、立ち止まっているのよ。ひょっとしたら、休んでいるのかも。荷物を入れなおしているのかもしれないし。たぶん、用を足しているのよ」

「しかし、明かりは一つしか見えんぞ。しかも全然動かん」

「だから、それよ、たぶん」とおばあちゃんは期待を込めて言った。「ランタンが風で消えたから、もう一度、ともそうとしているのよ」

私と妹は台所の床に坐って、おばあちゃんの食器でお店屋ごっこをしていた。二人でかわるがわる客になり、おばあちゃんから借りた一セント硬貨でスプーンやフォークやナイフを買った。おばあちゃんはいつも、非常時に備えて一セント硬貨を広口瓶に貯め、戸棚の低いところに入れていた。

おじいちゃんが「あの明かり、まだ動かんぞ」と言って、急いで防寒着を着てブーツを履いていると、電話が鳴りはじめた。「明かりが動いてない。明かりが動いてない」と電話の声は言った。「氷の上で、何かあったんだ」

それから、あわただしく話し声が行き交った。「ロープを持っていけ」「棒を持っていけ」「担架にもなるから、毛布を持っていこう」「ブランデーを持って」「角で会おう。俺たちを置いて先に渡りだすんじゃないぞ」

「あたし、お兄ちゃんのスプーンとナイフ、ぜんぶ買っちゃった」と妹が台所の床の上で自慢げに言った。「でも、ほら、こんなにお金、残ってるの」

「そう、いい子だこと」とおばあちゃんが言った。「一セントの節約は一セントの儲けだからね」

人々が海岸へ向かう途中、明かりが犬の目を捕らえた。おじいちゃんがゲール語で犬を呼ぶと、走ってきて、おじいちゃんの広げた腕のなかに飛びこんで、顔をぺろぺろなめた。おじいちゃんは手袋をはずして、犬の背中の毛に深く手を差し入れた。

「こいつは俺たちを迎えにきたんだ」とおじいちゃんが言った。「あの子たちは氷の下に沈んだな」

「沈んだんじゃない」と誰かが言った。「落ちたかもしれないけど、沈んだわけじゃないだろ」

「いや、沈んだな」とおじいちゃんが言った。「とにかく、こいつは一度沈んでるよ。背骨までびっしょり濡れてる。この犬は頭がいいし、泳ぎもうまい。毛の詰んだ厚い毛皮も着ている。落ちただけなら、落ちただけですぐ浮かびあがったんなら、こんなに濡れるはずはない。穴から落ちたあと、潮に流されて氷の下になったが、そのあと泳いで落ちた穴まで戻ったんだよ」

おじいちゃんたちは縦一列になって氷の上を歩きだした。揺れる灯が、クリスマスの飾りのように連なって見えた。それぞれの灯がそれを持つ男の歩くリズムに合わせて揺れた。一行は両親たちの足跡をたどり、静止したまま動かないランタンの明かりに向かって進んでいった。明かりの近くまで行くと、ランタンはまっすぐ氷の上にのっていて、誰かの手がそれをつかんでいるわけではないとわかった。足跡は氷の割れ目の手前まで続いており、そこから先にはもうなかった。

それから何年もたって私と妹が十一年生になったときのことだが、教師がワーズワースの話をして、「ルーシー・グレイ」という詩を一例として読んでくれたことがあった。教師がその詩の後半を読みはじめたとき、私と妹は同時にびくっとして顔を見合わせた。私たちの知らないその古い詩のなかで、自分のよく知っている出来事に出くわしたような気がしたのだ。

彼らは雪の積もった堤から
ひとつひとつ足跡をたどり、
橋板のまんなかにやって来た。
そしてそこから先には何もなかった！

「そしてそこから先には何もなかった！」。しかし、あの三月二十八日、おばあちゃんが心配そうに窓の外に目をやりながら私たちのベッドの用意をしているあいだ、私たちはお店屋ごっこに飽きて、ナイフやスプーンやフォークを片づけていた。

一方、氷の上では、一行が氷の張っていない水面に近づいたとき、犬が悲しげに鳴きだした。列の先頭を歩いていた男たちが腹ばいになり、前にいる男の足首をつかんで人間の鎖をつくり、立ったままでいるより平均に体重がかかるようにした。しかし、それも無駄だった。そこにはランタンのほかは何もなく、かすかな水音を立てている暗い穴の縁まで、堅い氷がまっすぐ続いているようだった。

男たちはあれこれ思いめぐらす以外に何もできなかった。穴の向こう側には、穴のこちら側までずっと続いていたように、トウヒの列が整然と並んでいた。ひょっとしたら、水に落ちて沈んだのは一本の木だけかもしれないとも考えられた。氷が割れてあいた穴はそれほど大きくなかった。が、おじいちゃんが言ったように、「われわれがすっぽり入るだけの大きさはあった」。

三人が消えたとき、潮は引いてゆくところで、ランタンだけを残していった。そのランタンは、沈みそうになった誰かの手で氷の上に放りあげられ、奇跡的にまっすぐ着地して、そのままあたりを照らしつづけた、ということかもしれない。あるいは、誰かが別の手をつかもうとして伸ばしていた手で、弧を描いて落ちてきたランタンを受け止め、取り乱しながらもしっかりと氷の上に置いたのだろうか。男たちは寝ずの監視を続け、棒で穴を少しずつ大きく広げながら、潮が変わるのを待った。そして潮の変わった早朝、兄のコリンが浮かびあがった。海をよく観察している者にしかわからない、半信半疑の予感というものがあるが、この場合はその予感が当たったのだ。パーカの白い毛皮のフードが水面からあらわれたとき、辛抱強いイヌイットのように半分凍えながら穴のまわりにうずくまっていた男たちは、口々に叫びながらコリンのほうへ棒を伸ばした。男たちは、コリンはそれほど長い距離を流されたわけではないと思った。あるいは、衣服が氷のすぐ下に引っかかっていたのだろう、と。リュックを背負っていなかったから、あまり重い荷物は持っていなかったのかもしれない、それに、パーカに使われている浮力のある新素材が、コリンを水面に浮きあがらせたのかもしれない。コリンの目は見開かれ、フードの紐はまだきちんと結ばれ、喉の横に押しこまれていた。母のいつものやり方で。

両親はその日も、その次の日も、それから何日も何ヵ月もたっても見つからなかった。

# 7

その朝、私と妹は粥を食べていた。粥の表面に小さい川を描き、そのなかにミルクを注ぎ、上から赤砂糖をふんだんに振りかけていた。何が起こったのか、まだほとんど知らなかった。おばあちゃんが妹をしっかり抱きしめ、おじいちゃんは私の髪をくしゃくしゃにして「イレ・ヴィグ・ルーア、かわいそうに」と言った。「おまえにとっては、これから何もかも変わってしまうんだな」

兄のコリンの通夜は、祖父母の家で二日二晩おこなわれ、三日目に葬式が出された。近隣からはもちろん、遠方からもクロウン・キャラム・ルーアがやって来て、家ははちきれんばかりだった。女たちは食べ物をたくさん持ってきた。付け合せの野菜に囲まれたローストビーフとグレイビー・ソースの入った容器、スコーンとパンの山、大量のペイストリー。かちかちに凍って雪で覆われた墓地でも、墓を掘る男たちは余るほどいた。男たちは手から手へつるはしを渡しながら、凍った地面から飛び散る火花をじっと見つめた。

弔問客は家のなかへ入ると、まず柩のところへ行き、それぞれ祈りをささげた。それから、お悔やみを述べるために遺族のほうを向いた。たいていの人は無意識に両親を探した。子供が亡くなったとなれば真っ先にお悔やみを述べにゆくのは両親のところだからだ。だがすぐに、はっと気がついて、心を落ち着かせ、最も近い親族を探した。そして祖父母か、叔父や叔母か、打ちひしがれている兄たちのところへ行って、女だったら抱きしめ、男には握手をして、「ほんとうに気の毒に。あんなことになって、かわいそうに」と言った。通夜のあいだ、わかっているにもかかわらずつい何度もドアのほうへ目をやる人が多かった。まるでそこから私の両親が入ってくる、帰ってくる、「家族の死」によって呼び寄せられてくる、と期待しているように。でも、もちろん、両親が入ってくることはなかった。

二日間の通夜のあいだ、クロウン・キャラム・ルーアは椅子の上や廊下や、ときには満杯のベッドのわきの床の上で仮眠をとった。交代で誰かが起きていて、コリンが一人にならないよう小さな柩のそばで夜を明かした。コリンはずっと、完璧なおとなしさで横たわっていたが、それはどうもまだ何かを待っているような完璧さだった。ネクタイがちゃんと結べているかどうか、爪が汚くないかどうか、母が確かめてくれるのを待っているように。母に「みんなの注目を浴びるんだからね。みんながおまえを見てるんだよ」と言われるのを待っているように。

通夜のあいだ、どうしてこんなことになったのかという会話がしきりに交わされた。私の父が

「氷をよく知っている男」だということはみんな認めたし、あの日、朝には同じコースを歩いて渡ったということは事実だった。しかしその一方、潮や海流の流れが速く、氷の裏側が思ったより厚く削られていたのかもしれないということも事実だった。それに、なんと言っても季節は三月の終わりで、太陽がさんさんと照っていた。もっとも、それほど強い日射しだったとも思えない。ともかく、決定的な結論は出せなかった。

一般の人たちは、保険会社の使いそうな言葉で「神の御業」ということにしたが、クロウン・キャラム・ルーアは「神のおぼし召し」という言葉を使って神の慈愛を信じようとした。ほかにも、ヨブ記を読んでこじつけて解釈し、今回の出来事は神が正義をおこなった一例であり天罰だと言って、その理由づけをあれこれ探しまわる者もいた。小島の仕事に就いて以来あまり教会へ行かなくなったからでは？　ひょっとして、結婚する前に性交渉をしたのでは？　わからんぞ。どんな理由があるんだ？

前触れみたいなものはあったと言う者もいた。数年前に氷の上の「まさに同じ場所」に「明かり」を見たが、あれはいわば予言であり、今から思えば予言どおりになったということかもしれない、と。

通夜のあいだ、もう一人の祖父であるおじいさんはときどきしか顔を出さなかった。大勢でいっしょに死者を悼むような人ではなかった。その後しばらくして、代わりが見つかるまで「島の面倒をみる」と申し出て、一人で島に渡った。このとき祖父はヴァイオリンを持っていった。一人だけで弾いているつもりだったのだろうが、一、二度、風が本島に向かって吹いている静かな夜に、哀調をおびたメロディーが聞こえた。おじいさんのヴァイオリンの腕前は、世間の人が思っている以上に優れていたので、歌の謂われを知っている者にとってはそのメロディーが耳について離れなかった。弾いていたのは「コーヴの哀歌」「グレンコー」「子供たちを悼むパトリック・マクリモンの悲歌」だった。

「あたしらは、ほんとうに大切なものを失ったけど、まだ、ほかの子供たちがいるし、あなたにはあたし、あたしにはあなたがいる」とおばあちゃんが言った。「あの人の悲しみは、うかがい知れないほど深いものなんだろうね」

通夜のあと、祖父母の台所に坐っていたキャラム・ルーアの年配の男たちは、時折、私と妹のところへやって来て、両手いっぱいに硬貨を持たせてくれた。ほかに何をしていいか思いつかなかったのだろう。私たちは「運のいい子供たち」と呼ばれたかと思うと「運の悪い子供たち」と呼ばれることもあった。「メーダル(かわいい)お嬢ちゃん」と言われたり、「かわいそうなイレ・ヴィグ・ルーア、おまえの将来は、長く険しい道のりになるんだろうな」と言われたりした。

氷の下にはかならず、氷の裏側と水とのあいだに空気の層があるという。もし氷の下に流されたら、まずあおむけになって氷の裏側に口と鼻を当てるようにやってみることだ。そうすれば少なくとも呼吸をすることはできる。それから、自分の落ちた穴が見えるように目をちゃんとあけておいて、なんとか穴に戻るようにしなければならない。凍りそうな塩水のなかで目を閉じれば方向がわからなくなり、残された時間は少ないのだから、それが命取りになるかもしれない。潮の流れが速いときには、あっという間にかなりの距離を流されてしまうので、どんなにすばやく反応しても手遅れになりかねないのだ。

私はよく、氷の下であおむけに浮いている両親の姿を想像する。葉っぱの裏側に張りついている葉虫のような格好をしている両親。死んだ胎児に似た姿勢で、手と膝をあげて、自分を押さえつけている氷の裏側に口を押し当てようとしている両親。なんとかして生き残るために、呼吸をしようとしている両親。

三人を失ったあとの数週間は、太陽が照り、潮の流れも速かったので、今になってやっと姿をあらわした癌に蝕まれてゆくように、白い氷の下が黒くなってきた。そして何日もしないうちに、真っ白な広がりにしか見えなかった景色は、さまざまな形の氷の塊が灰青色の水のなかにぷかぷか浮かんだり回転したりしながら光を反射している光景に変わった。

あの夜、助けを呼びに戻ってきた雌犬は、氷が解ける前に祖父母の家を出て飼い主を探しに二度島に渡り、二度とも叔父に連れ戻された。二度目は、おじいちゃんが戸口に鎖でつないでおいたのだが、あまり鳴くので、いや、みんなの言葉を借りれば、はためにもわかるほど悲しそうに「訴える」ので、翌朝おじいちゃんが放してやった。「あの声を聞いてると、胸が張り裂けそうでな」とおじいちゃんは言った。

犬はすぐさま海岸に走り、海を渡りはじめた。平坦な氷の上は姿勢を低くして身構えながら走り、氷の張っていないところに来るとひるむことなく水に飛びこみ、一番近い氷まで泳ぎついて、皿のような氷から氷へと飛び移っていった。おじいちゃんは双眼鏡でその様子を見ていた。「あいつ、やりおったぞ」と、ようやくおじいちゃんが窓からふりかえって言った。「かわいそうな犬《クー》だ」

新しい灯台守の「ピクトウの方角から来た男」が、岩だらけの海岸にある波止場に船の舳先をつけたとき、犬はまだ、消えた三人が海からあらわれるのを待っていた。岩場を転がるように走ってきて男を出迎えた犬は、毛を逆立て歯をむきだし、自分のものだと信じているものを守ろうとして、なんのためらいもなく激しく唸った。すると男は舳先に手を伸ばして二十二口径のライフルを取り、待ちつづける忠実な犬の心臓めがけて四発撃ちこんだ。そのあと、男は犬の後ろ足をつかみ、海のなかへ放りこんだ。

知らせを聞いたおじいちゃんは、「あいつは初代キャラム・ルーアの犬の子孫だった」と言い、ガラスのコップにウイスキーをなみなみと注いで一気に飲みほした。「スコットランドから渡ってくるとき、舟のあとを追って泳いだ犬の子孫だよ。情が深くて、がんばりすぎる犬のな」

五月十五日、もう一人の祖父は、いつものとおり朝の海岸を散歩していたとき、娘の財布を拾った。まだしっかり口金が閉まっていて、なかには世間から見て価値のあるものや面白いものは何も入っていなかった。入っていたのはハンカチにきちんとくるまれた十ドル札が一枚と、コリンのパーカの領収書と、万一そのパーカに不満があれば返品するための保証書だった。

祖父が財布を見つけたのは不思議な運命の巡り合わせだと言う者もいた。どういうわけか財布が彼のもとへ「たどり着いた」のだ、と。しかし、おばあちゃんは、あの人は起きたら毎朝海岸を散歩するから財布を見つけただけだと言った。海辺を見ていたから見つけたのであって、何の不思議もない、と。財布のほうから「たどり着いた」り、「見つけられた」りしたわけじゃない。

祖父はその財布を長いあいだしまっておいたが、妹が結婚するとき、式を挙げる前の週に彼女に手渡した。

こういうわけで、祖父母の家には「一晩泊まる」予定だった三歳の私と妹は、結局、大学に入るために出てゆく日まで十六年間とどまることになった。これは、意図されていたのとは違う結果になったいくつかの人生の物語である。そしてもちろん、ここに述べる話のもとになっている情報には、私が実際に体験していないという意味で、ほんとうは私の情報ではないものがたくさん混じっている。なぜなら、さっきも言ったように、両親が溺れたときには私は妹とお店屋ごっこをしていたからだ。そして、遠い遠い昔、海の彼方の新天地をめざす家族を追って泳いだキャラム・ルーアの忠実な犬も見たことはない。粗布の袋に入れられ、袋の口を縫い綴じられてその海に葬られた、おばあちゃんの曾祖母にあたるキャサリン・マクファーソンにも会ったことはない。それでも、たとえどんなに不正確だろうと、身近にいる家族が互いをよく知るようになるのと同じように、こうした情報を知るようになった。おばあちゃんが言っていたように、「知らないでいることなどできるもんかね」ということだ。

「あたしが知らないことはいっぱいあるよ」とおばあちゃんは言ったものだ。「でもね、あたしには心から信じていることがあるの。どんなときにも、身内の面倒をちゃんとみるべきだと信じてる。それを信じなきゃ、おまえたち二人はどうなるの？」

# 8

私は今、トロントの九月下旬の太陽に照らされ、クイーン・ストリート・ウエストという別世界に立って、ぐずぐず迷っている。高級レストランや高層建築の並ぶこの一帯では、修復と破壊の戦いが続いている。「売り家」という看板がある。「貸し家」という看板もある。解体用鉄球をぶら下げたクレーンが、少し前に積みあげたばかりの瓦礫の山に囲まれて、静かに出番を待っている。

押しあうように通りを歩いている人たちは、中国のさまざまな地方の方言や、ギリシャ語、ポルトガル語、イタリア語、英語でしゃべっている。ウインドウの商品は「輸入物」と謳われている。ずうずうしいくせに用心深い鳩が、青みがかった灰色の翼をパタパタ動かしたり、地面に降りてきて、人の多い歩道を闊歩するビジネスマンのように気取って歩いている。遠くのほうで、デモ隊とそのデモに反対する一派がやたらにぐるぐる歩きまわっている。「平和主義者は共産主義者の愛人」「この国は守るに値しないというなら、よそへ行け」

昔、ダラスで開かれた歯科矯正学会で、一人の男が私の名札に目を留めて、ちょっと考えられないことだが、不意に、「カナダでよく耳にするんだけど、ウクライナ人って誰のことなんですか？」と話しかけてきた。

「ウクライナから来た人たちですよ」と私は言った。「出身地がウクライナなんです」

「違うでしょ」と男が言った。「そんな場所はない。だったらロシア人でしょ。僕はちゃんと地図で確かめたんです」

「いや、ロシア人じゃありません。地図は変わったんです」

「僕は地図を見るとき、そこに書かれた線を信じますね。X線を信じるように」

「でも、X線からは、はっきりと見える線のほかにも、いろんなことがわかりますよ」と私はちょっとピントをはずして言った。「X線は、その下に隠れているものを知らせようとしている」

「あのね、線は線なんですよ、そうでしょ？　書かれてるか、書かれてないか、どっちかだ。ウクライナ人なんてのはいない。彼らはロシア人だ」

「そんな単純じゃない」と私はまたはぐらかした。

「共産主義者は、カナダで医療体制を乗っ取ろうとしているって話です。だから、訊いたんですけどね」

「まさか」と私は言った。「それも、そんな単純じゃないですよ」

「そうやって、何でもそんな単純じゃないって言ってればいい。僕にとっちゃ、正しい道と間違った道があり、医学ってのは自由企業なんだ。僕ならあんたの三倍稼げる」

「たぶん、そうでしょう。でも、私は今の稼ぎで充分です」

「テキサスに来るといいですよ」と男は言った。「われわれの商売は、金のあるところへ行くべきで、金はテキサスにあり、ですよ。テキサスは金持ちのいるところで、連中はぴかぴかになるためには喜んで金を出す」

男はもう一度私の名札を見た。「そういうアイルランド系の名前だと、『ラッキーなアイルランド人』ってわけかな。僕は名前を変えました。祖父か誰かが変えたんだけど。アメリカ人風の名前に。もっと溶けこむために」

「前は何という名前だったんですか」と私は男の名札を見ながら言った。そこには「こんにちは！　ビル・ミラーです」と書かれていた。

「さあね」と男は笑った。「関係ないですよ。大昔のことだ。ところで、お宅らは自分のことをまずカナダ人だと思うんですか、それとも北米人だと？」

「そうだな……」と私は答えはじめた。

「まあ、いいさ」と男はもう一度笑って、私の肩を軽く叩いた。「また、そんな単純じゃないって言うんでしょ。じゃあ」。男はさっさと人込みのなかに入っていった。

私は今、何を買おうかとぐずぐず迷っている。ときどきこんなふうに、何を買っていいかわからなくなる。不純物が少ないと言われているウォッカを買えばいいのか。あるいは、イギリス諸島のビール、茶色い糖蜜色のエールを買えばいいのか。栄養価が高いので、そっちを飲めばしばらくはどうにか生きていられる。「クロウン・キャラム・ルーアは長生きするぞ」と祖父は言った。「もしそのチャンスが与えられて、自分がそう望むなら」

黒いTシャツを着た若い女がこっちへ歩いてくる。Tシャツの胸にはスローガンが書かれている。「過去に生きることは、自分の可能性を生きないこと」

## 9

両親が死んだあと、三人の兄たちはキャラム・ルーアの古い家に移った。祖父母の一家が、「チャンス」に恵まれて「町の人間」になるために出てゆくまで暮らした家だ。人生にあまり深刻な問題がないときには、いろんな人が夏の二、三ヵ月をそこで過ごすことはあったが、もうずっと以前から、その家に住み着いている者はいなかった。兄たちは、灯台守に必要な仕事をこなすには若すぎると判断されて、前にも話したように、この職はただちに「ピクトウから来た男」のものになった。父の場合もそうだったが、この男もやはり退役軍人で、役所の管轄下にある仕事の欠員待ちリストに登録していたようだ。

兄たちは両親の死後、学校へは戻らなかった。そうしたほうがいいと勧めたり、ああしろこうしろとうるさく押しつける者もいなかったらしい。一家で島に移り住んで以来、兄たちはだいたい両親に勉強を教わり、ときどき町の学校に行っていた。だが、今やそれもこれもすべて「終わった」こと、過去のことになってしまった。兄たちは学校へは行かずに、両親の人生が残した遺品を持って、海のそばの古屋と土地に向かった。両親の遺品には徐々にいろいろなものが付け足された。

おじいちゃんとおばあちゃんが「町の人間」になったとき、もういらなくなるからと、たとえば漁網やのこぎり、チェーン、馬具、子馬、子牛などを、友人や親戚に分け与えた。こうしたものすべて、あるいはこれに類するものが、一世代分の不在を経て兄たちのもとに返され、しかも、たいてい前より立派になって返された。若い雌馬のクリスティも、三頭の牛も、平底の舟もそうだった。舟はたしかに古かったが、おじいちゃんが残していった舟よりは新しかった。半解けの氷も消えてなくなる頃、兄たちは、数は少ないながらロブスター・トラップも用意し、親戚といっしょに漁に出る準備を進めたり、じゃがいもを植えつけたり、燕麦の畑も一、二エーカーほどつくろうとしていた。ここでも私は、いかにも兄たちの生活をよく知っていて、三人のうち一番下の兄が深夜に声を殺して泣いているのを聞いたかのように話している。けれど、その年の私と妹はウッドチャックのほうに興味があった。ウッドチャックの何たるかを理解しはじめたばかりで、私たちにはそれがとてつもなく重要なものに思われたのだ。「今年はウッドチャック、自分の像《スタチュー》、見れる?」と私たちはしつこく母に訊いた。「像《スタチュー》じゃなく、影《シャドー》よ」と母は答え、「見ないといいけどね。私たち、あと六週間も冬を生き延びられるかどうか」と付け加えた〔聖燭節の二月二日に晴天なら冬が続き、曇天なら春が近いと言われる。この日ウッドチャックが穴を出て自分の影を見ればさらに六週間の冬ごもりに引き返すという伝説がある〕。

他人の過去について考えるとき、その人生の細かい点まではなかなかわからない。書き記されたものでも残っていないかぎり、日々の微妙な変化を正確に知るのは無理だし、直接体験したわけではなく時間的にも空間的にも遠くからしか見ていなかった複雑な出来事を知るのもむずかしい。私はときどき、柔らかい茶系の内装でまとめられたクリニックで、そんなことを考えている。そこでは、私たちが大声をあげることは決してなく、穏やかな音楽を流して患者の不安を和らげようとしている。金持ちの患者は安心しきった様子で両手を前に組んで坐っている。この医師が自分を前よりもっと美しくしてくれると期待して。かつておばあちゃんがせせら笑って言ったように、「神様のなさったことに手を加えようとして」。

「痛くありませんからね」と私は優しく患者に語りかけながら、処置「前」と、予想される処置「後」の図やX線写真を見せ、写真に写ったあごの線をなぞり、現在の状態を説明して、放置すれば「こうなるかもしれない」という観点で将来を考え、噛み合せや上顎前突や下顎前突(出っ歯や受け口)について話しあう。

私は当時の三人の兄たちのことをほとんど知らないし、実際に知らなかったのだと思う。私と妹が三歳の春、兄たちは十四歳と十五歳と十六歳で、もう一人の兄のコリンはすでにこの世にいなかった。コリンは、母に紐を結んでもらった完全無欠のイートンのパーカのなかに、あるいは、母が触れることのなかった小さなネクタイを着けてじっと動かなかった柩のなかに、永遠に封印された。

私が思い出すのは、あとで見た兄たちの生活でしかない。兄たちにギラ・ベク・ルーアと呼ばれ、夏になると（冬にもときどき）彼らの家へ遊びにいった思い出。最初の頃はそりや荷馬車に乗って、もっとあとになると自動車に乗って、あちこちに出かけた思い出。兄たちはしょっちゅう古い車を買ったり、それを交換したり修理したりしていた。兄たちの送っている生活を見て、私と妹の生活とはあまりにも違っていることに驚いた思い出。こうした記憶が八歳のときのものなのか、十歳、十二歳、あるいはその前後のものなのか、あるいは、長い時間をかけて染み込むような漠然とした記憶から、どうしてその記憶だけが突出しているのか、よくわからない。

兄たちの住んでいた家には長いあいだ水道も電気もなく、海岸から馬に運ばせた木を二つのストーブに詰めこんで暖をとった。木のなかには、塩水にどっぷり浸かってから乾いた流木もあったので、ストーブのなかで、シューシュー、パチパチ、騒がしく音を立て、ちょっとした爆発を起こした。また、海のすぐそばに生えている木立ちから兄たちがバックソー［枠付きのこぎり］や横引きのこを使って切り出してきた、ほかの用途にはほとんど使えないクロトウヒもあった。なかには長年海風にさらされて砂の粒子が幹の奥まで入りこみ、木と一体化したようなものもあった。日暮れの早い秋や冬の夕方、のこぎりで木を挽くと、つかのまの華やかさを見せるライト・ショーの光のリボンのように、青やオレンジの長い火花が木の芯から躍り出てきた。木の芯にひそむ見えない砂に、のこぎりの刃が当たっているのだ。「こういうのは昼間も出てるんだよ」と兄たちは木から出る火花を説明した。「ただ、昼間は見えないだけで。これだから、のこぎりの刃がなまくらにならないようにしておくのは、たいへんなんだ」

冬の夜、兄たちはキッチン・テーブルを囲んで坐った。石油ランプのオレンジの光に包まれて、兄たちが体を動かすと、古代建築の柱の彫刻か穴居人の洞窟絵のような、誇張された影が壁に映った。ときには、大きな箱みたいなラジオに耳を傾けたり、トランプ（「45」や「オークション・ブリッジ」）をしたりした。トランプは自分たちだけでやったり、冬の夜長の気晴らしに出かけてきた友だちや親戚とやったりした。彼らの多くはクロウン・キャラム・ルーアだったので、話すときにはよくゲール語を使った。町では、もう一世代ぐらい前からゲール語は古臭いと思われ、居間ではあまり使われなくなっていたが、台所や田舎ではまだ使われていた。兄たちは、キャラム・ルーアの古い家に戻ったあと、昔の土地に戻ったらなぜかその土地の昔の言葉に戻っていたというように、前よりもずっとゲール語を話すようになった。ゲール語は、労働の場でもまだ使われていた。

ときどき、兄たちは台所を明るくするためにストーブの蓋を取った。すると、炎がゆらゆら揺れたりぱっと燃えあがったりしながら、絶え間なくオレンジと赤と黒のパターンを変え、ストーブのなかの色と影のパターンを変えて、周囲の壁や薄暗い天井に向かって消えていった。集まった者たちで火や影をただじっと見つめていることもあったが、ときには、実話か作り話かはともかく最近の事件や遠い昔の出来事を語ることもあったらしい。その場に年配のクロウン・キャラム・ルーアの歌い手や語り手（「ショナッヒズ」と呼ばれる）が居合わせれば、誰も見たことのないスコットランドという国のさまざまな事件を「思い出した」り、あるいは揺らめく炎の影のなかにみんなの未来を占ったりした。

冬にベッドに入るとき、兄たちは服を脱ぐことはほとんどなく、間に合わせのベッドカバーの上に古いオーバーを重ねてかけた。そりや馬に乗るときに使う膝かけや毛布までかけることもあった。朝には、まだ半分しか仕上がっていない寝室の、釘の頭が霜で真っ白に覆われ、窓ガラスにもびっしり霜がついていて、その霜を爪でこするか息を吹きかけて解かすかして取り除くと、氷に閉ざされてしんと静まり返った外の世界が見えた。氷の張った井戸から汲みあげてテーブルの上に置いたバケツ二つ分の水が、水道の代わりになるのだが、この水にも朝には氷が張っているので、お茶を飲むためにはハンマーで表面を叩き割らなければならなかった。火をおこしたあと、バケツをストーブのそばに置くか上にのせると、バケツの氷が外側のほうから解けてきて、なかから円柱形の氷が取り出せる。それを洗い桶のなかに立てて置く。円柱は水晶のように透きとおっていて、鋳型にはめたようにバケツのへこみや輪郭をみごとに写し取り、きらきら光る氷のなかに、草や葉のくず、小さなベリーの実まで閉じ込めていた。しばらくして、台所が暖まってくると氷が解けだし、さらに時間がたつと、その葉やベリーの実が生ぬるい水のなかにてんでんばらばらに浮いてくる。それを、兄たちは湯気の出ているお茶の器をわしづかみに持ちながら、ひしゃくやスプーンやナイフの刃ですくい取った。兄たちはどうも家のなかのコップを無傷のまま使いつづけるのが苦手だったらしい。いや、はじめから無傷のコップなどなかったのかもしれない。とにかく、いつも把手のとれたコップや、ジャムの空き瓶や、魔法瓶の蓋でお茶を飲んだ。今、こうして思い出してみると、当時の私はそんな兄たちの生活を見て、すごいなあと驚嘆していたのだと思う。兄たちが自分とはそんなにも違う生活を送ることができたということ、それでいながらどういうわけか兄たちと私と妹は切っても切れない関係にあるということが、とにかく不思議だった。彼らは兄というより遠縁のおじさんのような存在だったからだ。そして、兄たちは私たちの生活を支配している規則にはまったく無頓着だった。カナダ政府の食品規準も気にしなかったし、食事の前後に歯を磨くとか寝る前に清潔なパジャマに着替えるとかいった習慣にも注意を払わなかった。兄たちの家のトイレはバケツだった。

幼い頃の私と妹は、祖父母が自分の子供たちにはできなかったさまざまなことをしてもらった。たとえば、私と妹にはそれぞれの寝室があったが、祖父母の子供たちにはそんな贅沢は許されなかった。そして祖母は、妹のために女の子らしい服を買ってやったり、手の込んだレースの花瓶敷きやアフガン編みのショールや、キルトのベッドカバーをつくってやったりして、女らしい楽しみを思う存分味わった。洗濯物を岩に打ちつける生活から解放してくれた「チャンス」に感謝し、自分の子供たちを育てているときにはあまりなかった余暇という贈り物に感謝しながら。「あたしらには感謝することがたくさんあるんだよ」とおばあちゃんは折あるごとに言ったものだ。「大切なものを失いはしたけどね」

成長期の私と妹は、「運がよくて運の悪い子供たち」というまぎらわしい状況のもとに育った。そして祖父母を親とみなすというもうひとつのまぎらわしい状況もあった。溺死して海に消えた人たちを理想化して、まだ恋しがってはいたが、私たちにとって親という役割に最も近いのは祖父母だったからだ。

数週間前、どこの矯正歯科の待合室にも置いてあるような雑誌をめくっていたら、こんな記事が目にとまった。「現代の子育て」というタイトルの記事で、小見出しのひとつに「祖父母」というのがあった。現代の親たちは祖父母を警戒しなくてはならない、と筆者は注意を促していた。祖父母は孫を甘やかしがちで、ときに無責任な行動をとる。「祖父母がそうした行動をとりがちなのは、孫はやがて帰ってゆくもので、しつけの責任は自分たちにはないと思っているからだ」と記事は書いていた。

記事はまた、一般的に言って、祖父母は自分の子供に比べ、孫に対して甘くなると指摘している。その理由は「現代心理学の理論によると、祖父母は孫をそれほど愛していないから」なのだそうだ。

「いつもここに住めるなんて、おまえたち運がいいよ」と、ある日、怒ったいとこの赤毛のアレグザンダー・マクドナルドは言った。二、三十キロ離れた田舎に住む赤毛のアレグザンダーは、その日は午後から祖父母の家に来ていた。「親が死んで運がいいよな」

当時の私たちはまだ小さく、たぶん七、八歳だったと思う。私と妹は、アレグザンダーがカップのなかの熱いお茶を受け皿に入れて冷まし、その受け皿から飲んだのを見て笑ったのだった。そのあと、彼は私の部屋で、私の鼻にパンチを食らわせ、私も一発殴り返し、それから二人で取っ組み合った。部屋のなかでもみ合っていたとき、彼が「おまえらだけのおじいちゃんおばあちゃんじゃない、俺のおじいちゃんとおばあちゃんでもあるんだぞ」と言った。彼は私より力が強かった。今でも私の顔や首をつかんだ彼の小さな手の、硬いタコの感触を覚えている。「違う、おまえのおじいちゃんおばあちゃんじゃない」と私は息が止まりそうになりながら言った。喧嘩に負けそうな気がしたからか、あるいは、誰も知らない心理学の理論か何かのせいだったかもしれない。そのとき、おじいちゃんが部屋に入ってきた。「こら、こら、何やってるんだ？」と言って私たちの二の腕をつかむと、二人ともいっぺんに床から持ちあげた。私たちは怒りにまかせて小さな足をバタバタさせたが、むなしく宙を蹴るだけだった。祖父の力強い手のなかで腕と肩がだんだんしびれていった。

「こいつ、おじいちゃんは僕のおじいちゃんじゃないって言うんだもん、自分だけのおじいちゃんだって」と赤毛のアレグザンダー・マクドナルドは泣きじゃくりながら言った。

「もちろん、おまえたちのおじいちゃんだとも」とおじいちゃんは私たちを床におろして、ボクシングの試合でレフェリーが選手をニュートラル・コーナーに分けるように、別々の隅に行くように手ぶりで示した。それから、「もちろん、おまえのおじいちゃんだよ」と言いながら、赤毛のアレグザンダー・マクドナルドのいるほうへ行ったので、私と妹は裏切られたように胸がうずいた。おじいちゃんは私のほうを向いて、大きな人差し指を突き出し、「二度とそんなことを言っちゃいかん。絶対にな」と言った。

「あいつら、運がいいんだ」とアレグザンダー・マクドナルドは言った。レフェリーが自分の側についてて有利になったと思ったのだろう。「親が死んで、運がいいだけだ」

「おまえも」とおじいちゃんは突然、人差し指の向きを変えて、アレグザンダー・マクドナルドの震える鼻の下に突きつけた。「二度とそんなことを言っちゃいかん。絶対にいかんぞ」

しばらくして、台所で、アレグザンダー・マクドナルドはやけにおとなしく父親のそばに坐っていた。父親は息子の膝を撫でていたが、私たちのほうを見てほほえんでもいた。父親は英語とゲール語を混ぜこぜにしておじいちゃんに話し、おじいちゃんはテーブル越しにビールの瓶を叔父のほうへ滑らせた。そんなに大きい男がアレグザンダー・マクドナルドの父親で、同時におじいちゃんの息子で、おじいちゃんの「ボーイ」だとは、奇妙な気がした。しかし、そのとおりであることは疑いようがなく、とくに、帰り際におじいちゃんがその肩を軽く叩いた仕草を見れば、一目瞭然だった。「気をつけてな」とおじいちゃんは言った。「きっとだいじょうぶだ」

「そうよ」とおばあちゃんが言った。「バナッヒト・リーヴ、がんばって」

「できるだけ早く返すよ」と彼は戸口に立ち、急に降りてきた夜の帳のなかへ出てゆく前に言った。

「いいのよ、急がなくて」とおばあちゃんが言った。

「うん、急がんでいい」とおじいちゃんも言った。そして「体に気をつけろ」と、もう一度、彼の肩を軽く叩いた。

あれから何十年もたった今から思うに、叔父はきっと、天候不順か何かをのりきるために祖父母から金を借りたのだろう。あるいはほかに何かあったのかもしれない。しかし当時の私は、子供にありがちな自分本位の考え方しかできず、アレグザンダー・マクドナルドにはあんな大きくて強い父親がいて、そのうえ祖父までいるとは、とんでもなく不公平だと思った。しかも、こんなに小さい私と妹にさえ父親がいないのに、あんな大きい男に、肩を叩いて「気をつけろ」「だいじょうぶだ」と言ってくれる父親がいるというのも不公平だと思った。

「こういうことは、二度とないように願うわ」とおばあちゃんが、ドアが閉まったあと冷ややかに言った。私も妹もそのときおばあちゃんがおじいちゃんに話しているのだと気がついた。

「おまえたちも、自分だけがうちの孫だなんて言って。ただでさえ悩みの種が山ほどあるのに、わざわざ身内同士で喧嘩しなくてもいいでしょ」

「ああ、もうしないよ、この子らは」とおじいちゃんが言った。「誰でも、たまにはかっとなるもんさ。もう一杯、ビールを飲むとするか。人生は短いんだ、楽しまなきゃな」

## 10

高層建築のつくりだす地平線の上空に、九月の太陽のきらめきに捕らえられてカモメが姿をあらわし、私からは見えないその下では、トロントの港が白く躍動している。私がそこから出かけてきてまた帰ってゆくはるか南部の田舎では、果物や野菜の穫《と》り入れをする人たちが、うんざりしたように腰を曲げたり伸ばしたりしている。週末だけの素人収穫者の体から汗が流れ、衣服を濡らす。子供たちは不機嫌になり、どれだけ節約になるかとか冬に食べればおいしいといった親の言葉も無視して、しばらくのあいだ坐り込みのストライキを決行する。ときには親の口調がきつくなり、おまえたちは怠け者だと言ったり、「お父さんが子供の頃は……」に始まる演説に発展する。子供たちは自分の手を見つめ、爪に食いこんだ土に興味をそそられ、ささくれの前兆や見慣れない引っかき傷を見て少し不安になる。子供たちが言う。「指に棘がささったみたい」「今、何時?」「もういいでしょ?」「こういうものを冬に一つも食べないって約束したら、今すぐ摘むのをやめていい?」「親指から血が出てる。ほら、ボクの血が見えるんだよ」「ああ、何か飲みたいよう」

ほかの畑では、外国人労働者が黙々と動きまわりながら手際よく穫り入れ作業をしている。ときどき太陽を見あげて時間の見当をつけたり、背筋を伸ばして腰の後ろに手を当てたりすることもあるが、それも長い時間ではない。畑の畝や木の枝や、いっぱいになった籠や空っぽの籠にざっと目を走らせる。常に数を数えていて、頭のなかで単純な計算をしている。日が沈んだら、今日は土曜だから、畑の持ち主が地元の酒屋で仕入れてきたケース入りのビールを買うのかもしれない。あるいは、行きつけの酒場へ出かけてゆく男たちもいるかもしれない。宗教心に篤い敬虔な人たちや臆病な人たちは行かない。行った者は自分たちだけでかたまって坐り、自分たちの言葉でしゃべり、現在までの稼ぎと将来の稼ぎをタバコの包みの上に書いて足し算する。落ち着かない気分で、ビール瓶からラベルをむしり取ったり、ビールで濡れて物がいっぱいのったでこぼこのテーブルの上を、太い褐色の指でトントン叩いたりしながら、家に帰るところを思い描いている者もいる。

私は兄のために、あるいは自分のために、何を買えばいいかわからない。すべてを持っている男と何も持たない男のために何を買えばいいのか。

「何でもいいよ」と兄は言った。「何でもいいから」。好きなのを買え。

## 11

私と妹が思春期に入るまでに、兄たちの身にはいろいろな変化が起こっていた。たぶん、私たちみんなにいろいろなことが起こっていたのだと思う。その多くは、ある者にとっては体の新しい場所に毛が生えてくるように、またある者にとっては毛が薄くなったり後退したり、色が変わったりするように、ひそやかにやってきた。それは音のない変化、にもかかわらず変化は変化、しかも重要な変化で、静かなだけではなく目に見えない変化でもあった。体のなかで増殖する癌細胞のように、あるいは不完全なあごのなかで抜歯された隙間に「いつのまにか移動する」歯のように、ひそやかに。白い表面にだまされていると実は下のほうから徐々に解けている氷のように、あるいはオルガスムの叫びのあとに音もなく子宮に向かって旅をし、目的地に達する精子のように、ひそやかに。

私と妹は小さかったとき、田舎の祖父母を訪ねる子供のように大はしゃぎで兄たちを訪ねたものだ。たしかに、感謝祭やクリスマスに行くことはなかったが、乗せていってやろうという人がいたり、兄たちの邪魔にならないとおばあちゃんを納得させられたときには勇んで出かけていった。私たちは兄たちの生活のうわべを探検していた。もっとも、当時からそう思っていたわけではない。私たちは自分の生活と違うもののすべてに心を奪われていた。家のまわりに群がる動物たち、隙あらば家のなかまで入ってくる動物たち。ドアを開けっ放しにしておくと、子羊や子牛や雌鶏が台所のなかへ入ってきた。馬は家のなかでどんなことが起きているのか見たいというように、窓ガラスに鼻を押しつけた。網戸の隙間やほころびから、あるいは開いたドアから、ハエやスズメバチが入ってきた。二階の寝室には子連れの猫たちがいた。そしてキャラム・ルーア時代からの犬たちはそこらじゅうにいて、テーブルの下に敷き物のように寝そべったり、人間が気に入りそうなものは何でも追いかけたりしていた。

私たちは、風の強い秋の日に遊びにいっていて、その風が海から吹いていたら、〈キャラム・

ルーアの岬〉まで駆けてゆき、どちらが風に逆らって長く立っていられるかを競った。海のほうに顔を向けていると、風で息が口のなかに押し戻され、岩を洗う海水からしぶきが飛んできて、私たちもキャラム・ルーアの墓石も、きらきら光る水滴に覆われた。だから、顔をそむけてあえぎながら息をするか、腹ばいになって、なぎ倒された草やクランベリーの蔓や地を這うコケのひげに口を押しつけて息をした。風が陸から海に向かって吹いているときには、岬に行かせてもらえなかった。突風に飛ばされて、岬の突端から濡れた岩場に叩きつけられるか、波立つ海のなかへ放りこまれかねないからだ。そんなときの海はいつも茶色く濁って、猛り狂ったように激しく揺れ動いていた。

嵐のあとには、ほんのわずかだが崖の表面が変わった。波に打たれ岩が少し削り落とされたのかもしれない。泥土や粘土質の頁岩《けつがん》も少しはがれて海のなかに流されたのかもしれない。岩だけでできている岬の突端だけは変わらないように見えたが、これもよく注意すれば微妙な変化が見てとれた。前より磨かれてつるつるしていたり、新しい表面に前にはなかった小さなへこみがついていたりした。崖はゆっくりと、しかし着実に、陸のなかのほうへ移動し、逆にキャラム・ルーアの墓は崖の端のほうへ近づいているように見えた。

たぶん、だんだんとそうなった気がするが、妹はあまり頻繁に兄たちの家に行かなくなった。変化の最中にあるときに、その変化に気づくのは、とくに子供ではむずかしい。海が崖にどんな変化を与えたか、嵐の去った翌朝になるまでわからないのと同じことかもしれない。あとから思うと、その変化は、ほかにも要因はあっただろうけれど、兄たちが妹を意識したことと、妹自身の意識が変化したことに原因があったようだ。精悍な若い男たちの生活の真っ只なかで、小さな妹が少しずつ女らしくなってゆく困惑。兄たちはまるで、私たちが成長するにつれて自信をなくしてゆくような感じだった。兄たちの生活やそれを取り巻く環境は、自分たちにとってはさほど苦にならなくても、妹にとっては無理があるというように。

もしかしたら兄たちは、トイレがバケツであること、ときにはそれすらないことを、恥ずかしがっていたのかもしれない。暑い夏の夜、兄たちはビールを飲んだあと、二階の窓から放尿したが、すると静かな家の外壁の羽目板を小便が流れ落ち、その蒸気が暗闇のなかをのぼってきて顔に当たった。あるいは弾を込めたライフルをベッドの下に置いて寝ることを恥ずかしがっていたのかもしれない。月の明るい夜には、開いた窓のそばにひざまずくか腰をかがめるかして、神経を集中し、草原を横切って柵で囲った畑のほうへ進んでゆく鹿の角に狙いをつけた。兄たちは窓から身をのりだして、月光に鈍い輝きを放っている青灰色の銃身に沿って目を凝らし、「ロッホラン・アッヒ・ナム・ボッホト」の明かりで、ライフルの照星と枝のような角をもつ鹿の頭を合わせようとしていた。「ロッホラン・アッヒ・ナム・ボッホト」とはゲール語で「貧者のランプ」という意味で、月のことだ。

そして狙いが命中したときには、階段を駆けおり、走りながらズボンの前を留め、台所のテーブルの上に用意しておいた刃の長いナイフを手に取る。「貧者のランプ」に照らされた草原に出ると、まだのたうちまわっている鹿の喉を切って、貴重な肉が汚れないよう、血を抜いてしまう。兄たちの仕事は実にすばやく手際がいい。臓物を取り除き、皮をはぎ、体を切り分ける。きらめくナイフが体のなかを出たり入ったりし、灰色のロープのような腸を切断し、まだぴくぴく動いている真っ赤な心臓を切り取る。肉はあとでバケツに詰め、井戸のなかに降ろして、必要なときに濡れたロープを引っぱって取り出すのだが、そんな原始的な冷蔵法ではそれほど長くもたないことはよくわかっていた。

兄たちには恥ずかしかったのだ、妹の目の前で、シルバーグレーの雄鶏が、ハーレムの雌たちに精力的にサービスしながら、雌がそういうことを好きかどうかには関係なく、雌の嘴を地面に押しつけているのが。あるいは、雄牛がよだれを垂らし呻き声をあげながら雌牛の上に乗っかり、雌牛がおとなしく体を許しているのが。

そして食事のときにも恥ずかしがっていた。把手のとれたコップや、ときどきストーブの上で煮立っている鍋から生煮えのじゃがいもをフォークに刺して立ったまま食べることや、鹿の喉を切ったり漁のロープや紐を切ったのと同じナイフでじゃがいもの皮をむくことを。ハエがブンブン飛ぶことや、皿を洗わず桶に入れっぱなしにしていることを。

ある日の昼時、妹は、「ここにはテーブル・クロスはないの?」と言って、それから「ナプキンはないの?」と言った。そのとき一番下の兄が顔を曇らせていたのを覚えている。まるで「ここに母さんがいてくれたら、どうすればいいか教えてくれるのに」とつぶやいているようだった。たぶん、女っぽいことはどうも苦手だと思いながら、私や妹の知らない母の思い出を呼び起こしていたのだろう。たぶん、きれい好きで整理魔だった母を思い出していたのだろう。「人の耳のなかをやたらにのぞくのは、母さんしかいないよ」と彼はあの朝、氷を渡る前、最後の点検をする母に文句を言った。その点検は、あとになってみれば、そのとき自覚していたより決定的な最後になった。母は二度と誰の耳の穴ものぞくことはなかったのだから。

兄たちが漁をする海岸には桟橋がなかったから、その日の漁が終わると、満潮時の水位より高い岩場に舟を引き揚げておかなければならなかった。漁を始めるときにはそれを水のなかへ押し出すのだが、舟が岩場から離れて、海底の岩に触れないで浮くようになるまで、膝や腰まで水に浸かって押しつづけた。そして最後の一押しと同時に、舳先のほうから舟によじのぼる。舟が回転しはじめてしまったら舟べりから這いあがる。それから、オールで海底を突いて漕ぎだし、エンジンをかけてもだいじょうぶというところまで出ていった。結局、兄たちは防腐剤を染みこませた丸太を組んで簡単な船台《せんだい》をつくり、そこに油を塗った。これで舟を海に出すのも陸に引き揚げるのも格段に楽になった。そして台のそばには馬の首当てと馬具一組、引き綱を結びつける横木と鎖を用意しておき、毎朝、しっかり蓋の閉まる缶に入れた燕麦を持って出かけ、それを舳先の内側に置いておいた。

漁が終わって海岸へ帰ってくるとき、陸が近くなると、長兄のキャラムが舳先の端に行き、右手の指を口に入れて鋭い指笛を吹く。すると雌馬のクリスティは、一キロ半も離れたところで仲間と草を食んでいても、頭をあげ、たてがみを振り、小石や草ごとはがれた土を、もどかしそうなひづめの前に蹴飛ばしながら、全速力で駆けてきた。

そしてエンジンを切られた舟が航跡のV字を大きく広げつつ静かに陸のほうへ滑ってゆくのを、クリスティは水の逆巻く波打ち際でいなないたり頭を振りあげたり、じれったそうに前足をあげたりして待っていた。「ああ、クリスティ」とキャラムが馬に呼びかけた。「メーダル・ベグ」（かわいいやつ）。そして舳先を飛び越えて馬に近づき、陸で待っていた使者に進物を差し出す古代の商人のように、燕麦を差し出した。その燕麦に馬が鼻を押しつけると、その首を軽く叩き、たてがみに口を寄せて、ゲール語と英語を混ぜながら短い言葉を優しくささやいた。ほとんど、恋人に愛をささやいている感じだった。それから、馬に首当てをかけ、馬具を着け、舳先に穴をあけて通しておいた鉄の輪に、鎖をくぐらせて留めつけた。そのあと、もう一度指笛を吹くと、馬は突然前に進みだし、小石を飛び散らせながら、油を塗った船台の上に舟を引っぱりあげ、波の届かない安全な場所まで引きずっていった。キャラムが馬具をはずして、またしばらくのあいだ軽く叩いてやると、馬は力強く首を振りながら兄の胸に顔をこすりつけた。そのあと、仲間と合流するために走り去り、兄たちは家に向かって歩きはじめた。

そして思い出すのは、ある日、私が兄たちについて海に出てゆき、何もかもうまくいかないような気がしたときのことだ。雨の降る寒い朝だった。ガソリンに水が混じったせいで、エンジンが咳のような音を出しながらブルブル震えていたので、キャブレーターを調べたり、ガソリンの管に詰まっているものを口で吹き出さなくてはならなかった。そのあいだ舟は波にまかせてふらふら揺れていた。錨は流されるし、ロープはわざともつれ、からまってくるようだった。そしてキャラムは左の頬を腫れあがらせていた。数日前から奥歯の虫歯が化膿して、ずきずき痛んでいたのだ。その日は土曜日だったが、その前日の金曜日の夜、私は誰かの車で兄たちの家に連れてきてもらい、翌朝の漁に連れていってくれと兄たちにせがんだのだった。私が来ると予想していなかった兄たちは、天気が悪いので私を連れていくのを渋っていたが、かといって家に一人だけ残すのも不安だった。結局、私もいっしょに行くことになり、クリスティのための燕麦を持つ役目を与えられた。そして、舟がようやく岸に近づいてきたそのときになってはじめて、私は燕麦を忘れてきたことを思い出した。朝はあわただしく、みんなその日のいろんなトラブルで頭がいっぱいだったので、燕麦のないことに気がつかなかったのだ。私は何も言わなかった。惨めな一日で、早く居心地のいい祖父母の家に帰りたかった。顕微鏡や切手のコレクションやラジオが恋しかった、妹とチェスがしたかった。私はどうもたいへんな失敗をしてしまったらしいが、まだ黙っていた。

舟が海岸に近づくにつれて、一日中不調だったエンジンが切られ、キャラムが舳先へ行って、鋭い指笛を二度吹いた。馬の姿は全然見えなかったが、たまにそうするように木の下で雨宿りをしているのだろう。キャラムがもう一度指笛を吹くと、〈キャラム・ルーアの岬〉の丘に降り注ぐ雨を背景にして、クリスティのシルエットが浮かびあがった。と思ったらすぐに私たちを迎えるために駆けおりてきた。一度、濡れた地面で後ろ足を横に滑らせ、緑の草の上に茶色い跡を残したが、すぐさま体勢を立て直し、私たちのほうへ突進してきた。

「燕麦は?」とキャラムは馬を迎えるために舟べりを飛び越えようとしながら言った。突然、私の手抜かりがみんなの知るところとなった。

「ちっくしょう。ただでさえ、さんざんな日だったってのに、まだ足りないってか」。キャラムは私の胸ぐらをがしっとつかむと、体ごと、舟べりの上に高々と持ちあげた。私は足をバタバタさせてもがきながら、頬の腫れあがった兄の怒りの顔をのぞきこんだ。一瞬、海に投げこまれるかもしれないと思った。

「下ろしてやれよ」と二番目と三番目の兄がとりなしてくれたのに、私は「でも、だいじょうぶだよ。ともかくクリスティは来たじゃない」と言った。

「だいじょうぶじゃないっ」とキャラムは叫んで私を激しく揺さぶったので、私の歯がカチカチ鳴った。「いいか、クリスティはそれが交換条件だから来るんだ。ちゃんとくれるものをくれるって、俺たちを信用してるんだ」。そう言って、舟底に落とさんばかりに乱暴に私を下ろした。役立たずとして拒絶されたのか、もういいぞと解放されたのか、判断がつきかねた。

「ちくしょう」とキャラムはあごに手を当てた。「こいつが痛くて、たまんねえんだよ」。そう言うや、午前中ずっとエンジンの不調を解決しようとして使っていた道具箱に歩み寄った。そして油で汚れたガソリン臭いペンチを右手に持つと、それを口のなかに突っこんで、歯をねじり、引っぱった。黒板を爪で引っかいたときのように背筋がぞくっとした。ただし、このほうがもっと強烈で、叫びだしたくなるほどだった。歯に金属のペンチを当てているせいもあっただろうが、それよりも、抜こうとする歯と付け根の骨がギーギー擦れあっていたからかもしれない。キャラムは、二度、頭をぐいっと左右にひねりながら、ペンチにはさんだ歯を頭と反対方向に曲げた。血や膿があごを伝い、首に垂れ落ち、胸毛のなかへ消えていった。しかし、彼の強い力をもってしても、歯はぐらぐらして血だらけになってはいるものの、もとの場所から動かなかった。

そうこうしているうちに、舟が横を向いて岩だらけの海岸のほうへ漂いはじめていた。クリスティは雨のなかで頭を振りあげ、いななきながら、じれったそうにみんなの上陸を待っていた。

私たちは、催眠状態から出てくる人間のようにぶるっと身震いすると、オールに手を伸ばし、舳先を岸のほうへ向けなおした。燕麦は持っていなかったけれど、キャラムは舟べりを乗り越えた。

クリスティが近づいてきて、伸ばした彼の手に鼻面を押しつけた。差し出すものはてのひらしかなかった。キャラムはクリスティの首を軽く叩き、いつものように優しく声をかけ、濡れて光っているたてがみで血だらけの手を拭った。それから、いつものように馬具を着けた。ところが、舳先の鉄の輪に鎖を通すかと思ったら、ロープをくれと言って、そのロープの端と鎖の端を結んだ。そしてロープのもう一方の端に、細いが張力のある釣り糸を結わえ、舟のなかに戻ると、その釣り糸の端をなんとか歯に縛りつけた。

「俺を押さえてろ」とキャラムは弟たちに言った。そして、指笛を聞いたクリスティが肩に力こぶをつくり、自分が引っぱるのは舟ではなく人間だということも知らずに、いつものように前に進みだした。馬の力が伝わってきたとたん、キャラムの頭と上半身ががくんと前に出たが、弟たちは足を踏ん張り、懸命に兄を押さえた。すると、黄色っぽい虫歯が釣り糸の端についたままぱっと飛び出し、舳先を飛び越え、水のなかを転がった。まるで海辺に浮かぶ白と黄色の混ざった貝殻のようだった。あんなに痛い思いをさせた元凶にしては、いかにも脆く弱々しいものに見えた。鎖が舳先の輪にちゃんと結ばれていなかったり馬具がはずれたか壊れたかしたときのように、クリスティは立ち止まって後ろをふりかえった。重さをほとんど感じていなかったのだ。

「ありがとうよ、クリスティ」とキャラムは馬に声をかけ、舟べりから手を伸ばして海水をすくうと、血の流れている口にかけ、口のなかをすすぎ、唾を吐き、咳をした。「おまえに怒ってたんじゃない、イレ・ヴィグ・ルーア」とキャラムは私をふりかえって言った。「俺を悩ませてたのは、あの歯だったんだ」。下唇が切れていた。勢いよく引っぱられた釣り糸が唇に擦れて切れたのだ。そこだけひときわ真っ赤な血がにじみ出ているように見えた。

## 12

金曜日も混んだけれど、月曜日の朝には、もっと美しくしたいという人たちで私のクリニックはいっぱいになるだろう。親に予約をとってもらった子供たちもいる。もっと基礎的な治療をする同業者や友人から紹介されてくる人たちもいる。あるいは、この医師だったら、自分の望むもの、必要な(と彼らが思っている)ものを与えてくれるかもしれないと期待して、かなり遠方からわざわざ訪ねてくる人もいる。

最近のトップ・スターのようなあごの線に変えてくれという人もいる。こうなりたいという写真を持っていたりする。そしてはにかみながら、高価そうな上着の内ポケットや財布からその写真を取り出す。

「こんなこと、必要ないと思いますけどね」と私は言う。「将来のことをよく考えてください。やってしまったあとで、期待していたのと違うと後悔するかもしれない」。私は、パイプカットをしたいという若い男に手術はやめたほうがいいと忠告する医師のように、彼らの顔を注意深く見つめる。

埋伏している親知らずや、歯の近心移動や、乳歯の余分な歯など、もっと基本的なことを話しあう場合もある。彼らには「埋伏歯を抜いたあと、こんなことが起こるかもしれません」とか「口腔外科手術後のアドバイス」といったタイトルのパンフレットを渡す。薬の服用についての注意書きとともに「痛み」「嚥下」「腫れ」といった見出しをつけたパンフレットもある。

痛み止めの効果をあげるために、処方どおりの用法用量を守ってください。痛みがひどくなってからこの薬を服用すると、効果があがりにくくなります。痛みがあまりにも激しくなったときには、ただちに当クリニックにご連絡ください。

とか、

明朝まで口をすすがないこと。朝になったら軽くすすいでください。早くすすぎすぎたり、何回もすすいだりすると、血液が固まりにくくなり、治るのが遅くなる可能性があります。口をすすぐときにぬるい食塩水を使うと、処置をしたところにはさまっている食べ物のかすが流れ出やすくなります。

とか(「治療後に起こるかもしれない症状」という見出しをつけて)、

たまに、臼歯を抜いたあとしばらくのあいだ、穴が残ることがあります。この穴は、時間の経過とともに骨や新しい組織で埋まってゆきます。回復の過程で、小さく尖った歯の残りが組織を突き抜けて生えてくることがあり、不快感や予期せぬ痛みの原因になる場合がありま す。しかし、これも徐々に消えてゆきます。疑問の点があれば、ご遠慮なく当クリニックにご連絡ください。

九月の太陽を浴びて、キャラムにほんとうに必要なのかどうかわからない酒を、しぶしぶ買いにゆく私の足元で、突風が新聞紙を舞いあげる。ときどきその新聞紙のページが開いて、さまざまな言語で書かれたパゴダの屋根の形をして漂ってゆく。人々は雑踏のなかで一瞬押されたりぶつかったりしながら、思い思いの目的地に向かって道を急ぐ。鳩はよちよち歩き、羽根をバタバタさせ、ときどき新聞紙に合わせるように舞いあがる。ぱっちり開いた小さな目をあたりに走らせ、決して驚いたりしないように見える。一羽が私の前に降りてくるが、横に傾いて着地する。

右足が、こぶのような、ピンクのつぶれたボール状になっていて、歩道では足を引きずっている。風に乗って舞いあがると、その欠陥は目につかず、ほかの鳥と同じように羽ばたき、飛んでいるように見える。鳩は灰色のビルの上に飛びあがり、旋回して、戻ってくる。

## 13

兄たちは年齢があがるにつれて、頻繁に自分たちの土地の外にも出かけるようになった。若いときは誰でもそうだが、だんだん落ち着きがなくなっていった。夜中に曲がりくねった道を遠方まで出かけていって喧嘩に巻き込まれた、などという話が人づてに私たちの耳に入ってきた。ダンスに行ったり、ホッケーをやりにいったり、ときには「何をやっているか見物する」ためだけに、十キロ、二十キロ、あるいは五十キロ、六十キロ先まで出かけてゆくこともあった。ときどき性急な行動に走り、その救出のために遠い暗闇に呼び集められたクロウン・キャラム・ルーアのメンバーたちから「助けて」もらうこともあったし、また兄たちのほうも、あまり付き合いのないいとこたちの救出や自分なりの大義名分のために出かけてゆくこともあった。継ぎはぎだらけで針金で縛りつけてあるような車を走らせ、ヘッドライトが片方しかなかったり、テールランプが片方しかなかったり、マフラーがなかったり、正規の登録をしていなかったり、無効になったナンバー・プレートをつけていたり、酒酔い運転をしたりして、しょっちゅう警官に停止を命じられた。

年配の男たちや女たちが祖父母の家にやってきて、台所でお茶を飲み、おじいちゃんが気前よく勧めるビールなどを飲みながら、又聞きの話や又聞きのそのまた又聞きといった間接情報をしゃべっていった。

「あの子たちがひどい目に遭わないといいけど」とおばあちゃんは窓に目をやり、海を見ながら言ったものだ。話題になっていた若者たちの両親である「子供たち」を飲みこんでしまった海を見ながら。「あの子たちが私たちといっしょに住んでさえいたら、よかったのだろうけど、子供というには歳をとりすぎていたからね。でも、大人というにはまだ若すぎたのね」

「あの子らは、まだ若いというだけだよ」とおじいちゃんは、台所のテーブルの椅子から立ちあがりながら、のんびりした口調で言った。「俺だって、昔は若かったんだから」とおばあちゃんにウィンクした。「まさか、忘れてないよな」

「ええ、わかってますよ」とおばあちゃんは言った。「みんな昔は若かったわ。でも、それとこれとはちょっと違うでしょ」

私はもう一人の祖父であるおじいさんからハイランドの歴史の話を聞いたりチェスの手ほどき

を受けたりするのが習慣になり、夜になるとよく一人でおじいさんの家まで歩いていったが、そんなとき、当時の兄たちが乗っていた、廃車のパーツで組み立てた錆びだらけのオンボロ車が走っているのに出会うことがあった。記憶のなかではいつも冬だったような気がするが、実際にはそんなはずはない、それはわかっている。それでも、兄たちがいつも、雪で音がかき消された道路を走っていたような気がする。ヘッドライトに照らされて斜めに降っている黄色や金色の雪のなかを、エンジンのチューニングが不完全なのにもかかわらず、静かに、ほとんど音もなく、磨り減ったタイヤで滑るように走っていた。

兄たちは車を停めて、エンジンをかけたまま窓をおろし、私と話すこともあった。降りしきる雪が熱くなったボンネットの上で解けた。フロントガラスのワイパーがキーキー音を立てて左右に動きながらアーチを描いていたが、あまり効果をあげていなかった。干し草を束ねる針金で縛った排気管は、ゴロゴロという重い音や、コホコホという咳のような音を出しながら、そのすぐ下の雪を、最初はすすで真っ黒に汚し、そのうち、どんどん広がるぎざぎざの円形に解かしていった。兄たちはシートの下に置いたビールに手を伸ばして、瓶の蓋を歯であけると、開いた窓からその蓋をペッと吐き、車のわきの雪のなかに飛ばした。そして、最近の様子を尋ね、妹は元気かと尋ね、私には必要ないことは承知のうえで小遣いをくれることもあった。そのあと、兄たちは私とはまったく違う種類の冒険に出かけていった。その頃の私は、「きちんと組織されたホッケー」を始めたばかりだったし、切手の収集やラジオで聞く「最新」の音楽や、チェス盤や、おじいさんからクリスマスにもらった顕微鏡に関心があった。

夏の終わり頃、朝、おじいちゃんがいつも開けたままにしておくドアの外に出てみると、「貧者のランプ」の下で仕留めた鹿を焼いたのや、真っ白な密造酒の大瓶が、ポーチに置いてあることもあった。おばあちゃんは「何が混じってるかわからないわよ」と密造酒を警戒していたが、おじいちゃんは「悪いものが入ってたら、あの子らが持ってくるわけがない」と言い切った。「そんなもの、自分たちでつくったんじゃないだろうな」とおじいさんは言った。「そんなものをつくってると、ろくなことにはならん」。そして、おじいちゃんがグラスを空けるのを見ながら身震いして付け加えた。「よく飲めるなあ、そんなもの。昔、まだ若かった頃、田舎の校舎で土曜日の夜のダンス・パーティがあって出かけたんだが、小便をしに校舎の裏にまわっていったら、誰かが瓶を差し出して、飲めと勧めるんだ。真っ暗だったが、ふた口ばかりごくりとやったとき、喉に何かが下りていって、唇と歯に脚のようなものがくっついているのがわかった。でっかい虫の死骸さ——夏になると網戸にぶつかってくるようなやつな。あわてて口から吐きだしたんだが、一匹はすでに飲みこんでしまってたんで、気持ち悪くなってもどしたよ。小便をするときの馬みたいに脚を広げて、両脚を両手でつかんで、新しい靴や朝早くアイロンをかけたズボンを汚さないようにと踏ん張ってたのを覚えているよ。酒を蒸留器から移すとき、暗いところで瓶に入れたんで、虫が入ったのに気がつかなかったんだろうな。それ以来、密造酒とはすっかり縁が切れた」

「ほう」とうちのおじいちゃんは言った。「あんたの口に入る頃には、その虫、ちょうどいい漬かりぐあいになっていただろうて。そんなこと、いちいち心配してもしょうがないさ」

今、トロントの午後に、私は二人の祖父のことを思い出している。二人は私の祖父であると同時に、いろいろな別の面をもつ二人の男たちでもあった。父方の祖父、つまりおじいちゃんは、たとえば今私が兄のためにやっているような任務を遂行するとしたら、少年のように勇んで出かけ、腕いっぱいにビールやワインを抱えて戻るだろう。薄汚い階段を元気よくのぼり、四十ワットの裸電球に照らされた廊下を歩いて、閉まったドアの向こうから聞こえるうめき声の前を過ぎ、反吐《へど》や小便の匂いのなかを通っても、そんなことは気にならないというように進んでいく。そして、ドアを開けて、ゲール語の歌を歌い、冗談を飛ばし、ちょっといかがわしい話をして、膝を打って面白がり、自分が一番いいと信じる治療法を処方する。一方、もう一人の祖父、つまりおじいさんだったら、仮にそこへ行くとしても、足取りは今の私より重いだろう。そして、ためらいながら、唇をすぼめ、ほかの解決方法を考えだそうとする。おじいさんは何かを修理したり繕ったり、計算したりしているとき、ひたいにしわを寄せた。おじいちゃんのために所得税の申告書を書いてやっているときも、そうやって、走り書きした情報や領収書やメモの役割を果たしていたらしいぼろぼろの紙のかたまりを読み解こうとした。

ある年の春、おじいさんはおじいちゃんの税金の申告書を書き終わり、自分の署名をきちんと書き入れて、最後に万年筆でていねいにtの字の横棒を引くと、インク壺に蓋をして、おじいちゃんの質問（いつも「いくらか戻ってくるのかね?」）に答える準備をしてから、情報さえ正しければ簡単だよ、と言って、私といっしょにもう一度書類をざっと見直した。おじいちゃんのほうは、ドアを入ったとたん申告書の作成には興味を失ってしまい、そこら辺にあるウイスキーに慰めを見出し、一連の手順はすべて解くに値しない謎なのだと割り切って、いつもの質問をする時間になったときだけ顔を輝かせた。わずかにしろ金が戻ってくると言われると、おじいさんの肩をポンと叩いて「わが希望は常に汝にあり、クラン・ドナルド」と言った。一三一四年の「バノックバーンの戦い」［スコットランドのロバート一世がイングランド軍を破り、独立を認めさせた戦い］でロバート一世がマクドナルド一族に対して述べたと言われる言葉だ。

「マクドナルド一族が『キリークランキーの戦い』から帰ってきたのは」とおじいさんは三世紀半以上も歴史の時間を飛び越えて、感慨深げに言った。「一六八九年の秋のことだった。その年の五月から戦いに出ていたので、そのあいだに子供が生まれたり、親が死んだりした者もいた。大麦や燕麦はすっかり実って、もう収穫の季節も過ぎていた」

「だけど、戦いには勝った」と、税金が戻ってくると言われて気をよくしていたおじいちゃんは、テーブルの前に腰を落ち着けて、またウイスキーを一杯やっていた。

「うん、勝つには勝ったがね」とおじいさんが言った。「昔ながらのやり方で戦いには勝った。しかし、同時にたくさんのものも失ったんだ。まず、自分たちを鼓舞し、奮い立たせ、戦いの大義に信念を与えてくれた若き指揮官を失った。彼らは、その遺体を血にまみれたキルトに包んで戦場から運びだして、教会に埋葬した。それが終わりの始まりだったのかもしれないな。というのは、その後、事態は一変してしまったからだ——もっとも、そもそも戦争を始めた連中が帰ってしまってからも、ハイランダーはとどまって、たいして好きでもないやつのために戦ったんだけどな」

「度しがたい忠誠心だ」とおじいちゃんは感動したように言った。

「そうさ、日に日に混乱が増してゆき、最後には高い犠牲を払わされることになる、そんなことのために忠誠を尽くしたわけさ」とおじいさんは考えながら言った。「自分の持ち場を守ろうとしてな。そして大勢の男たちを失った。キリークランキーで大勢を失い、大戦闘のあとのダンケルドではもっと大勢を失った」

「度しがたく勇敢だったのさ」とおじいちゃんが勢いこんで言った。

「うん」とおじいさんは言った。「しかし、同時に、おびえてもいたと思うがね」

「ありえない」とおじいちゃんはほろ酔いかげんで椅子から腰を浮かせて、まるで全世界のマクドナルド一族全員の名誉を守ろうとするかのように言った。「おびえていたマクドナルドなんか、一人もいない」

「私にはときどき、目に浮かぶんだよ」とおじいさんは、テーブルに目をやり、おじいちゃんの税金の申告書の入った封筒から幻影があらわれるのが見えるとでもいうように言った。「私には見えるんだよ、秋の日がさんさんと降り注ぐ荒涼としたラノク・ムーアを横切って、故郷に帰ってくる彼らの姿が。馬に乗って、旗を持って、ふてぶてしくキルトを肩にかけてやってくる姿がね。広刃の刀や両刃の剣、真鍮の飾りのついた雄牛の皮の円い小盾を持ってやってくる。心を奮い立たせる歌をみんなで歌っている。手にする武器に太陽が反射してきらりと光り、黒い髪や赤い髪に当たってちらちら輝く」

「すばらしい」とおじいちゃんは膝を叩いた。まるで、好きなテレビ番組を見ているか、映画館で映画を見ているように。

「しかし、ときには」とおじいさんは、おじいちゃんのイメージを壊してすまないというように ほほえみながら言った。「あとに残してきた死んだ男たちのことも想像してしまうんだよ。たとえ勝利したにせよ、キリークランキーの渓谷に残してきた数百の遺体を、ダンケルドの通りに残してきた死者たちのことを。家のなかに避難したらその家に火をつけられて、生きながら焼かれた男たちのことを。傷ついた体を馬の背中にだらりと横たえて、あるいは担架にのせられて、まあ担架といったって、男たちがキルトの四隅をしっかり握っているにすぎないのだがね、そんな担架で故郷に運ばれてゆく男たちのことを、考えてしまうんだよ。春には二本の足で歩いたり走ったりして踏破した長い道のりを、秋には仲間に両わきを支えてもらって、片足で跳ねながら帰ってゆく男たち。グレンガリーやグレンコーやモイダート、どこにしろ自分の故郷に帰ってゆこうとしている男たち。かつてはそこに手があったはずの切断部から血をにじませている男たち、股間から血を流している男たち——そういうかたちで人生を台無しにされた男たちのことを」と おじいさんはおじいちゃんを見つめながら静かに言った。「もし故郷に帰り着くことができたら、もう二度とそこを離れまいと思った男たち。そして、ついに帰り着けなかった男たちのこともな。戦いには勝っても、長い山道を故郷まで行き着くこともならず、いつどこで死んだかにもよるが、岩だらけの土地やじとじとした湿地に埋められて、ケルンの下に眠る男たちもいたわけだ。命尽きる前に、自分を待っている人たちとの再会を果たすこともならずに」

「あんたの親父さんのようにな」と、なんとか話をもう少し身近なものにつなげようとしていたおじいちゃんは、助け舟を出すように言った。

おじいさんは、ちょっとためらっただけで、「そういう男たちのことを考えるとき」とそのまま話を続けた。「彼らが何を思っていたか、私は少し違ったふうに想像するんだよ。彼らやその父親たちの世代は、それよりおよそ四十年前、同じ道を戻ってきている。一六四五年にも、山を越えて戻ってきた。そのときは、王党派のために、あるいは自分自身のために戦った。モントローズ侯と詩人のイアン・ロムに率いられて、一月下旬から二月上旬にかけて、高い山の斜面の窪地《カール》を越えた。てのひらに口を押しつけてオートミールを食い、冬の鹿を殺してその血をなめ、火を使えば敵に知れると恐れて生肉をかじった。猛吹雪のなか、黒や赤の髪にみぞれや氷をまとわせて、裸足で歩きながら、『まあ、今回はまずまずだったから、これが無駄にならなければいいんだが。なんとかな』などと言ってたんじゃないかな。それから四十年たって、今またキリークランキーから、なんだかすっきりしない思いをもって帰郷の途に着いていたんじゃないか」

おじいさんは静かな口調で、そんなに長くしゃべることは珍しかったから少しとまどったように言った。「そういうふうに彼らのことを考えるとき、目に浮かぶのは、秋の日が降り注いでいるラノク・ムーアではなく、雨の降っているラノク・ムーアなんだ。粗末な皮でこしらえた靴《ブローグ》は湿原の縁で滑り、みんな疲れきって、腹が減っている。雨が首筋を伝い、髪から川になって流れ、まつげや鼻からも落ちてくる。男たちは不安定な足元をののしり、武器の重さに耐えかねて、大きな武器はヒースの茂みに投げ捨てる」

「さてと、そろそろ帰らにゃ」とおじいちゃんが腰をあげた。話が深刻になってきたところなので、ちょっときまり悪そうな顔をしていた。「だが、帰る前の一杯をやってからな」

「遠慮なくやってくれ」とおじいさんはにっこりして言った。「気をつけてな。バナッヒト・リーヴ――さようなら」

私たちは暗くなった春の通りを二人並んで歩いて帰った。ときどきおじいちゃんの体がよろめいて私にぶつかった。途中、おじいちゃんは人目につかない場所で立ち止まり、小便をしながら、首をまわして私に言った。「やっぱり、最初の説明が一番いいな、そう思わんか？　マクドナルド一族が秋の日の降り注ぐなかを帰郷の途に着くというやつがいい」。私は何と言っていいかわからなかったので、どっちつかずの返事しかしなかったが、自分のその声がおじいちゃんの湯気の立っている小便の音に負けなかったことを願った。海の近くの池から、蛙の求愛の大合唱がえんえんと聞こえ、小島からは、かつて両親が守っていた灯台が、船に注意を促す閃光を規則正しく放っているのが見えた。そして遠く離れた海岸沿いに、クロウン・キャラム・ルーアの家々の明かりが見え、そのなかで兄たちの家の明かりも輝いていた。

家に着くと、おじいちゃんは「結局、金が戻ってきそうだぞ」と言った。いつもの威勢のよさを取り戻して、まるで自分で申告書を書いたような口ぶりだった。

「あの方に神様のお恵みがありますように」とおばあちゃんが言った。「あの人にはほんとうにお世話になるわね。ありがたいこと」

「俺は言ったんだよ、『わが希望は常に汝にあり、クラン・ドナルド』ってな」

「ほんとうにそうですよ」とおばあちゃん。「立派ないい人なのに、父親のいない人生、連れ合いのいない人生、そしてここにきて今度は一人娘のいなくなった寂しい人生を送っているんだから。あの人にはこの孫たちしかいないのよ」と言って、私と妹のほうを見た。妹はテーブルの上で宿題をしていた。「なんとか、あの子たちもあちらのおじいさんにもっとなついてくれるといいんだけどねえ」

「いやあ、充分になついてるよ」とおじいちゃんは言った。「ただ、あの子たちはまだ若くて、あの男はまじめすぎるのさ。みんな同じというわけにはいかんだろ。もちろん、年齢の問題だけじゃないけどな。彼はわれわれよりちょっと上なだけだが、だいぶ違うからな」。そう言って、おじいちゃんはぱちっと瞬きしながら付け加えた。「あいつじゃなくて、この俺と結婚してよかっただろ?」

「もちろん、あなたと結婚してよかったと思ってますよ」とおばあちゃんは、前にも言ったでしょ、と言わんばかりに答えた。「ほかの人と結婚しようなんて、思ってもみなかったわ。でも、あたしの言う意味もわかるでしょ。うちはいつもにぎやかで、あなたには友だちもいるし、ビールもあるし、歌もあるし。あなただって思いやりがあって親切で、その点はあの人と同じだけど、楽しく暮らしているわ」

「あの男のことを思うと」とおじいちゃんは、まるで今晩を締めくくるように言った。「ロバート・スタンフィールド［元ノヴァ・スコシア州知事］のことを思い出すよ。宴会で歌や踊りや物まねをしてくれと頼まれるようなタイプじゃないかもしれんが、それでも、やつはいい男だ。さてと、税金が戻ってくるのを祝って、ビールを一杯やるとするか」

# 14

二年前のよく晴れた午後、私はカルガリーに住む妹の家のモダンな部屋のなかにこもって、彼女の話を聞いていた。妹の家は、活気にあふれた新興都市カルガリーの、高級住宅地として知られる山の嶺のひとつにあった。私たちは、贅沢ではあるが落ち着いた雰囲気の居間で、琥珀色の液体の入ったずしりと重みのあるクリスタル・グラスを傾けたり、革に浮き彫りをほどこしたコースターの上にそのグラスをそっと置いたりした。バスルームは、トイレの水を流しても音が聞こえないように、奥まったところにつくってあった。勢いよく流れる水の音は完全に遮断されていた。

妹の夫はパンコヴィッチという石油関係の技術者で、妹は彼についてスコットランドの石油都市アバディーンに行ったときの話をしていた。ある日、彼が北海に出かけてしまったので、レンタカーを借りて、それほど広くはないが案外奥の深いスコットランドをドライブした。ケアンゴーム山脈の麓からキリークランキーの山あいの道を通って、道路が南に下っているのでそれに従って遠回りしながら、最終的には北をめざした。ラノク・ムーアの縁をぐるっとまわったところで、T・S・エリオットが荒れ地《ムーア》について書いた「ここでは鳥が飢え死にする」に始まる詩を思い出したそうだ。そのあと、静かなグレンコーに入った。一六九二年二月十三日の早朝、マクドナルド一族が寝ているところを襲われて虐殺された村だ。襲ったのは、マクドナルド家に二週間も宿と食事の世話をしてもらっていた政府軍の一隊だった。長身の巨漢であった族長「マク・イアン」は、朝の五時に戸を叩く音に応えるためにベッドから起きあがった。外は吹雪が荒れ狂っていた。歓迎のしるしにウイスキーでもふるまおうと思い、ズボンをはくために背中を向けたとたん、後頭部を撃たれ、まだ暖かいベッドのなかの妻の上に折り重なるようにどっと倒れこんだ。歳をとって色が薄れてきていた赤い髪は、突如、血で真っ赤に染まった。兵士たちは妻に襲いかかり、指輪を歯でかじって指から奪い取った。

「もうその名残はほとんどなかったわ」と妹は言った。「山や川や石や思い出を除けばね」

そのあと、妹は北へ向かい、フォート・ウィリアム（アン・ガラサン）という町に行った。ここは、ジョンソン博士〔一七〇九—八四〕英国の文人。文壇の大御所といわれた〕が「粗暴な氏族《クラン》で、放浪する野蛮人」と描写した人々を制圧するための砦が築かれた場所だ——もっとも博士はその野蛮人からもてなしを受けることにやぶさかではなかったようだが。それから、西へ数十キロ走って、高地にあるキッリェ・コッレイイヤ（クワイア教会）の墓地に行った。妹はここで髪を風になびかせながら、「イアン・ロム、バールド・ナ・ケッペッヒ」（桂冠詩人イアン・ロム）のケルト十字架のそばに立った。山の窪地《カール》の激しく情熱的な詩人は、冬の雪のなか長い行軍を敢行した。「その十字架は、イアン・ロムの愛した山のほうを向いて立ってるの」と妹は言った。「彼の望んだとおりにね――場所も望みどおりの場所に」

「彼はいっさい疑問をもってなかったんだと思う」と妹は続けた。「つまり、忠誠を尽くすことに。そして自分が誰を愛していて、何が好きで、何が嫌いか、ということに。自分の詩の価値も、自分の手を染める血の価値も、決して疑ったことはなかったのよ。自分が一心不乱に愛しているということに、迷いが生じたりすることは決してなかったのよ」

「うん」と私は言った。「そうだったと思うよ。というか、そう言われてきたよね」

「ねえ、覚えてる？」と妹が言った。「おじいちゃんがウイスキーを飲みながら、島へ帰る途中で氷の割れ目に落ちた主人の危機を知らせに戻ってきた犬の話をするとき、いつも泣きだしたでしょ。胸が痛くなるので、たまらず犬を放してやったという話をするときね。その犬、知らない男に銃で撃たれてしまったのよね」

「うん。銃で撃たれて、後ろ足をつかまれて、海のなかに放りこまれた」

「ああ、あの話、何度も何度も思い出すの。教会でよく言う『ゆるぎない信頼』よね。私たちの親たちのことを、絶対戻ってくるって信じて、人間はみんな希望を捨ててしまったのに、そのあともずうっと、待って待って待ちつづけてたんだから。あの人たちは戻ってくる、だから待ちつづけるんだ、って思っていたのよね」

「わが希望は常に汝にあり、クラン・ドナルド」。私はそう言ってから、すぐに後悔した。

「もう、ふざけないでよ」と妹が言った。

「違うよ。ほかのことを思い出していただけだよ」

「あのね、私、あの小島や主人のことをずっと思いつづけ、焦がれつづけている犬のことを想像するの。主人が戻ってくるまで彼らの土地をしっかり守ろうとしている犬を。島は自分たちのものだと思っていたのよ。私たちの両親とあの犬のものだと」

「うん」と私は、また思わぬ記憶がよみがえってきて言った。「おじいちゃんがよく言ってたよ、『かわいそうな犬《クー》』って。あの犬はスコットランドからついてきた犬の子孫なんだ。一七〇〇年代に、舟に乗った先祖たちを追って泳いだ犬のね。犬が思うほど人間も犬を思っていなかったら、溺れ死んでいたはずの犬だよ。犬は持てるすべてを捧げたんだ」

「そうね」と妹が言った。「情が深すぎる、がんばりすぎる、という血筋なのよね、あの犬たちは。ああ」と彼女は両手をあげて、髪の毛にやりながら言った。「いい歳をした女が、こんなところで、犬の下した決断のことをくよくよ考えて暇をつぶしているなんて」

「そんなことはないよ」と私は、子供のときによくやったように、テーブル越しに妹の手を取って言った。「それ以上のことをやってるよ。いいね、キャサリン、それ以上のことをやっているんだからね」

カルガリーのモダンな家で、私たちは子供のときによくやったように、テーブル越しに手を握りあっていた。日曜日の午後、物思いにふけりながら、いなくなった両親の顔を指でなぞったあと、よくそうして手を握りあっていた。両親のその顔は、テーブルの上に広げたアルバムから、私たちのほうを見あげていた。

「ねえ、知ってる？」と、しばらくして妹が言った。「グレンコーって、『グレン・クー』、つまり『犬の谷』という意味だって。昔、そこを走っていたと言われる神話のなかの犬にちなんでいるらしいの」

「うん、そう考えれば合点がゆく気もするよ。でも、そんな神話は知らないな。僕はなんとなく、グレンコーは『嘆きの谷』という意味だと聞いたような覚えがあるんだけど」

「それを言ったのは、マコーリーよ、歴史家の。事件のあとに、そういう解釈をでっち上げたの。あそこに住んでいた人たちは、嘆きの原因になった事件が起きるずっと前から、もうひとつのほうのグレンコーの名で呼んでいたんだから」

「それ、『橋の上のホレーシオ』を書いたマコーリー？」と私は昔、高校で習った詩を懸命に思い出そうとしながら訊いた。

「そうよ。同じ人。歴史を調べて、つついて、選んで、いろいろ尾ひれをつける人たちの仲間だったわけ」。妹はしばらく間をおいた。「でも、今になってみると、名前の由来のひとつは心に訴える真実といえるものだし、もうひとつのほうは事実に即していると言えるかもね」

窓から射しこむアルバータ州の太陽が、琥珀色の液体とずしりと重みのあるクリスタル・グラスに光の粒子を注ぎこんでいた。私たちはグラスを手に取り、右回りに円を描いた。ドアが開いて、学校から帰った妹の子供たちが入ってきた。

「何か食べるものない？」と子供たちが訊いた。「おなか空いた」。子供たちの黒い髪や赤い髪に光が反射していた。

## 15

トロントのビルの谷間を横切る私の耳に、デモ隊のリズミカルな喚声や歌やシュプレヒコールの声や、それと同じくらい力強い反デモ派の声が聞こえてくる。「巡航ミサイルはいらない」「強力な防備は攻撃にあらず」「核戦争反対」「戦う価値がないなら……」。太陽は、こうしたものをすべて超越したように、熱く、高く、金色に輝いている。

こんな黄金色の九月の午後に、私は兄たちの家に遊びにいったことがあった。今から思うと、ずいぶん昔のような気がする。日曜日のことで、さざなみを立てる風もなく、海は絵に描いたようにじっと動かない、暑い静かな日だった。みんなで台所にいて、ちょうど食事を終えようとしていたとき、長兄のキャラムが窓のそばに行って、興奮したように叫んだ。「クジラだ、ゴンドウクジラだ」

穏やかな青い海の静寂を破ってクジラがあらわれ、きらきら輝きながら優雅に体を横にくるりと回転させた。一頭、また一頭と、弓なりに反った黒い背中が次々に平らな海を破って白い潮を吹き、ガラスのようだった水面を打ち砕いて、静かな青い海を、ほとばしる白い噴水の流れに変えた――それはまるで、水というより何か別の物質のようだった。全部で二十頭くらいいたかもしれない。〈キャラム・ルーアの岬〉の沖で、ここかと思えば、次はあっちと、あらわれてはすぐ消えるので、数えるのはむずかしかった。私たちはすべてを放り出して、クジラを見ようと海岸まで一キロほど走った。そして岬の突端に立って、クジラに向かって叫び、潮を吹いたりジャンプしたり回転したり宙返りしたりすると拍手喝采した。クジラはすぐ近くの、だが充分離れたところにいて、喜びにあふれ、堂々として楽しそうだった。

兄たちによると、クジラが舟を追ってくることがよくあったそうだ。クジラは拍手を喜び、歌を楽しんだ。スポーツの試合でファンがやるようにリズムをそろえて手を叩くと、水面下に姿を消していても、まもなく水面に姿をあらわしたし、ときどき、拍手の音に引かれ、親しみを感じるのか、危険なほど舟に近づきすぎることもあった。跳びあがってアーチを描いたあとは姿を消すが、決して遠くへは行かないことを、兄たちはわかっていた。かくれんぼをする子供のように、突然、近づいて驚かせようとしているのだ。ときどき、彼らの姿が見えないとき、兄たちは英語かゲール語の歌で呼びかけ、歌のどの部分で水面にあらわれるか賭けをした。クジラたちはシャーッと水音を立てて浮きあがってくると、揺れる舟のまわりで、桁外れのスケールで優美な舞いを披露した。

しかし、その日曜日には舟に乗っていなかったので、海に突き出した岬の突端からクジラに向かって歌い、叫んだ。私たちは二時間近くも、叫んだり、手を振ったり、歌ったり、クジラたちの見せる素晴らしい反応に拍手喝采したりした。たまにクジラが海岸のそばまで近寄ってくることもあった。私たちが何を言っているか聞こうとしているようでもあり、自分たちのほうがずっと優れていることを見せつけようとしているようでもあった。クジラは潮を吹いたりしぶきをあげたりして、私たちは歌ったり叫んだりしていたが、太陽が西へ進むにつれて、私たちのほうがクジラより先にゲームに飽きてきて、まだときどき、別れの挨拶がわりに海をふりかえって叫んだり手を振ったりしながら、海岸から離れていった。

そしてしばらくたった夕暮れ近く、私が兄たちの乳牛を連れ戻すために海岸へおりていったとき、船台の近くの岩場に、一頭のクジラが打ち上げられているのを発見した。近づいていくと、カラスの群れや小さな肉食の鳥の群れが飛び立つのが見えたが、さらに近づいてみて、そのクジラが鳥たちにとっては思いがけない海からの贈り物だったことがわかった。

すでに潮が引いたあとで、クジラは大きな体を岩の上に横たえ、彼が本領を発揮する場である海は、そこから数メートル離れたところで静かに波を打ち寄せていた。鳥たちはとっくに目をついばみ終わり、肛門や生殖器に手をつけはじめていた。喉から腹にかけて一メートル半ほどぎざぎざに裂け、内臓の一部が岩の上にこぼれ出していた。まだ沈んではいない太陽が、その熱の効果を発揮しはじめており、まもなく匂いがきつくなることはあきらかだった。水から出たクジラは、もはや黒く輝くことはなく、死の匂いの立ちはじめたなかで、鈍い茶色に変わっていた。

私は家に帰って、兄たちにクジラの話をした。しばらくして、みんなで海岸へ見にいった。このクジラは、潮が引きはじめたのに気づかず、昼間の上機嫌のままに岸へ近づきすぎてしまって、あのときのように体をくねらせてジャンプしたところが、思ったより海に深さがなく、水中に隠れていた岩礁にやわらかい腹を打ってはらわたが出てしまい、二度と起きあがれなくなったのだろう。なんだか自分たちが、クジラを誘惑して死に導いたような、歌声で船乗りを惑わす海の精セイレンの男版になったような気がした（そのときにそういう言い回しで考えたわけではないが）。死を目の前にしても現実的なことに気がまわる兄たちは、クジラがそこにいると悪臭がひどくなって舟の作業に差し障ると気をもんだ。クジラの体が大きすぎて、たとえ鉤に引っかけてエンジンを全開にした舟で岩場から引きずり出せたとしても、海に戻すのは無理じゃないか。でも、その日の午後は、私たちの予想していたのとは違った結末を迎えた。

その夜、沖のほうから嵐がやってきた。ベッドのなかで風の音や雨が激しく窓を叩く音を聞いて、兄たちは、海岸に引き揚げておいた舟が、水かさの増した波にさらわれないかと心配になり、大あわてで起きあがった。私たちはランタンや懐中電灯を手にして、忠義者のクリスティの名を呼びながら、暗闇のなかを海へ走った。海岸には高い波がドーンと音を響かせて打ち寄せ、水に濡れて光っている岩場に立つのは不可能に見えた。頭上には「貧者のランプ」の出てくる兆しもなかった。クリスティでさえ、膝のまわりに波が砕け、見えない岩の上でひづめが滑るので、おびえていた。キャラムはクリスティの馬勒《ばろく》の頬革を両手でしっかりつかんだ。そして馬を落ち着かせようとして、頭のそばでよく通る大きな声でゲール語の歌を歌っているのが聞こえた。おびえる子供に歌ってやっている親のようだった。キャラムの落ち着いた歌声は海の轟きより大きく、クリスティは兄に従った。私たちの膝のまわりにも波が渦巻いていたけれど、みんなで兄についていった。そしてどうにか鎖を舳先の鉄の輪に通し、舟を安定させ、クリスティを陸のほうに向かわせて、〈キャラム・ルーアの岬〉の高いところへ引き揚げることに成功した。ちょうどクリスティが最後にもうひと踏ん張りしているとき、船尾に巨大な波が押し寄せ、ものすごい勢いで舟を前に押し出したので、クリスティはやっとのことで岬のほうへよじ登った。係留したままでは波にさらわれてしまったかもしれないが、今はかなり高いところにあげられたので、結果的にはまさにその波が舟を救ってくれたようなものだ。私たちは疲れ果て、苔やクランベリーの蔓の上にあおむけに寝転がった。舟は安全だ、夜のあいだじゅう嵐が続いても海の力の及ばないところにある、と思った。暗闇のなかで興奮していた私たちは、クジラのことをすっかり忘れていた。

朝、嵐の怒りは鎮まり、まだ海は不機嫌に荒れてはいたものの、癇癪はおさまったようだった。みんなで海岸へ行ってみると、舟は無事で、すっかり乾いており、あんな冒険などなかったかのごとくけろりとしていた。クジラも見当たらなかったので、あの大波が海に戻してくれたのだと思って、私たちはほっと胸を撫でおろした。しかし、すぐに、濡れた大きな岩が集まっているところに、岩に引っかかって、まだ海のほうへ行ったり岸のほうに戻ったりしているクジラのはらわたを見つけた。灰色の腸がとぐろを巻き、肝臓や胃や巨大な心臓とともに、水のなかでポチャポチャ音を立てて揺れていた。

あとで、数百メートルほど内陸に入ったところに、クジラの死体を発見した。からみあった茶色い海草の小さい山に覆われ、その上に裂けた流木の切れ端や石が散らばっていた。海はクジラを連れて帰らず、陸のほうへ押し出した。そしてクジラは骨しか見えなくなるまで、一年以上そこにとどまっていた。

兄は今、アパートの部屋で待ちながら、想像力という窓から、九月の太陽を浴びた海でジャンプして遊んでいるクジラを眺めているかもしれない。「ゆっくり行ってこい」彼は言った。「俺はどこにも行かないから」

## 16

オンタリオの南部では、摘み取り労働者が、太陽に照らされたそれぞれの輪《サークル》のなかで、腰を曲げ、手を伸ばし、その日の利益と損失やそのシーズンの利益と損失を頭のなかで計算している。週末だけ収穫を楽しみにきた人たちは帰り支度をしている。それよりさらに南では、私の子供たちが、シェードを下ろした音の響かない娯楽室でパソコン・ゲームをやっている。月曜日には私のクリニックの待合室をいっぱいにする患者たちも、それなりに週末を切り抜けているところだろう。それが子供なら、なんとか月曜日のことは考えまいとしながら、実際には考えすぎているかもしれない。常に美しくなりたい大人たちは、そのためになら高い費用を払うのもしかたないと思っているだろう。私はおばあちゃんに「神様のなさったことに手を加える」と言われそうな仕事をしており、私も私のところに来る患者も、北米のこの地域で成功した裕福な層の人間なのだ。

ハリファックスの大学に入って歯科の勉強を始めていた頃、私の取っていたクラスの教授に、ある晩、いっしょにビールでも飲まないかと誘われた。私たちは大きなホテルの地下のバーへ行き、そこで教授は言った。「この分野の仕事は、たくさん金を稼げるが、しかし、この辺の沿海州にいたらそれは無理だよ。歯にちゃんと注意を払う人間があまりいないからね。住民の六〇パーセント以上が手遅れになるまで歯医者に行こうとしないし、男の大半は二十歳になる前に入れ歯の予備軍になっている。悪い歯は治すより先に抜いてしまうからだ。抜きたがっていると言ってもいいくらいにね。統計的にこの辺と同じくらい悪い数字が出ているのは、ケベックと先住民ぐらいのものだ。それとニューファンドランド。ニューファンドランドが沿海州に入るのかどうか、知らんがね」

その教授は沿海州［ニューブランズウィック、ノヴァ・スコシア、プリンス・エドワード・アイランドの三州をさす］の出身でもニューファンドランドの出身でもなかったが、大学もハリファックスもその住民も気に入っていたので、しばらく前からこの街に住んでいた。

当時の私はまだ若すぎて、完璧な人工歯冠の歯をもつ偉い教師の口から出てくる予言めいた言葉を聞きながら、何と言っていいかわからないでいた。教授を前にして緊張していたし、自分のビール代を払えるほどの金も持っていなかった。どっちみち、たいして飲みたくもなかったのだが。眠くなると困るし、帰ったら試験勉強をしたかった。私にはいろんな賞や奨学金やメダルを取れる可能性があったので、それこそ、教授が今話している道へ乗り出すための切符かもしれないと思っていたからだ。

しかし教授は、私がコーラに切り換えて、グラスのなかの氷をぐるぐる回していても気にとめなかった。汗で湿った生温かい手がグラスに触れて、氷が解けていった。私は彼のような人種に出会うのははじめてだったので、いったい何が目的なのだろうと警戒し、自分が何か勘違いをしたり変なことを言ったりして、教授と学生という希薄な関係を危うくしないかと不安だった。私のコーラと教授のビールが進むにつれ、私のほうは次第にいらいらしてきて、血管にカフェインが充満し瞳孔が開いているのが見える気がした。教授のほうは呂律がまわらなくなり、グラスをつかもうとする手が、グラスに届く前にだらりと垂れたり、ときにはグラスをひっくり返してテーブルじゅうにビールの小波を起こしたりした。私たちは何事もなかったようなふりをして、そっと席を変えた。私たちのあいだの溝は、飲み物のもたらす効果が違うせいで徐々に広がっていった。一方は海岸にいて、もう一方は船に乗ってだんだん沖へと出てゆくようなものだ。私たちの声は、それぞれの置かれた状況が違うために互いに理解できないものになっていった。

それでも、教授は自分の仕事とその一部としての教え子の私に心底関心があったらしい。それに、ひょっとしたら、彼なりに寂しかったのかもしれない。

「きみは、どこの出身って言ったっけ？」と、テーブルの上のグラスに鼻をつけんばかりに身をのりだしてきた教授が言った。まるでアイディア商品のウインドウに飾ってある鳥の置き物のようだ。嘴をちょっと下げてまたすぐ上げる動作を永遠に続ける鳥。

「ああ」。私は、単純なようだが複雑な意味のあるその質問に、どきりとした。「ケープ・ブレトンです」

「行ったことないなあ。行ってみるべきかな？」

「はあ？」

「そこへ行くべきかな？　私も行ってみるべきか？」

「さあ、どうですかね」と私はあわてて頭のなかで適当な答えを探した。

「きみのうちは歯科医なのか？　お父さんが歯医者なのかね？」と教授は、まだ上半身をゆったりと規則正しく前後に揺らしながら言った。

「あ、いや、違います。歯医者じゃありません」

「ほう。この仕事に就くのは、家が歯医者というケースが圧倒的に多いんだよ。だけど、まあ、どこかで始めなきゃあな。いいかね」と教授は前にのりだして、湿った手で私の肩をがしっとつかんだ。「歯は、ただ抜きゃあいいってもんじゃない、よりよいものにしなくてはいけない」

私の卒業式がおこなわれた春の日、太陽が輝き、木が葉をつけ、花が満開に咲いているなかで、私たちは列をつくって賞状を受け取り、場合によっては褒美をもらった。いとこの赤毛のアレグザンダー・マクドナルドの父親が卒業式のために車を貸してくれるというので、私はその車を運転するために二日前に帰郷した。卒業式には、おじいちゃんとおばあちゃん、おじいさん、それに赤毛のアレグザンダー・マクドナルドの両親（叔父と叔母）も来た。

式の前日の午後、みんなで部屋に落ち着いてくつろいだあと、おじいさんが「図書館がどこにあるか教えてくれ。調べものをしたいんでな」と言った。おじいちゃんは「この辺に、いい酒場はないか？」と言い、おばあちゃんと叔父たちは、ほんの数時間前に故郷に残してきたばかりの親戚や友人のために土産物を買いに出かけた。同じ頃、私の妹もはるかアルバータの地で卒業するはずだったが、あまりにも遠いので誰も式には出席できなかった。そのかわり、それぞれまったく同じ文面の電報を打った。その頃、兄たちに率いられて仕事をしているクロウン・キャラム・ルーアの連中は、赤毛のアレグザンダー・マクドナルドも含めて、もう一ヵ月近くオンタリオ州エリオット・レイクという町のそばに滞在していた。そこでレンコー・デヴェロップメント社に雇われて立坑と横坑をつくっていたのだ。最初は約十年前に発見されたウラニウムが、価格の高騰と市場の拡大でふたたび採掘する価値のあるものになったため、ここにきて再発見されていた。その兄たちからはゲール語と英語の混じった電報が、五百ドルの小切手を添えて送られてきた。

兄たちはエリオット・レイクに行く前、国境付近の政情が不安定なペルーから帰国してきて、一時故郷に帰った。そのあとオンタリオへ向かう途中、ハリファックスの私を訪ねてくれて、いっしょに午後を過ごした。兄たちはペルーの高山のなかで立坑をつくっていたのだが、空気が薄いので、行った当初は「ソローチェ」（高山病）に悩まされたという。しばらくすると、高度にも慣れてきた。兄たちの話によると、ペルーは驚くほど美しいところだが、住民は貧しく、政治的闘争で緊張した状態にあるらしい。前の年にクーデターがあり、政治的な争いに巻き込まれるな、関係者以外とは付き合うな、仕事に専念しろ、と注意された。そして万一、曲がりくねった山道や村の一本道で（早朝の山の薄暗がりで職場へ急いでいるときに）動物を轢いたら、いや、人間を轢いたときでさえ、決して停まってはならない、めった切りにされかねないから、とも言われたそうだ。停まらないで次の村まで走りつづけ、そこの当局か、またはセロ・デ・パスコの当局に知らせよ、と。その当時でもペルーは「ロス・デサパレシード」（行方不明者）の国であり、その多くは、自分の国のなかであるにもかかわらず亡命者として生きていた。ペルーの国歌は「ソモス・リブレス、ソモス・ロ・シエンプレ」（われわれは自由だ、いつもそうあろうではないか）というのだそうだ。

さっきも言ったように、卒業式の当日は、こういう日にふさわしい期待どおりの好天に恵まれた黄金色の日だった。角帽とガウンを着けて、いろいろな賞状や賞品を手にして、夏の研究奨励金までもらった私に、おじいちゃんは「よかったな」と声をかけ、おばあちゃんは写真を撮ってくれた。「よかったな、イレ・ヴィグ・ルーア。これで、おまえは一生働かなくていいわけだ」。その意味は、のこぎりを引いたり、〈キャラム・ルーアの岬〉の海辺で腰まで冷たい水に浸かりながら舟を押したりして一生を過ごさなくていいということだった。「しかしだな」とおじいちゃんは続けた。「たった三十二本の歯だろ。そんなもん、病院をまるごと面倒見るのに比べりゃ、責任が違うよ」

その日、暑い午後から夕方にかけて家に帰る道を走りながら、私たちはそれぞれ、自分の人生の移り変わりや、最近のことや昔のことについて、思いにふけっていた。

「たしかに」と、一時間ほど走ったあとで、おじいさんが言った。「ハリファックスの図書館で見つけたよ」

「何を？」とおじいちゃんが尋ねた。

「ケベックでのウルフとハイランダーのことだよ、アブラハム平原の。フランス軍との戦争に、ウルフはハイランダーを利用していただけなんだよ。彼はハイランダーたちを信用してなかったし、たぶん、フランス軍に皆殺しにされればいいと思っていたんだな。彼らの命が続くかぎり、自分の目的のために利用しようとした」

「しかし」とおじいちゃんが口を挟んだ。「あんた、いつか、歩哨の目をごまかせたのは、フランス語をしゃべるマクドナルドがいたからだと言わなかったか？　そして最初に崖を登っていったのは、そのマクドナルドとほかのハイランダーたちだった、ねじ曲がった木の根っこにつかまって登ったんだと。そう言わなかったかな？」

「そうだよ」とおじいさんは言った。「最初に崖の上に登ったのは、ハイランダーだ。ウルフはまだ崖の下の船上にいた。そこを考えてみればわかるだろ」

「先陣を切ったのは、それだけ優秀だったからさ」とおじいちゃんはびくともしない。「彼らはわれわれのために敵を負かしてカナダを手に入れてくれたんだ、と俺は思うね。カローデンでそれを学んだんだよ」

「カローデンでは、ハイランダーは逆の立場にいたんだぞ」とおじいさんは憤懣やるかたないといった口調になった。「マクドナルドはウルフと敵対して戦った。そのあとパリに行った。そこでフランス語を覚えたわけだよ。まもなく、マクドナルドをイギリス軍の味方につけて戦わせようとして、恩赦が与えられた。つまり、マクドナルドは、カローデンではウルフに敵対して、その十数年後には、今度はケベックでウルフについて戦った。まあ、そんな事情があったんだから、ウルフがハイランダーを信用しなかったといって責めるわけにはいかないだろうが。やつも記憶力は人並みにあったということさ。それにしても、マクドナルドはイギリス軍のために戦って死んだんだ、敵対して死んだわけじゃない。世間というものは、できるだけのことをやって自分の命さえ犠牲にした人間が、じつはだまされていたなどとは考えたくないものだ」

「彼らが何を考えていたかなんて、誰にもわからんさ」とおじいちゃんは悟りきったように言った。

「それはそうだ」とおじいさんが言った。「しかし、自分の考えていたことを書き残していたやつもいてな。ウルフはハイランダーたちを、ひそかなる敵と呼んでいて、友人のリクソン大尉に宛てた手紙に、ハイランダーを入隊させることについて、皮肉な意見を書いているんだ、『彼らが倒れても、たいした損失ではない』とな」

「戦争といえば」とそれまでずっと黙って聞いていたおばあちゃんが言った。「今朝、出がけに、サンフランシスコの姉からこんな手紙が届いたの。今日はすっかり興奮してたもんで、今まで忘れていたんだけど」

おばあちゃんはバッグから手紙を取り出すと、声に出して読みはじめた。

「キャサリン様　アレグザンダー様

お手紙拝見しました。いつものように、たいへんうれしく思いました。お元気そうで何よりです。アレグザンダーの（そちらでの呼び方だとイレ・ヴィグ・ルーアね）卒業式に出るためにハリファックスまで行くのを楽しみにしているとか。よかったですね。また妹のキャサリンもアルバータで卒業とのこと。私たちも喜んでいます。アルバータに出席できないのは残念でしょうが、一度に両方というわけにはいきませんからね。あの子らのことでは、ご両人ともさぞ満足でしょう。

ほかの男の子たちもペルーから帰国された由、よかったですね。私たちに会いにサンフランシスコに立ち寄れなかったのは残念ですが、航空券や入国手続きなど諸々の面倒を考えるとしかたありません。またいつか会えるでしょう。あの子たちがオンタリオでよい仕事ができるよう祈っています。オンタリオといえば、私たちの孫のアレグザンダーに徴兵通知がきました。ヴェトナムへ行けというわけです。本人は行きたくないと言っており、私たちも今では行かせたくないと思っています。すばらしいケネディ大統領のときには戦争を支持しましたが、今は事情が違っているように思います。キャラムは、リンドン・ジョンソンの目は信用できない、われわれ本国にいる人間に真実が伝えられていない、あっち（ヴェトナム）の人間は自分たちのための自分たちの国がほしいだけなんだ、と言っています。いずれにしろ、新聞やテレビで知っていると思いますが、こちらでは戦争をめぐってたいへんな混乱が起きており、たびたびデモがおこなわれ、カナダへ行く若い人たちもたくさんいます。

オンタリオにいる子供たちの住所を教えてください。そしてあちらに手紙を書いてもらえたら、アレグザンダーを助けてくれるかもしれません。古いことわざにも『血は水より濃い』と言いますし、立場が逆なら私たちも同じようにお役に立っていたでしょう。

私たちは二人とも元気でやっています。といっても、もう若くはありませんが。そろそろお茶の時間ですので、この辺で。いっしょにお茶を飲めないのが残念です。キャラムは、ご両人がここにいたらお茶より強いものを飲むだろうと言っています。引退後は地下室で自家製ビールをつくるそうです。長年の習慣からなかなか抜けられないようです。

それではどうぞお元気で。バナッヒト・リーヴ。


キャラムとセーラより」


「『わかりました』って書いてやれ」とおじいちゃんは一瞬のためらいもなく言った。「あの子らがうまくやってくれるさ。オンタリオでその子の力になってくれるって。このイレ・ヴィグ・ルーアが兄貴たちに話をしてくれるよな」とおじいちゃんは私の肩を叩いた。「おまえには、俺たちの力でできるかぎりのことはしてやったつもりだ。三歳のとき、うちに泊まりにきたあの日から今日までな」

「そうね」とおばあちゃんが言った。「うちに着いたら、すぐ返事を書くわ。おまえはオンタリオのお兄ちゃんたちに手紙を書きなさい。あの子たちもあたしたちの孫は孫だけど、おまえはまた特別、うちのイレ・ヴィグ・ルーアなんだから」

太陽はまだ空にあって燃えるように輝きつづけ、私たちはピクトウ郡を家に向かって走りつづけた。ピクトウの郡境のあたりに来たとき、叔父が私の肩を叩き、窓の外を指差した。

「あそこがバーニーズ・リヴァーだ」と叔父は言った。「一九三八年にな、おまえのお父さんといっしょに、あそこの森に働きにきたんだよ。ほかにもクロウン・キャラム・ルーアの連中がいて、仕事があるって連絡をくれたんだ。自分の斧を持ってこい、キャンプの斧はみんななまくらだからって。十二月だったから、バーニーズ・リヴァーの駅で汽車を降りたら、もう夜になっていて、雪が深くてな、あの寒さは忘れられないなあ」

叔父は遠のいてゆく広葉樹の丘のほうを手で示しながら言った。「キャンプはあそこから二十キロばかしのところにあってな。道を間違ってないことを祈りながら、歩きはじめた。霜で木が破裂する音が聞こえるほど寒い夜だった。銃声のような音がして、木がぱっくり裂けるんだよ。だけど、雪と満月のおかげで、道はよく見えた。ロッホラン・アッヒ・ナム・ボッホト、『貧者のランプ』の下だったからな。ときどき二人で景気づけに歌を歌って、歌に合わせて、行進するみたいに歩いた。しばらくして、丘を越えると、下にキャンプが見えた。その伐採場に、ムースが来ていたのを覚えているよ。馬を飼ってる納屋のドアのあたりにこぼれてるほんの少しの干し草を探してたんだ。俺たちが下りていっても、こっちを見るだけで、ほとんど動かない。恐さも空腹には勝てなかったわけだ。俺たちは納屋のドアを開けて、干し草を投げてやった。雪の上にいくらか投げてやって、自分たちは納屋の干し草の上で寝た。納屋のなかは馬の体温でけっこうあったかいんだよ。眠っているあいだも、馬が足を踏み鳴らしたり、向きを変えたり、飼い葉桶に首をこすりつけたりする音が聞こえた。

翌朝から働きはじめて、漁の準備をする三月末までそこにいたっけ。空にまだ星が瞬いている頃に出ていって、やっぱり星空の下を帰ってくる。硬材を切って一日一ドルの稼ぎだった」

叔父はそこでちょっとほほえんだ。「給料をもらって、ケープ・ブレトンへ帰る前に、汽車でトルーロの町へ行ったことがあってな。通りにはまだ雪が積もっていた。あの頃のトルーロには誰でも入れるような酒場がなかったんで、俺たちは小さい瓶を一本買ったんだが、どこで飲んでいいかわからない。そこで歩道をぶらぶら歩いていた。そうしたら、外に階段のついている二階家があった。俺たちはその階段の下で飲むことにした。そして瓶を口に持っていこうとしたとたん、上の踊り場に女が出てきて、『そこをどきなさい』と怒鳴られた。『どかないと、すぐ警察を呼ぶから！』

そうしたら、おまえのお父さんが『ポーマホーン』って言ったんだ、ゲール語なんかわかるわけないと思ってな。

すると、その女が『まあ、あなたたち、なかへ入って、ごはん食べていきなさい』って言うのさ。彼女もクロウン・キャラム・ルーアの血筋で、トルーロでゲール語なんか聞いたもんで、びっくりするやらうれしいやら。この際、言われた内容なんかどうでもよかったわけさ。亭主が帰ってきてみると、これまたいい男でな、俺たちはごちそうになって、そのうえ泊めてもらうことになった。キャンプの寝床に慣れてた身としては、きれいに洗濯してある白いシーツがまぶしかったよ。そのあとずっと、クリスマス・カードを送ってたんだけど、ある年、それが戻ってきた。たぶん、引っ越してしまったんだろうな。おまえのお父さんはよく言ってたもんだ、『〝くそったれ〟と悪態ついて、そのお返しに、うまいメシときれいなシーツのベッドにありつけるなんてことは、そうざらにはないぜ』って。

また別のときの話だけど、俺たちは、ネズミがうじゃうじゃいる伐採場に行ったこともある。寝る前に、パンの塊を二、三個持ってきて、小さくちぎって床にばらまいておくんだ。ネズミがベッドに入ってきて俺たちをかじろうなんて気を起こさないようにな」

叔父は急に話を中断して、運転している私の肩に手を置いた。「なあ、俺は寂しかったよ、おまえのお父さんがいなくなって。今でもまだすごく会いたい。俺にとっては長いあいだいっしょだった兄貴なんだ、兄貴がおまえたちといっしょにいられた時間より長いあいだな。このおじいちゃんとおばあちゃんも、俺とはまた違った意味で兄貴のことをよく知っていた。もしかしたら」と少し間をおいて、叔父は言った。「別々の包みに入ってはいるが、同じ悲しみなんだろうな」

「まあね、でも」とおばあちゃんが言った。「あたしらは今あるものに感謝しなきゃあね。親の顔を見たこともない人たちもいれば、この世に自分の子供がいることも知らない人たちもいるんだから」

「私には、そのことがいつまでも忘れられんのだよ」とおじいさんが静かに言った。「自分の父親だった男が、いったい、人の父親になるということを、この私の父親になるということを、知っていたのかどうか。知っていたかどうかで、ずいぶん違っていたと思うんだ」

「あんたの親父さんに何ができたというんだね？」とおじいちゃんが言った。「まだ若かったんだし、死んだのは彼のせいじゃない。そうなるとわかってて計画したことじゃないんだよ。あんたが生まれてくることを知らなかったとしても、自分が死ぬことも知らなかったんだから——もっとも、死ぬ寸前にはわかったのかもしれんが、そのときには遅かったんだろう」

「まだ子供だった頃」とおじいさんが言った。「ほかの子たちにいじめられて、おふくろのところへ行って質問をしたことがあるんだ。何を質問したのか覚えとらんし、たぶん当時もわかってなかったんだろう。自分の出生にまつわる漠然としたこととか、どうして自分だけが違うのかといったようなことだったと思うがね。するとおふくろは、私をこっぴどく叩いて、部屋の半分ほども突き飛ばした。『今度そんなことを訊いたら、承知しないから！　ただでさえ頭の痛いことばっかりなのに、おまえにはそれがわからないのかい？』と叱られたよ。だから、その話はそこでおしまい——それをおしまいというならな。おふくろは厳しい女になったけど、責められないんだろうな。楽な人生じゃなかったから」

「そうよ、苦労されたんですよ、お母さんは」とおばあちゃんが言った。「ああいう境遇で、できるだけのことはなすったのよ」

「そうかもしれん。いつも残念だったのは、父親の写真がなかったことだ」とおじいさんが言った。「頭のなかで想像するんだがね、父親の姿を。今の私は、子供の頃の私からすると、ひいおじいさんくらいの歳になってるわけだが、いまだに父親の姿を探しているんだ。今朝だって、ハリファックスでひげを剃りながら、鏡をのぞきこんで、自分の顔に父親の面影を見つけようとしていた、眉とか、あごの角度とか、頬骨とかに。まあ、それを言ったら、われわれはみんな、どこかちょっとずつ似たところはあるもんな。しかし、人生でたった一度酔っぱらったとき、鏡のなかに父親を見たことがあるんだ。流しに行って顔を洗って、ふと鏡をのぞくと、後ろに父親が立っていた。赤い髪をして、赤い口ひげをたくわえて、当時の私より若かった。自分より若い父親を見るってのも、変なもんだよ。私はすぐさまふりかえったんだが、濡れた床に足を滑らせて、転んで頭を打ってしまった。立ちあがったときにもまだふらふらしていて、父親の姿は消えていた。あんまりびっくり仰天したんで、それから二度と酔っぱらうまいと決めて、以来、このひげを生やしてきた」。おじいさんは一息ついて、右手で口ひげをさわった。

「それから、女房が死んだあとの夜、寝ているところに父親があらわれたことがあった。たぶん、夢だったんだろうな。こっちに来て、ベッドのそばに立った。長いウールの下着を着ていたよ、冬の伐採場のキャンプで着るような下着な。そして、私のほうにかがんで、肩に手を置いて、『小さい娘の面倒を見てやれ』と言うんだ。『そうすれば、おまえたちはどっちも、孤独ではなくなる』と」

太陽はまだ、走りつづける車の上に照りつけていたが、暑い盛りの時間は過ぎていた。私たちはしばらく無言で走りつづけ、距離はどんどん進んだ。まもなくアーヴル・ブーシェの丘を登りはじめると、ケープ・ブレトンが近いことを知らせる標識が出てきた。もっとも、丘や標識の前からすでに、前方や左側に、海峡の向こうに青緑の姿で横たわっているケープ・ブレトンが見えていた。

「悲しい話はもう終わりだ」とおじいちゃんが言った。「歌でも歌おう」

そうして、みんなで歌いはじめた。

*Chi mi bhuam, fada bhuam,*
*Chi mi bhuam, ri muir lain;*
*Chi mi Ceap Breatuinn mo luaidh*
*Fada bhuam thar an t-sail.*

わたしははるか彼方を見つめる。
時の流れのはるか彼方を見つめる。
わたしが見つめるのは、海のはるか彼方の、
愛するケープ・ブレトン。

私たちはそこから見える海沿いの町や村の名前を叫んで、ほんとうは哀歌としてつくられた歌を、帰郷の喜びの歌に変えようとした。

歌詞の出だしは声がふらついたりつかえたりしたが、そういうときにはいつもおじいさんに救

いを求めた。するとおじいさんははっきりとした声で、とぎれることなく、私たちをリードした。おじいさんが誰かといっしょに歌うことなどめったになかったのだが、まだまだ衰えていない歌のうまさは、家でヴァイオリンを弾くときと同じように、私たちにとっては新しい発見のような驚きだった。

「全然、歌詞を間違えないのね」。歌が終わったあと、おばあちゃんがおじいさんに言った。

「間違えないように気をつけているからね」とおじいさんは言った。「何でもベストを尽くすように努力しているよ」

私たちはカンソー・コーズウェイを渡った。車の前輪がケープ・ブレトンに触れた瞬間、おじいちゃんが言った。「ありがたい、さあ、帰ってきたぞ。もうわれわれの身に悪いことが起こる心配はない」

まだ海岸に沿って一時間以上走らなければならないのに、おじいちゃんはすでに「神の国」すなわち「われわれの土地」にいると考えていたようだ。コートのポケットに手を入れると、ハリファックスで仕入れてきたのだろう、ウイスキーの小瓶を取り出し、半分開いていた窓を下までおろして、コルクを持って投手のように構え、道路の向こうの波打つ草原に向かってできるだけ遠くまで投げた。

「さあて、これはもう、全部飲みほさなきゃあな」とおじいちゃんは勝ち誇ったように瓶を頭上に掲げた。そして「俺の若い頃には」と自分で自分の上機嫌に刺激されたように興奮しながら続けた。「春になって、冬場の森の出稼ぎから帰ってくるとき、ケープ・ブレトンの土に足が着いたとたん、あそこが固くなったもんだ。そうともさ、ズボンの前がぴんと気をつけをするわけだよ。抑えられんのさ。その頃のズボンはボタンで留めるやつでな」と、おじいちゃんはわざわざ付け加えた。「まだジッパーが使われる前だから」

「ちょっと」とおばあちゃんが肘でおじいちゃんのわき腹を小突いた。自分の前でさえやりすぎなのに、ましてやみんなの前で、と言いたげに。

「わかった、わかった。じゃあ、また歌でも歌うか？ 誰か酒を飲みたい人は？」

「歌おう」とおじいさんが言った。「何だってそんな話よりはましだよ」

そのあと、私の運転する叔父の車は、曲がりくねった海岸道路を傾きかけた太陽に向かって走り、私たちは歌った。「ファルイッリャ・アガス・ホローアイラ」や「マニーヤン・ドウー」（黒い髪の少女）や「オ・ヒルインニャッヒ」（おお、乙女よ）、「アンタルタンドウー」（黒い小川）、「マルンゲアル・ジレアス」（わが忠実なる愛しき者）、「オシウード・アントウーヴ・ア・ガーヴェン」（それが私の歩む道）を歌った。私たちは古い歌を歌った。人々が厳しい労働のつらさを軽くするために歌った歌を歌った。

そして、「われわれの土地」の人家の前を通るとき、おじいちゃんは、親戚の誰かがドアの前に立っていたり庭を歩いていたり、さまざまな夕方の仕事をしているのを見つけると、大声で呼んだりした。

「あ、アンガス・ルーアだ」とか、「マーリがいる」、「ギリアスピックがいる」、「ドウナル・ルーアがいる」、「クラクション鳴らせ」。

言われたとおりクラクションを鳴らすと、人々は海のそばを走る車に気がつき、乗っているのが誰だかわかって、手を振ってきた。おじいちゃんはクラクションの音とともに窓から手を突き出して、楽しんでいることを見せつけるようにウイスキーの瓶を振ったりした。

「馬鹿なまねはやめてくれ」とおじいさんは言った。どこかへ消えてしまいたいという顔だった。

「でないと、われわれみんなが逮捕されるぞ」

こうして、私たちが走りつづけ、手を振り、歌を歌っているあいだ、太陽は叔父の車に照り返し、さまざまな色の私たちの髪に触れ、波ひとつない静かな海を染めて、向こうの小島をくっきりと浮かびあがらせていた。その島へ渡る途中の海に、兄と両親が飲みこまれたのは、遠い遠い昔のような気がした。

## 17

町にたどり着くと、まずおじいさんを家まで送った。「ちょっと、入ってくれ。渡したいものがある」とおじいさんが私に言った。そして、ていねいに包装したプレゼントを二つ衣類だんすから取り出してきた。

「開けてごらん」

ひとつは手づくりのチェス盤と駒のセットだった。完成するのにずいぶん時間がかかったにちがいない。それぞれの駒に彫りこまれた美しい曲線や複雑な渦巻き模様が、磨きこまれた木のなかをまるで動いているように見えた。もうひとつのプレゼントは、マクドナルド家の家紋とモットーが彫られた飾り板だった。「わが希望は常に汝にあり」という文字がくっきりと浮き彫りにされていた。

「キャサリンにも同じものをつくってやったよ」とおじいさんは照れくさそうに言った。「アルバータには二週間前に郵便で送っておいた。確実に卒業に間に合うように届けたいと思ってな」

「ありがとう」と私は言った。「ほんとうに、ありがとう」

私はそのプレゼントに込められた思いやりを想像しようとした——心をかけ、手をかけ、私と妹が子供の頃よく雨のなかにほったらかしにしておいた見事な道具を使って、丹精込めて仕上げるための苦労を、つぶさに思い描こうとした。

「ありがとう」と私はもう一度言った。「ほんとうに、ありがとう」

私たちは家に向かう途中、通りに立っている人たちにまた手を振ったが、今度は向こうが中途半端にしか手をあげず、こっちを見る目が真剣すぎるような気がした。家の前庭に入っていくと、戸口に人が集まっていて、煙突から煙も出ていた。勝手を知っている誰かが裏の窓を開けてなかに入り、火をおこし、内側からドアを開けたのだろう。

赤毛のアレグザンダー・マクドナルドが今日の午後に死んだ、と集まっていた人たちが言った。立坑の底にいたとき、鉱石を入れたバケットが落ちてきて即死した。兄たちから電話があったそうだ。兄たちは遺体といっしょにこちらに向かっているという。

あまりにも突然で、あまりにも思いがけなかったので、どこへ気持ちをぶつけていいかわからなかった。何にすがっていいのか、どう考えたらいいのか。あまりにも複雑な気分だった――私が完璧な歯の世界に入っていこうとしているときに、エリオット・レイク近くの地面の穴のなかにいるいとこを待ち構えていたのは、予期せぬ死だった。そして、私が彼の両親の車を運転して、みんなで歌を歌っているとき、彼は遠く離れたカナダ楯状地「カナダ北部、中部の大部分を占める地域で先カンブリア時代の岩石で覆われている。鉱物が豊富」の端で最期を迎えていたのだ。私は小さい頃、彼と喧嘩したこと、受け皿から紅茶を飲む彼を笑ったことを思い出した。取っ組み合っておじいちゃんに引き離される前に、小さいながらタコのできた彼の力強い手を、首筋に感じていたことを思い出した。そしてお互いに相手のほうがラッキーだと思っていたことを思い出した。

「今日はいろんなことがあったね」と、おばあちゃんは赤毛のアレグザンダー・マクドナルドの母親に両手をまわした。長い一日と暑さのなかのドライブの疲れが顔に刻まれているのを見て、おばあちゃんもずいぶん歳をとってるんだと思った。そんなふうに思ったのははじめてだった。

おばあちゃんは言った。「今日はいろんなことがあったけど、なんとかがんばらなきゃあね。強くならなくては。コップの水に入れたスプーン一杯の砂糖みたいに、溶けて消えてしまうわけにはいかないよ」

「ハリファックスで、あの子のためにシャツを買ったの」と叔母は静かに言った。「マクドナルド家のタータン・チェックのシャツを。今夜、きれいに包もうと思っていたの」

「くそっ」。衝撃の知らせを聞いたおじいちゃんの酔いは急速に醒めつつあった。「くそっ」とおじいちゃんは言った。「くそっ、なんてこった」

## 18

赤毛のアレグザンダー・マクドナルドの遺体は、航空会社が使うビニールの遺体袋に入れられて、サドベリーからシドニーへ飛行機で運ばれてきた。いっしょに働いていたクロウン・キャラム・ルーアの仲間が彼の最後の旅に付き添ってくることになっていて、私は叔父にシドニーの空港に迎えにいってくれと頼まれた。付き添いの男たちを乗せるために、私は一人で出かけた。

卒業式のためにみんなでハリファックスまで往復したのと同じ車で、曲がりくねった道をたどり山を登り下りする百五十キロ余りの一人旅は、なんだか不思議な感じだった。おじいちゃんのこぼしたウイスキーの匂いがかすかに漂っていた。ラジオは山や谷や頭上に張り出す岩のせいで電波が消えたり入ったりするので、不規則にしか聞こえなかったが、天気予報をやり、スコットランドのヴァイオリンの曲をかけ、赤毛のアレグザンダー・マクドナルドの訃報と葬式の日程を伝えていた。まだ午後の早い時間だった。

一番上の兄のキャラムに率いられたクロウン・キャラム・ルーアたちがシドニーの空港に着き、飛行機からどっと降り立った。大半はすでにかなりできあがっていた。多くは腹を立てながら英語とゲール語の混ぜこぜでしゃべっていた。レンコー・デヴェロップメント社のエリオット・レイクの支部長は、予定がつまっているから、そんな大勢に忌引きをとらせるわけにはいかないと反対したそうだ。

「そうなったのは一人だけだろ」と支部長は言った。「残りはまだ働けるんだ。仕事は進めないと」

しかし、仕事はまったく進まなかった。みんなが辞めたからだ。彼らはキャンプの宿舎や横坑や立坑の底から出てきて、なかには身につけていた装備を立坑櫓《やぐら》のそばの茂みに投げつける者もいた。坑夫用ベルトに入ったままのスパナが、カナダ楯状地の堅い岩盤に当たってカーンと音を立てた。出てゆく前に働いた分の賃金を受け取りにいった者もいたが、それさえしないで出てきた者もいた。

彼らは今、手荷物の出てくるベルトコンベヤーのそばをうろうろしながら、情報の断片を吐き出していた。「あれは事故だった」と言う者もいれば、そうとはかぎらないと言う者もいた。巻き揚げ係が合図を間違えて、鉱石用バケットを揚げるべきときに降ろしてしまった。赤毛のアレグザンダー・マクドナルドは、バケットが上にあがってゆくものと信じこんで、掃除をするために集水坑に移動していたので、立坑の底に閉じ込められたのだ。おそらく、ヒューッという音とともに頭上に落ちてくるバケットすら見ていないだろう。確かなことは誰にもわからない。それぞれに意見があった。肝心な点は、アレグザンダー・マクドナルドの赤毛の頭が永久に体から分離してしまい、奇跡が起こることでもなければ、ふたたびつながることはないという事実だった。私はどういうわけか、一六九二年二月十三日にベッドの上に倒れたグレンコーのマクドナルド一族の長「マク・イアン」を思い出していた。目にも見えず予期もしなかった力を後頭部に受けて、どっと前のめりに倒れた指導者を。その赤い髪は、みずからの血によってさらに鮮やかな赤に染まった。

ベルトコンベヤーが回りはじめ、手荷物が出てきた。持ち主は自分の荷物が来ると、腰をかがめて身をのりだし、手を伸ばした。

車は私の乗ってきた一台しかなく、クロウン・キャラム・ルーアは大人数だったので、レンタカーを数台借り、兄のキャラムの運転する車を先頭にして、悲嘆に暮れ疲労困憊している一行は車を連ねて出発した。もしかしたら、キャラムはあまりにも疲れていたか、あまりにも悲嘆に打ちのめされていたのかもしれない。失ったものに対する怒りが大きすぎたか、酩酊しすぎていたか、あるいは早く家に帰りたいと急ぎすぎていたのかもしれない。もしかしたら、そうした要因がすべて混ぜ合わさって、故郷へのハイウェイを猛スピードで飛ばしたのかもしれない。キャラムの運転するレンタカーはたちまち残りの車を引き離しはじめ、シール・アイランド・ブリッジやブラドー湖が見える頃には、すでに向こう側のケリーズ・マウンテンを登っており、まもなく視界から消えてしまった。

しばらくして、私たちも山の頂上を越え、荒涼とした平原に伸びる道路に出たとき、前方に、赤いランプを点滅させたカナダ警察のパトカーが見えた。パトカーは道路のわきに停まっていたが、そばを通り過ぎるときにのぞいてみても、警官の姿は見えず、ドアが開いていた。道路をまっすぐに伸ばしたとして、そこからさらに一・五キロから二キロくらい離れた彼方に、兄の車が見えた。そして、その車のさらに一・五キロほど前方の丘のてっぺんに、たくさんの赤いライトが点滅し、道幅いっぱいにつくられた急ごしらえのバリケードらしきものが見えた。兄の車は私たちの前方の曲がりくねった道を下っているところで、太陽にちらちら光っている車体が見えたが、まもなく谷間の木立ちのなかに姿を消した。私たちはしばらくのあいだ、その車が谷間の平地にふたたび姿をあらわしてパトカーの列に向かって登りはじめるのを待っていたが、車は姿を見せなかった。私たちの車が谷間の平地へ下りていったときも兄の車は見当たらなかったが、人目につかないところに左へ迂回する未舗装の道があり、その道は大きく枝を張り出した山麓の木立ちのなかに消えていた。さっき上のほうから見たときにはその道は見えなかったが、前方の、坂をあがってカーブを曲がるところにつくったバリケードで待っている警官たちにも見えなかったはずだ。私たちがその道のところまで来たときには、まだ空中に砂埃が舞い、小石がかき乱されていたので、タイヤが通過したばかりだとわかった。私たちはそのまままっすぐ走りつづけ、前方の坂を登り、カーブを曲がった。バリケードの警官たちは手を振って通れと合図した。

おじいちゃんの家に着いてみると、前庭や道端は車で埋まり、そのほとんどは弔問にきたり、死者に付き添ってきた男たちを出迎えるクロウン・キャラム・ルーアの人たちの車だった。それから三十分ほどして、姿を消していたレンタカーが前庭に入ってきた。狭い山道や小川を走り抜けてきた車体は砂埃と泥で覆われていた。運転していたのは二番目の兄で、キャラムは助手席で眠っていた。その右手は固く握り締められ、関節が腫れあがって青くなっていた。

どうやら、車は停止を命じられ、キャラムが降りて、パトカーのほうへ歩いていったらしい。警官はパトカーを降り、二人は道端に停めたレンタカーとパトカーのあいだで向かい合った。詳しい会話は聞こえなかったが、怒鳴る声が聞こえ、しばらくしてキャラムが自分の車に戻ってきた。警官はキャラムを後ろから何かで——警棒か懐中電灯で——殴りつけたので、キャラムの頭がひょいと前に傾いたが、キャラムはすぐに体勢を立て直し、振り向きざま警官の口に一発食らわせた。警官は土手の上だか道端の溝のなかだかに倒れこんだ。

キャラムはまだ助手席に眠っており、思ったより重い傷を負っているのではないかと心配された。乾いて黒ずんだ血の塊が、髪や首筋にこびりついていた。私たちはなんとか目を覚まさせようといろいろ試みながら、半分引きずるように台所へ運びこんだ。台所では、おばあちゃんがおじいちゃんにウイスキーをやめさせようと、しきりに熱いお茶を勧めていた。キャラムの下唇の細い傷跡が、徐々に青白い紫色に変わっていった。

夕方近く、三台のパトカーが赤いライトを点滅させながらやってきた。たぶん、キャラムの運転していた車のナンバーを確認していたか、レンタカーの代理店か警察の別の部署で情報を入手したのだろう。私たちを見つけだすのにたいした労力はいらなかった。

この頃には、いくらか元気を取り戻してテーブルの前に坐っていたキャラムは、怒りで目をぎらりと光らせながら、椅子を後ろへ引いた。

「おまえは」とおじいちゃんが言った。「二階へ行って、寝てなさい」。おじいちゃんが珍しく威厳のある口調で言ったので、私は、赤毛のアレグザンダー・マクドナルドと私とのあいだに割って入ったおじいちゃんが腕をいっぱいに伸ばして、それぞれの手で二人を持ちあげ、私たちは小さな足を浮かせてバタバタ宙を蹴っていたときのことを思い出した。キャラムはびっくりしたようにおじいちゃんを見つめた。その頃、キャラムに向かってどうしろこうしろと口を出す人間はそう多くなかった。キャラムは両親が亡くなって以来、目上の人間の言うことを聞いたり権威を受け入れたりしなくなっていたのかもしれない。たぶん反発していたからだろうが、そこには一種の安堵感や屈折した感謝の念もあったのではないか。私たちの頭の上で、キャラムが階段をのぼってゆく足音が聞こえ、ベッドにどさっと倒れこむ音が聞こえた。

「残りはみんな、外へ出るぞ」とおじいちゃんが言った。

私たちは三、四十人くらいいただろうか、おじいちゃんの家の外の芝生の上に立ち、赤いライトを点滅させている三台のパトカーと、その前に緊張した面持ちで立っている六人の警官を見すえた。キャラム・ルーアの犬たちが耳をぴんと立てて、一生の一大事が起こりそうな予感がすると言わんばかりに、群衆のあいだをうろうろ歩きまわった。

「マクドナルドを迎えにきた」と責任者らしい警官が言った。笑い声が広がって、「ここにいるぞ」「ここにも」という声があちこちであがった。警官たちはこの土地の人間ではなかったので、その場にいるほとんど全員がマクドナルドという名だとは思いつかなかったのだろう。足をもぞもぞさせる以外は誰も動かなかった。赤いライトが午後の太陽のなかでくるくる回転し、犬でさえ一時おとなしくなった。

そのとき、玄関のドアが勢いよく開いて、おばあちゃんがエプロンで手を拭きながら出てきた。「まったく、バカバカしいったらありゃしない」と言いながら、おばあちゃんは水のなかを進む舟の舳先のように、自分の前で二つに分かれてゆく群衆のなかを進んだ。

「うちは家族に不幸があったんですよ」とおばあちゃんはその警官に言った。「喪中のときくらい、ほっといていただけたらありがたいんですがね」

おばあちゃんに話しかけられた警官は帽子を取り、二、三歩下がって部下を呼び集めた。そして短い会話のあと、おばあちゃんのほうを見てうなずくと、部下とともにパトカーに乗り、回転するライトを消して走り去った。私たちはほっと胸をなでおろしたものの、しばらくはその場に立ちすくんでいた。それから、犬がわれに返ったように跳ねまわり、私たちも生き返ったように動きだした。

赤毛のアレグザンダー・マクドナルドの通夜は翌日の正午から始まった。遺体は葬儀屋によってビニールの遺体袋からオークの柩に移され、架台に安置された。柩の蓋は閉じられていた。彼を知る者にも彼を愛する者にも、もはや顔の見分けがつかなかったからだ。かわりに、高校の卒業式に撮った写真が柩の上に飾られた。赤い髪が丁寧にとかしつけられ、希望に満ちた黒い瞳がカメラを見つめていた。襟に小さな花が差してあった。写真のそばには、キャラム・ルーアの大きな石から削りとったかけらが置かれた。柩のまわりはキャラム・ルーアの土地で摘まれたシダやイグサで埋められた。夏のバラやピンクやブルーのルピナス、黄色いキンポウゲ、まんなかが白いまだらの紫色のアイリスにはまだ早い季節だった。海辺の岩のあいだに伸びた蔓に繊細なピンクの花をつける野生のアサガオにもまだ早かった。岩のあいだに低く密集して生え、見えないところから栄養を取っているらしいこの花は、摘み取ればすぐにしおれてしまった。

三日目、葬列が出発しようとした矢先、赤毛のアレグザンダー・マクドナルドが両親に宛てた手紙が届いた。死ぬ当日の朝、彼が最後の勤務に向かう前に投函したものだった。たいしたことは書かれていない、両親の近況をたずねる言葉に二百四十五ドルの小切手が添えられていた。叔父と叔母は一縷の望みを断たれたかのように激しく泣きだした。それでもしばらくすると、抱きあって気を静め、今やるべきことを果たすために歩きだした。

私は、赤毛のアレグザンダー・マクドナルドと喧嘩をした日のことを思い出していた。彼の父親はおじいちゃんとおばあちゃんに金を借りにきたらしかった。あの日、私は、父親がいるかいないかという点から見れば、世の中は自分に不公平にできていると思った。そして、どうやら世の中は彼に対しても不公平にできているらしいと思った。個人の能力と時代との不可思議なめぐりあわせのなかで、息子を助ける父親と、父親を助ける息子。

田舎の白い教会まで、葬列は一キロ半に渡って続き、赤いライトを点滅させたパトカーが、私たちの通る道に車が入ってこないように付近の道路を通行止めにした。私たちはまっすぐ前を見つめ、警官たちもまっすぐ前を見つめ、互いに相手の存在を無視しあった。

教会のなかはぎっしり人で埋まり、外の階段に立っている人たちもいた。バグパイプとヴァイオリンの奏者と歌を歌う人たちが出番を待っていた。

「常に冷静で頼れる男」であるおじいさんが、最初の聖書朗読をおこなうために聖書台に向かった。一分の隙もない身なりで、金時計の鎖をヴェストから垂らし、ぴかぴかに磨かれた靴をはいていた。赤い口ひげは丹念に切りそろえられ、爪もきれいに手入れされていた。

おじいさんは聖書のページをめくり、読みはじめた。「パウロのローマ人への手紙から。『われわれのなかの誰一人として、自分のために生きている者はなく、また自分のために死ぬ者もありません』」

ここで中断し、考えなおしたらしく、聖書のページをめくって別のところを読みはじめた。「知恵の書から。『この高潔なる者は、時が来る前に世を去ったけれども、安らぎを見出すであろう。ただ月日を重ねても年齢を栄誉あるものにするわけではなく、年の数は人生の真の尺度にならない。これは人の白髪の……』」

おじいさんがその場にふさわしい出典を注意深く選んで聖書を朗読するのを、前にも聞いたことがあった。子供のとき、「ヨハネの黙示録」を読むのを聞いたのだ。それは新しいエルサレムの到来とその準備と奇跡の出来事を記したものだった。とりわけ、ある文句が私の心に深く残った。「そして海は、そのなかにいる死者を引き渡した」という一行だ。

おじいさんの朗読が終わると、私たちの習慣にのっとって式が進められた。ヴァイオリンが「ニール・ガウの哀歌」と「マ・ガッヘッヒ」（マイ・ホーム）を演奏した。そして教会の外に出て、バグパイプが「ダーク・アイランド」を演奏したあと、ともに地下で働いた仲間たちの手によって、赤毛のアレグザンダー・マクドナルドの柩は墓穴におろされた。

## 19

葬儀のあと、私たちは祖父母の家に戻った。その午後、トロントから長距離電話があった。キャラムへの指名電話で、レンコー・デヴェロップメントの幹部からだった。もっと正確にいえば、事業を統括する本部長で、兄たちを立坑の掘削チームとしてペルーへ送りこんだ男だった。電話に出たキャラムは、話しはじめるとすぐ、片手をあげて静かにするように合図した。ガヤガヤという話し声が止んだ。電話の男は、大陸の半分もある距離を音量で乗り越えようとするように大声でしゃべっていたので、部屋のなかにいた私たちにもはっきりその声が聞こえた。

男は熱心に言った。「いやあ、どうも、北部では大変だったな。亡くなった人にはまったく気の毒なことをした。ごたごたしたらしいけど、すまないと思ってるよ。あれは間違いだった。北部の支部長は、私のようにきみたちのことを知らんのでね。きみたちをすぐに葬儀に行かせるべきだったんだ。もし万一、またこんなことがあったら、私に直接電話してくれないか。すぐに電話をくれ。私はわかってるから。きみたちは、うちで長いあいだ働いてくれているんだから」

沈黙があった。

「聞いてるか？」と本部長が尋ねた。

「聞いてます」とキャラムが言った。「いますよ、ちゃんと」

「だからな、戻ってきてほしいんだよ。ぜひそうしてほしい。問題は何もない。ひとこと、戻ると言ってくれ」

「どうかなあ」と兄は部屋のなかをざっと見まわしながら言った。ひどく疲れている様子で、糸のように細長い唇の傷が白く目立っていた。まだ首が痛いのか、つらそうに頭を動かし、横に傾けた。「それはちょっと。しばらくはこっちにいたいと思うんで」

「まあ、聞いてくれ」と本部長は食いさがった。「ボーナスを三分の一、上乗せするよ。私が保証する。私がきみたちに対して約束を破ったことがあるかね？」

「ああ、金の問題じゃないんです」とキャラムが言った。

「いつも私は約束は守ってるだろう？」と電話の声が繰り返した。「いつも約束は守っているよな？」

「ええ」と兄は答えた。

「じゃあ、今度はそっちから約束してくれ。同じ人数で帰ると言ってくれ。期日を言ってくれ。今週の終わりか？　来週のはじめか？　サドベリーまで迎えの車を出すよ。とにかく、約束してくれ。そうしたら、きみを当てにできるとわかるから」

本部長が話しているあいだ、兄は部屋にいる男たちと視線を交わした。片手で受話器を持ちながら、問いかけるように眉をぐっと上げる。そうやって眉で問いかけながらも、頭はかすかにうなずいているように見えた。

兄の視線が顔から顔へ移ってゆき、男たちはわずかにうなずいた。

「聞いてるか？」と本部長がもう一度言った。

「ええ、聞いてます」

「それじゃ、ぜひ、約束してくれ」

「わかりました。行きましょう」

「よかった」と安堵したように本部長が言った。「きみを当てにできると思ってたよ。で、同じ人数で来てくれるのか？」

兄が私のほうを見たので、私は祖父母の顔を見て、それから赤毛のアレグザンダー・マクドナルドの両親を見た。そして兄に軽くうなずいた。

「ええ」と兄が受話器に向かって言った。「同じ人数をそろえて行きます」

その日の午後、兄はパンの塊を三個と角砂糖を二箱持って、〈キャラム・ルーアの岬〉の下へおりていった。前に兄たちが住んでいた古屋は、歳月と風雨に蝕まれてぼろぼろになっていた。古屋の前を通り過ぎて、海岸の岩場に下りた。クジラが打ち上げられ、船台があったところで、まだ防腐剤を染みこませた木材が残っていた。前にも話したように、このときは卒業式の季節だったので、夏の盛りにはまだ遠く、あたりは青々と繁茂とまではいかないが新緑の草が伸びていた。兄は舟の台の上に立ったり、葬式用に履いたよそ行きの靴のまま海辺の岩の上に立ったりして、〈キャラム・ルーアの岬〉のほうを見あげた。暑い午後のことで、ハエを避けて木立ちのなかに入っている馬の影しか見えなかった。しかし、兄が指を口に入れて、指笛を鋭く二度吹くと、たちまち反応があった。木立ちと馬の群れに動きがあり、あの馬が海岸をめがけて、もどかしそうにひづめの前に小石を飛ばし草ごと土を蹴散らしながら、全速力で駆けてきた。「ああ、クリスティ、メーダル・ベグ（かわいいやつ）」と兄が声をかけ、馬は兄の胸に頭を押しつけた。目や鼻のまわりが灰色になり、左目に薄い膜がかかりはじめていた。午後じゅう、兄は暖かい草の上に寝そべってクリスティにパンと砂糖をやり、クリスティは兄の体を大きなひづめで踏まないように気をつけながら、兄の顔や、警官に殴られて痛めた首に鼻をすり寄せていた。クリスティの子供の若い馬たちは、母親の行動を不思議そうに眺めていた。兄はクリスティにゲール語の歌を聞かせた。あの嵐の日、私たちがクリスティの力を必要とし、クリスティのほうも踏ん張るためには兄の信頼と不安を静めてくれる自信を必要としていたとき、歌ったように。兄とクリスティは一日中、心をかよわせあい、何やらやりとりしながら、緑の草の上でいっしょに過ごした。

出発する前に、叔母は息子のために買ったプレゼントを私にくれた。「これを受け取って。ちゃんと着てちょうだいね」と叔母は私にシャツの箱を渡しながら言った。「箱に入れたままにしておかないで。着てくれる?」

「はい」と私は言った。「そうします。どうもありがとう」

## 20

夕方近く、私たちの一行がサドベリーに到着すると、約束どおりレンコー・デヴェロップメントから迎えの車が来ていた。車はハイウェイ17号線を西へ向かい、ホワイトフィッシュ、マケロウを過ぎ、エスパノーラ方面へつながる道路を通り過ぎた。ウェッブウッド、マッセイ、スパニッシュ、サーペント・リヴァーも通り過ぎた。その十年ほど前、このあたりが第一次ウラニウム景気に沸いた時期、兄たちは若き坑夫としてやってきた。その後ウラニウムは供給過剰に転じたためブームは去り、将来性のある多くの立坑櫓はそのまま放置されていた。その後十年間で二万四千トンを日本へ供給する契約が結ばれたので、兄たちも戻ってきて、以前発見したものを再発見した。それは、レンコー・デヴェロップメントの幹部がロケット打ち上げになぞらえて「発射準備完了」と言ったように、いつでも掘り出せる状態にあった。

17号線を下りて脇道へそれる頃には、春の終わりの長い日がそろそろ暮れかけていた。路面が変わり、幹線のような整備された舗装道路ではなく、急いでアスファルトを敷きつめたような道になり、さらに行くと砂埃防止の溶液をまいた砂利道になった。開いた車の窓から、溶液の石油くさい匂いが漂ってきて、ときには塩水のような匂いになった。もっとあとになると、溶液が消えて、埃の匂いと、タイヤが飛び散らす石が車体の底にぶつかる音だけになった。ときどき、車は道路の中央に突き出ている岩石の隆起部に「尻をつき」、オイルパンやマフラーが露出した岩にこすれて、ギーギー、ガタガタ、音を立てた。急ごしらえの道路の両側には、ブルドーザーで取り除かれた木が横たわり、むきだしになった黄色や白の長い根から、ひも状のスギゴケやばらばらになったミズゴケを垂らしていた。まるで、雑な抜かれ方をした虫歯のようだった。車の残骸が道の端のほうに押しのけられていた。カーブを曲がったところで、車のライトが大きなムースの目をとらえた。ムースはぐしゃぐしゃにつぶれたビュイックのわきに立っていた。壊れたヘッドライトやグリルのクロムメッキはほんの一瞬きらめいただけだが、ムースの目は暗闇で赤く輝き、熱く燃えた石炭のように私たちのほうを見つめた。かつては高性能の高級車だった車の遺骸を守ろうとするように、ムースは立った位置から動かなかった。

立坑櫓の敷地付近に設営された宿舎に着くと、毛布とシーツを渡され、仮の部屋が割り当てられた。各部屋には二段ベッドが二つあった。誰が下の段をとるかはコインを投げて決めた。部屋割りは明朝やり直すと言われた。四人用ではなく二人用の部屋もあるが、今はふさがっているので、少し時間がかかるかもしれない、と。

会社の支部長が入ってきて、兄と握手し、親しみを込めて肩をぽんと叩いた。どうやらこの男が、赤毛のアレグザンダー・マクドナルドが死んだとき、「一人だけだろ」と言い放ち、「仕事は進めないと」と言った支部長らしかった。兄と話しながら、男は目で人数を数えていた。

外では、立坑櫓の明かりが皓々と輝き、巻き揚げ機やケーブルのうなる音と、時折、暗い立坑のなかで巨大な鉱石バケットを上げ下げするときの合図の声が聞こえてきた。その夜はフランス系カナダ人が勤務についており、私たちは早朝に仕事を始めることになっていた。今やレンコー・デヴェロップメントに「同じ数の男たち」がそろったので、八時間ごとの一日三交替制と十二時間の二交替制とどちらが効率的か、話し合いがおこなわれた。十二時間の二交替だと、ひとつのチームが午前七時から仕事を開始し、もうひとつのチームと午後七時に交替する。勤務時間を替えたければ、誰かに代わってもらうこともできるし、おおむね自分たちの時間をもつことができる。どうするかは、岩盤によるところも大きかった。

翌朝早く、兄たちとクロウン・キャラム・ルーアの仲間たちは、自分の坑内用装備を集めはじめた。立坑櫓の敷地の茂みに放りこんだベルトやスパナの一部は、持ち主が戻ってくるだろうと予想した男たちによって回収され、保管されていた。ほかの男が着けているのを見つけて、返してもらったものもある。が、返してもらえないものもあった。まあ、物を投げて捨てたら、それがまた自分のものになるという保証はない。私の一番めの兄は、自分の坑内ベルトをほかの男が着けているのを見て、ベルトの内側に爪でひっかいた頭文字があるはずだと説明して返してもらおうとした。しかしその男は、ベルトはフランス系カナダ人から買ったもので、二倍の値段を出すなら売ってもいいと言った。けれども、ちょうど交替の時間で、男は地下から出てきたところ、兄は入ってゆくところだったので、今日は兄に貸すということで同意した。こうして、夏は始まった。

# 21

この地域に建ち並ぶ立坑櫓の地下では、正気の沙汰とは思われないような活動がくり広げられていたわけだが、地上でもいろいろな作業がおこなわれていた。道路も建設中だったし、何組もの作業班が森の木を切り払ったり、新しい建物の基礎部分を安定させるために岩盤を爆破したりしていた。木材を積んだトラックや、セメント・ミキサーを回転させたトラックが、うなるような音を響かせながら出たり入ったりしていた。ハンマーでガンガン叩く音、いろいろな種類ののこぎりを引くウィーン、キーンという音（のこぎりの音は、車のエンジン音がそれぞれ違うように、種類によって違う）。ブルドーザーやパワーシャベルなどの大型機械はたえまなく轟音を発し、鋭い笛の音が空気をつんざき、もうすぐ爆破が始まるので付近にいる者は退避するようにというアナウンスの声もあった。

金銭を扱う業務は、急いで設置されたトレーラーハウスのなかの銀行でおこなわれ、現金輸送用の装甲車がガチャンガチャンと音を立てながら入ってきて、さまざまな給料を支払うための現金を運びこみ、また現金を積んで出ていった。建築とセメントの現場で働いている労働者は、ドイツ人もいたが、イタリア人やポルトガル人が多かった。あとはほとんど、アイルランド南部の小さな村から来た男たちか、私たちの故郷に近い、ニューファンドランドのいつも陽気な連中だった。しばらくのあいだ、私たちは全員、同じ大食堂で食事をした。正午を告げる笛が鳴ると、建設チームの労働者は何をしていようがただちに仕事を放り出し、ヘルメットを宙に投げ、障害物を跳び越えて、肘を突き合わせるほどたくさん並んでいる列のなるべく前のほうにつこうとして走った。食堂のなかではそれぞれの出身地でかたまって坐り、手ぶりを交えて熱心に身をのりだしながら、お国言葉でしゃべっていた。私たちは地下で働いていたので、昼間地上にいるときには、正午の笛が鳴ってもそれほど大騒ぎはしなかった。昼休みが十二時から一時までという連中よりは余裕があった。だから、それより遅い時間か、あるいはそれより早く、大騒ぎが始まる笛の少し前に出かけていった。そしてトレイを持って、割り当てられたわけでもないのにいつも教室の決まった席に坐る学生のように、決まったテーブルの席に向かった。途中、いろいろなグループのそばを通った。小さいながら独自の文化をもつヨーロッパの国々から来たグループの声も聞こえてきた。ときどき、通りかかった私たちの出身地をそっと確認している声が聞こえたりした。「あいつら、ハイランダーだ。ケープ・ブレトンの。たいてい、自分たちだけでかたまってるよ」

そんな環境のなかで、私たちがますますゲール語をしゃべるようになっていったのはなぜなのか、よくわからない。ほかの個性的なグループに囲まれていたために、「われわれ独自の言語」として再認識した言葉をしゃべるほうが、自分たちの存在感をより強く感じられたからかもしれない。時折、アイルランド人と話すことがあり、語句や言い回しを比べあった。アイルランドでは、ゲール語すなわち「アイルランド語」を、しっかり守ってゆこうという取り組みがなされているそうだ。「エデンの園で話されていた言葉だからな。神様が天使たちに話すときに使われた言葉なんだ」。アイルランド人と私たちは、ゆっくり言葉を選んで話せば、かなりのところまでお互いを理解できた。「当然だよ」と彼らの一人が言った。「なんせ、俺たち、同じ一本の木から枝分かれした仲間なんだから」

夏の日脚が長くなるにつれて、仕事は苛烈をきわめてきた。立坑が必要な深さに達したあとは、鉱脈の方角に向かって横坑が掘られた。クロウン・キャラム・ルーアたちは、岩盤に立てかけた支柱《ジャックレッグ》にぐっと寄りかかり、手持ち削岩ドリルの刃先《ビット》を回転させて、石を灰色の水滴に変えていった。水っぽい精液か、薄いセメント液のようなその水滴は、たえまなく穴からポタポタ流れ落ちた。ジャックレッグとそれに寄りかかっている作業員の後ろには、黄色いエアホースがくねくねと地面を這っていた。岩盤が「硬い」と一回の当番《シフト》で二メートル半ほどしか進まないが、「軟らかい」岩盤ならさらに奥まで穴をあけるために、長さ三・六メートルのロッド〔先端がビットになっている鋼製の棒〕がよく使われた。岩の表面にいくつかの穴をあけたら、ダイナマイトを装塡し、導火線をつないだ。スティック状のダイナマイトは細い爆破用の導火線で一本一本つながれ、長い木の棒を使って発破孔に詰められた。重要なのは、爆薬を仕掛ける岩の表面の中心が最初に爆破されること、次いで爆破された中心に向かって連続的に爆発を起こさせることだ。上のほうの穴に装塡されるダイナマイトには重力という強い味方がいるが、下のほうの穴に装塡される「リフター」と呼ばれるダイナマイトは、空洞になった中心をめがけて、重力に逆らって岩を持ちあげなければならない。技術的には、あける穴の数、穴の深さ、ダイナマイトの爆発力に対する岩の抵抗を計算する知識が必要とされた。もしきれいに爆発しないで、必要な深さまで均等に岩が爆破されなければ、その日の作業はほとんど無駄になり、大部分は最初からやり直さなくてはならない。しかも作業は前よりむずかしくなる。岩盤がでこぼこになっているし、砕けた岩をどけなければならないうえに、爆発しなかったダイナマイトや点火しなかった雷管が隠れている恐れもあるからだ。

　岩の表面に導火線がつながれると、私たちは後ろに導火線を引きずりながら、それより以前に掘った横坑を戻り、定位置まで撤退した。そして起爆装置のハンドルを下ろして、火薬が次々に爆発する音に耳をすました。一回ごとに指で爆発音を数え、「ブローアウト」を心配しながら、音で爆発の効果を聞き分けた。ブローアウトとは、ダイナマイトが穴を震わせただけで、まわりの岩を砕くまでには到らなかったということで、爆発の失敗を意味する。ブローアウトが起こると、爆薬は「バーン」と爆発するかわりに「ポン」と弾けた音がするので、その音が聞こえると、私たちは悪態をついたり首を振ったり拳をてのひらに打ったりしながら、失敗の原因をあれこれ考えた。最後のダイナマイトが爆発する頃には、最初の爆発の火薬の匂いがつんと鼻をつき、黄色い硫黄の煙が漂ってきた。息が詰まって、上に連絡して昇降台《ケージ》を下ろしてくれと頼み、地上に上げてもらうこともしばしばだった。

地上に出てゆくということは、天候や時間の変化をあらためて知るということで、いつもその落差にちょっととまどった。地上に出るのが朝の四時というときなど、ちょうど夜が明け方に変わろうとしているところで、蠟燭の火がそっと吹き消されるように星が消えてゆき、晴天の兆しとともに空が赤く染まりはじめるのが見えた。月が白く輝いていることもあり、そんなとき兄たちは「コイアト、ロッホラン・アッヒ・ナム・ボッホト」(ほら、貧者のランプだ)と言ったものだ。そして新月が出ると、キャラムはお辞儀をしたり、昔風にひざを曲げ左足を後ろに引いて会釈をしたりして、故郷のクロウン・キャラム・ルーアの老人たちから教わった詩を諳《そら》んじた。

父なる神の聖なる御名において
神の子の聖なる御名において
聖霊の聖なる御名において

天にましますの聖なる三位一体

明るく輝ける御身に栄光あれ
真白き今宵の月よ
御身、永遠なれ
貧者の輝けるランプとして

キャラムはこの詩を英語で暗唱したり、本来のゲール語に切り換えて暗唱したりした。

*Gloir dhuit féin gu bràth,*
*A ghealch gheal, a nochd ;*
*Is tu féin gu bràth*
*Lochran àigh nam bochd.*

クロウン・キャラム・ルーアの世界では、月は天候やジャガイモの植え付けや動物の解体処理の時期を左右し、ことによると妊娠や出産にも影響を与えていたかもしれない。「今夜は月が変わるよ」とおばあちゃんは、出産予定日の過ぎた自分の娘や嫁に言ったものだった。「夕飯を食べたら散歩に行こう。神様があたしらのそばについていてくださるなら、子供は今晩生まれるよ」。私がこうして思い出話をしているときにも、月の影響を受けた海は〈キャラム・ルーアの岬〉にひたひたと打ち寄せている。太陽の周期の範囲で、潮は月に導かれつつ、静かに、だが執拗にその力を発揮し、満ちたり引いたり、進んだり退いたりしているのだ。

また、立坑からあがってきたら太陽がぎらぎら輝いていたということもある。私たちは困惑しながら、ヘッドランプのスイッチを切り、電気のコードを首からぶら下げて、まぶしさに慣れようと目を瞬いた。そしてヘルメットと防水コートを脱ぎ、地面に投げ捨てた。次には衣類の上に着ていた防水ズボンの胸当ての留め具をはずし、腰の下までおろして、膝のあたりにぶら下げておいた。防水手袋は、なかを乾かすために指の先まで裏返してはずした。あるいは、ただ手袋を振って水を切っておくだけのこともあった。手袋は、長くはいた靴下のように汗臭くなった。どんなにがっしりした手でも、手袋にこもった熱と湿気とで、指はいつもピンクになってしわが寄っていた。最初は自分の手のようには思えなかった。まるで洗い桶で長時間洗い物をしていた女の手か、長く風呂に入っていた小さな子供の手のようだった。外気にさらされて、ようやくいつもの色や肌合いを取り戻した。スチールで肋骨状に保護されたゴム長靴には灰色の泥がべったりついていたが、それが日に照らされて乾き、灰色の細かい粉末に変わっていった。

地上に出てみると雨が降っていたということもあり、そんなときにも意外な感じがした。あるいは風が強くて、まだ切り倒されずに残っている木が、大きな枝をこすり合わせながら、うめいたり溜め息をついたりしていることもあった。

地下では、天気はいつも同じだ。太陽は決して照らないし、月が輝くこともない。私たちの命綱としてわずかな空気が立坑から送り込まれてくるのを別にすれば、風もなかった。いたるところからポタンポタンと水が落ちてくるが、雨ではなかった。水の音と私たち自身の声のほかに、自然に発せられる音はなかった。空気圧縮機や発電機のブーンとうなる音、ドリルで岩を削る音しかなかった。私たちにとっては、地下の生活が地上の出来事より優先されたので、時間や空間の感覚を失うのはたやすかった。

キャラムはこんな話をしてくれた。ある夏、クロウン・キャラム・ルーアはユーコン川流域のキーノ・ヒルで働いた。当番明けの眠りから覚めたのが四時で、宿舎の窓から日が射しこんでいた。よく眠れるように、窓にシャツを留めつけて太陽をさえぎっていたのだが、目が覚めて時計を見たとき、最初はそれが午後の四時なのか朝の四時なのか、はっきりわからなかった。しばらくじっと横たわりながら、自分のことや、寝る前にどこにいたか、これから昼になるにしろ夜になるにしろ、今日は何をしようか、といったことを考えた。ときには起きあがって、鋲で留めたシャツを少しずらして、太陽の位置を確かめることもあった。午前か午後かを知るため、あるいは思ったとおりだと確認するために太陽を見た。時間に確信がもてないのは、頻繁に旅をする人たちが目を覚ましたときに、自分がどこに寝ているのか、よくわからなくなるのと似ていた。彼らはある町のホテルの、見慣れないけれどありふれた内装の部屋で目が覚める。「ここはどこだ?」と一瞬考えこむかもしれない。閉まっているベージュのカーテンや、ボルトで固定された茶色いテレビや、ルーム・サービスを知らせるクリーム色のカードなどを見て、しばらくして旅行者は言うだろう、「ああ、何でもない。だいじょうぶ。ここはトロントか、クリーヴランドか、ミシシッピーのビロクシだ」。

仕事が終わると、私たちは疲れた足を引きずって、「ドライ」と呼ばれている洗い場に向かった。まず、そこにいる老人に坑内用のヘッドランプを預ける。彼は指を失ったうえに珪肺《けいはい》を患って地下では働けなくなった元坑夫で、ヘッドランプを次の当番で使えるように充電しておいてくれた。私たちは防水作業着を脱ぎ、スチールの爪先のついたゴム長靴と、汗で濡れたウールの靴下を脱いだ。それから、フランネルのシャツと、ズボンやズボン代わりにはいている下着を脱いだ。なかには、ぼろぼろになった灰色の下着とパンツをはいている者もいた。兄たちはシャツとズボン下がつながったウールの下着を着ていた。その下着だと皮膚にこすれないし、上から降ってくる地下水と体から出てくる汗の両方を吸収してくれるというのだ。兄たちがその長いウールの下着を両手でぎゅっと絞ると、水が飛び散って、しわしわになったピンクの足の下に灰色の水たまりが広がった。それから、だだっ広い共同シャワー室へ行き、しばらく熱いお湯の下に立って、咳払いをしながら粉塵で灰色になった痰を吐き出し、強い殺菌力のある黄色い石鹼を泡立てて、ゆっくり体を洗った。

爆薬の硫黄の匂いを洗い落としたあと、一種の感嘆の念に打たれながら、この八時間または十二時間のあいだに自分たちの体に起こった変化を眺めた。新しいこぶや腫れ、切り傷や打ち身ができていた。ときには、首の後ろに岩のかけらが飛んできて、小さな切り傷ができていることもあり、石鹼の泡を首筋に塗った両手を見ると、指のあいだに血の混じった石鹼液が流れていたりした。自分には見えない首の後ろの小さな傷が、強い石鹼液の刺激を受けてひりひり痛んだ。仕事中に上がる体温と湿気のせいで体じゅうの毛穴が開き、そこから埃の粒子が侵入すると、しばらくして炎症が起こり、腫れあがることもあった。〈キャラム・ルーアの岬〉の沖で漁をしていた頃、兄たちの手首にできた塩水による腫れ物と似たような症状だった。腫れ物はわきの下や股間によくできたが、あとで部屋に戻ったとき、針で刺して痛みのもとの毒素を絞り出した。それ以上の感染症を防ぐために、針はライターの炎で消毒してから使った。

シャワーを終えると、さっき通った通路を戻って、ベンチと、衣類の入った籠のところへ行った。灰色のセメントの床に濡れた足跡がついたが、それぞれの特徴をもったその足跡も、いくらもたたないうちに熱風で蒸発してしまう。金網の籠が降ろされてくると、そこから「街着」を選んだ。もっとも、外に出ても街などないことは百も承知だったが。それから、着ていた作業用の衣類を籠に入れて、滑車で建物の屋上に送った。次に私たちが取りにくるまでに、衣類はそこで回転しながら乾かされた。私たちは黒い髪や赤い髪に櫛を入れ、空のランチボックスを持ち、夜の闇か昼の光のなかへ出ていった。昼間だと、ブヨの大群が押し寄せてきて、鼻や耳や目の端に入りこんだ。ブヨは赤毛の人間にとくに激しく襲いかかったから、ふだんは吸わなくても虫除けにタバコを吹かしている者もいた。

私たちはレンコー・デヴェロップメントが特別に用意した宿舎に寝泊りしていたが、キャンプの状況を考えれば、ほかの宿舎と比べて極上の住まいといえた。建設労働者の多くは、二、三十台のベッドが所狭しと並べられた広い宿舎で寝ていた。そんなところでは、仕事に出かけるときの財布のしまい場所にも苦労したし、ひげ剃りクリームやかみそり、誰のものか見分けのつかないような靴下など、ささいなものをくすねていく盗みに悩まされた。男たちはたいてい、ベッドの枕元にカレンダーを置き、その日の仕事が終わると日付にバツ印を書いた。まだ先の日付が丸や四角で囲まれて、ひとこと「自由」「帰る」「最終日」などと、英語やその他のヨーロッパの言語で書きこまれていることもあった。書きこんだ本人は無事にその日を迎えると、ヤッホーと叫びながらヘルメットを茂みのなかに放りこんだ。カナダ楯状地の岩にスプレー・ペンキで、搾取する会社や気に入らない現場監督や料理の下手なコックの悪口を卑猥な言葉で落書きする者もいた。

丸や四角で囲んだ日付が来ると、男たちは稼いだ金を持って、思い描いていた生活へ出ていった。トロントへ、ポルトガルへ、南イタリアへ。結婚したり、学校へ行ったり、商売を始めたり、車を買ったりするために。少数ではあるが、エスパノーラやスパニッシュやサドベリーより先へは行かず、数日か数週間して、気落ちした青白い顔で戻ってくる者もいた。ポーカーですっからかんになった者、売春婦のヒモに巻きあげられた者、公衆便所で強盗に遭った者、買ったばかりのぴかぴかの高級車に乗って事故を起こし、修理もできないほどメチャメチャにしてしまった者。そうした男たちは気落ちした青白い顔で戻って、今ではるか昔のことのように思える卑猥な落書きの犯人が自分だと思われないように、そしてもう一度新しいカレンダーでやり直すチャンスが与えられるように願い、今度こそはと心ひそかに誓った。

クロウン・キャラム・ルーアはほかの労働者とは異なるやり方で働いていた。開坑の専門チームとして、レンコー・デヴェロップメントと短期契約を順次結んで仕事をしていたのだ。時給は決まった額だったが、さまざまな特別手当ての取り決めがあり、私たちの報酬面での関心はそこにあった。たとえば、掘削フィート数による出来高払い、そして岩壁の向こうでわれわれを、そしてレンコー・デヴェロップメントを待っている二酸化ウランの鉱石に到達する速度による歩合給があった。ある意味で、個人契約や成績に基づくボーナスによって士気を高められるスポーツ・チームのようなものだった。私たちは主に自分たちのために働き、勝敗は自分の勝敗であると同時にチームの勝敗と考え、個人がチームに貢献すると同時にチームも個人に貢献するという認識で一致していた。

仕事中でもなく睡眠中でもないときには、兄たちが世界中どこへ行くにも持ってゆくケープ・ブレトンのヴァイオリンのレコードをかけた。古びたヴァイオリンを自分で弾くこともあった。そして、みんなで古いゲール語の歌をハミングしたり歌ったりした。話をするときには、たいていゲール語で話し、昔の思い出や遠い故郷の風景が話題になった。将来のことははっきりしなかった。私たちにとって将来とは、かならずしも今いる場所とはかぎらなかった。赤毛のアレグザンダー・マクドナルドの死がみんなの心に重くのしかかり、こうした人生のはらむ危険とはかなさを痛感させていた。ここでもすでに、新しい町の開発計画が進んでいて、どこに住宅やホッケー場や学校を建てるかという話になっていた。それと同時に、われわれクロウン・キャラム・ルーアの仲間は、立坑を掘り、さらに鉱石までの坑道を掘り終わったら次はどこだろうということも話し合った。ある週、レンコー・デヴェロップメントはブリティッシュ・コロンビアのスクォーミッシュにキャラムを派遣して、岩盤に爆薬を仕掛けさせた。ほんの数秒で終わるたった一回の爆破のために、会社はキャラムに千五百ドル以上払った。それはあまりにも繊細で高度な技術を要し、費用のかかる爆破だったので、キャラムにしかできないと思われたようだ。秋になって私が歯科医の専門課程に進む頃には、ほかのみんなはスクォーミッシュに行っているかもしれない。あるいは南米か南アフリカに戻っているかもしれない。なんとなく、みんなでパスポートの有効期限を確認していた。もしかしたら、故郷へ帰っているのかもしれない。

昼間や夕方近くに仕事がない日には、宿舎の入り口の前のベンチに坐って漫然と過ごした。蹄鉄を杭にひっかけるゲームをしたり、アイルランド人やニューファンドランドから来た連中と雑談をすることもあった。多くは年配の妻子持ちで、給料日には仮設の銀行で列をつくり、遠くに住む家族に為替や国際小切手で送金した。彼らはベンチに坐って、無意識のうちに股間をさわっていることもあった。「アイルランドには」と赤毛のアイルランド人が言った。「家族はいるが、金がない。ここでは、金はたんまりあるが、家族がいない」。私たちはいっせいに眉をあげて、共感をあらわした。

ときどき、フランス系カナダ人たちの宿舎の前を通ると、半開きの窓から歌声や演奏が聞こえてきた。彼らがヴァイオリンで弾くジグやリールは、私たちの曲に似たものが多かったが、テンポはもっと速かった。ベニヤ板の床を足で踏み鳴らす音、両手を叩く音、あるいは手で膝を叩く音が、一拍の狂いもなく聞こえてきた。ときには、音楽に「スプーンの伴奏」が入ることもあった。食堂からくすねてきたスプーンを、「レ・スーリエ・ルージュ」(赤い靴)や「タドゥサック」や「ル・リール・サンジャン」(サンジャンのリール)の音楽に合わせて、リズミカルにカチャカチャ打ちあわせたり、手や腿や膝や肘や肩を叩いて音の感じを変えたりしていた。私たちが彼らの宿舎に入ってゆくことはなく、彼らが私たちの宿舎に入ってきたこともなかった。試合の対戦チームが敵味方に分かれて更衣室に入るようなものだった。

兄たちの話によると、南アフリカのズールー族はいつも歌っているという。神話の歌、部族の歌、仕事の歌を、歌詞はないが音声や簡単な音節だけのリズミカルなコーラスで歌うのだそうだ。鉱山の出稼ぎシーズンになると、彼らは歌う船団のように車列を組んで、故郷から出かけていった。たくましく傲慢な若者たちは、自分のペニスの長さを自慢する歌や、いつかわからないが遠い未来に大勢の女と寝て子供を産ませる歌を歌いながら。金を稼ぐために、そして、地下の熱気や採掘場で起こる口論やナイフの喧嘩に虚勢を張って立ち向かうために。

## 22

キャンプのゲートの警備員の詰め所を過ぎたところには、別の世界があった。規則として、雇用企業の身分証か番号バッジを提示しないとゲートのなかには入れなかった。狭いベニヤ造りの詰め所には、さまざまな頼みや訴えを抱えた人がひっきりなしにやって来た。何の根拠もないのにひょっとして仕事があるかもしれないという臆測だけで、岩だらけのでこぼこ道を運転してきた者もいた。ヒッチハイクでたどり着き、足元にリュックサックを下ろし、シャツの背中をそのリュックサックの形のまま汗で濡らした姿で立っている者もいた。嘘か真実《まこと》か、親戚や知りあいを探している者もいた。兄弟、いとこ、ボーイフレンド、子供の養育費を払ってくれない男。借金を取り立てにきた者もいた。とにかくメシにありつくことだけを求めている者もいた。「だめ、だめ」と警備員は何度もくりかえした。「番号バッジがなければ入れませんよ」。「いいえ、ここで働いている全員のリストはありません」。「さあ、どうかな、今、仕事があるかわかりませんね。サドベリーに行って、失業対策局に登録してください」。「いや、知らないな、背が高くて、指が一本なくて、頬に傷のある黒人というのは」。「いや、その名前に覚えはありません」。「ちょっと見るだけなんて、だめです」。「いや、メッセージを残しても無駄ですよ、どうせ届けないから」。「だめだめ、昨日も同じことを言ったはずですよ」。「いいや、二十ドルもらっても入れるわけにはいきません」

ゲートの外のかなり離れたところに、灌木を切り払って急いで整地した、粗末な駐車場ができていた。ひっくり返った巨石や根こそぎにされた切り株に囲まれた駐車場には、数は少ないが、自分の車を持つほうが得だと考えた労働者の車と、あやしげな来訪者の車が待機していた。駐車場の端や道路沿いには、壊れて廃棄された車が、ブルドーザーで片側に押しのけられたまま散乱していた。ほとんどは、持ち主の身元が割れないようにナンバー・プレートをはぎとられ、多くは仮の宿として、あるいは素朴な商売の場として、利用されていた。廃棄された車やよそから来た車の前で、品物やサービスを売る人間がいた。行商人は作業用のシャツや手袋をゲート内の売店より安く売っていた。指輪や時計を並べたトレイを持って売る者、ポルノ写真やさまざまな大人のおもちゃを持っている者もいた。疑ぐり深い酒の密売屋はかならずいて、びくびくしながらたえず後ろをふりかえり、木の切り株のあいだに隠しておいた生ぬるいビールのケースやワインやウイスキーの瓶を出してきて、法定価格の二倍で売った。金を稼ぐためか、冒険や刺激を求めてやってきたのか、先住民保留地の娘が坐っている車もあった。娘たちはときどき、暑い日射しのなかでボンネットの上に毛布を敷いて坐った。そして、ねじ曲がったサイドミラーやひびが入ったり粉々に割れているフロントガラスに顔を映しながら、体を斜めに傾けて長い黒髪を櫛やブラシでとかしたり、唇をすぼめて真っ赤な口紅を塗ったり、神経を集中させて爪にエナメルを塗り、長く尖った赤い爪を布で磨いたりしていることもあった。ガムやつぶれたタバコや紙コップに入れた生ぬるいワインを、お互いにやり取りしていたり、小型のポータブル・ラジオをカントリー・ソングの専門局に合わせようと、つまみを一方へまわし、次に反対にまわし、雑音をつくりだすカナダ楯状地の岩を越えて、音楽を誘《おび》き寄せようとしていることもあった。

夜、そうした廃車の群れのそばを散歩すれば、ひそひそ声の会話の断片とともに、うめき声やうなり声が聞こえてきた。口から発せられる声が、汚れたシートの下のスプリングのきしむ音にだんだん圧倒されることもあった。

ある朝、私とキャラムは、キャンプのゲートの外へ散歩に出かけた。ちょうど当番が明けて朝食をとったあとのことで、これから暑くなる予兆のように、空には燃える球のような太陽がぎらぎら輝いていて、疲れてはいたが、くたびれた体を眠らせるのに苦労しそうだった。そこで、眠るのは後回しにして、ゲートの外へ散歩にいったのだ。ゲートを出て、岩を砕いた灰色の小石を敷いた砂利道を越えて、駐車場のほうへ歩いていった。すると、炎天を予想させる暑さのなかで、ふらふらさまよっているような、あるいは手招きしているようなヴァイオリンの音が聞こえてきた。私と兄は、それがケープ・ブレトンのスクエアダンスでよく演奏される古典的な曲「マクナブのホーンパイプ」だとわかって、顔を見合わせた。音は廃車の一台から聞こえてきた。引き寄せられて近づいてゆくと、かつては優雅な紺色だったであろうクラウン・ヴィクトリアが目にとまった。今やグリルはつぶれ、ボンネットはゆがんで三角屋根のように盛りあがって見えた。タイヤがはずされてリムがじかに地面についていた。トランクの蓋も持ち去られたらしく、フロントガラスも横のガラスもほとんど割れ、ぎざぎざの縁しか残っていなかったので、夏の暑さのなかでさえ、晩秋の池の端に張りはじめた氷のように見えた。

割れたフロントガラス越しに、助手席に小柄な男が前かがみに坐っているのがわかった。男は全身を動かしながらヴァイオリンを弾いていた。右足でフロアマットを叩いて調子をとり、ぴんと張った四本の弦の上に弓を躍らせていた。まだ朝早い時間だったが、鼻の下やひたいにはすでに玉の汗が噴きだしていた。男は壊れたガラス越しに私たちを見つけて、にっこり笑った。私の目ではなく私の着ていたシャツをまっすぐに見て、「カズン・アガム・フィン」と英語とゲール語のちゃんぽんで言った。薄汚れた赤い野球帽には、ルアーに向かって跳ねている大きな魚の絵の上に「ラスト・ストップ・ホテル」と文字が入っていた。男は、自分はジェームズ・ベイ・クリー族だが、祖父か曾祖父のどっちかがスコットランドからの移民で、毛皮交易の全盛期に北部の航路を定期的に行き来していたらしいと話した。このヴァイオリンはその男が持っていたんだよ、と言って、使い古された楽器を見せてくれた。男の名前はジェームズ・マクドナルド。私の着ていた赤毛のアレグザンダー・マクドナルドのシャツを見て、マクドナルド家のタータンだと気がついたと言った。英語とゲール語のちゃんぽんで言ったのは「私自身のいとこ」という意味だった。

「あんたが弾いてた曲、何というんだ?」と兄が両手のなかでヴァイオリンをひっくり返しながら訊いた。

「俺は『ミンチ海峡を越えて』って呼んでる」と男はヴァイオリンを見てうなずいた。「そいつといっしょに伝わってきた名前だよ」

「ちょっといっしょに来ないか」と兄は言った。「なんか食う物をやるよ」

警備員の詰め所の前で、キャラムはジェームズ・マクドナルドのほうを手ぶりで示し、「カズン・アガム・フィン」と言った。そして警備員の怪訝そうな表情に応えて、「俺たちといっしょのやつだよ」と付け加えた。

キャラムと警備員は一瞬見つめあった。それから、もうすぐ勤務が明けるのによけいないざこざに巻き込まれたくなかった警備員は、「通れ」というふうに手を振った。

私たちはジェームズ・マクドナルドを宿舎に連れていった。誰かが調理場に行って、食料の入ったバスケットを調達してきた。山盛りのベーコンとトースト、ナプキンに包んだ固ゆで玉子、数枚重ねたホットケーキ、魔法瓶に入ったコーヒー。ジェームズ・マクドナルドはむさぼるように食べ、そのか細い体の三分の一くらいの量をいっぺんに平らげた。それから、ヴァイオリンを手に取ると、外に出てベンチに坐った。

キャラムに言わせると、彼は「すごい弾き手」だそうで、兄たちもそれぞれヴァイオリンを持ちだして、かわるがわる彼といっしょに弾いた。すると、フランス系カナダ人の宿舎から、リーダーの大男ファーン・ピカールが男たちを連れて出てきた。しばらく遠くから見物していたが、やがて宿舎に戻り、ヴァイオリンやスプーンを持って出てきた。そのうちの二人はハーモニカを、一人はボタン式アコーディオンを持っていた。そして、そんなことをする彼らを見たことはなかったが、いつのまにか私たちの宿舎の近くに置かれたベンチに坐り、音楽に加わった。しばらくして、一人が立ちあがって宿舎のなかに戻り、壁から引っぱがしてきたベニヤ板を二枚持って、強い日射しを浴びたベンチのほうに運んできた。

「ラ・バストラング（ダンスパーティ）用だ」とその男がフランス語で言った。「ラ・ダンス・デタップ（ステップのダンス）」

彼がベニヤ板の一枚をフランス人のミュージシャンたちの足元に滑らせると、全員ベンチに坐ったまま、一音もはずすことなく演奏を続けながらいっせいに足をあげ、ベニヤ板が足元におさまると、また見事なそろえ方で足をおろした。靴のかかとが一回板を打ち、次に靴の底が一回板を打つ。交互に打つこの靴音がだんだん音楽に合ってきた。そしてこの打楽器のスタッカートのリズムがスプーンの音と混じりあい、ヴァイオリンなどの普通の楽器の高い音に共鳴し、その音を増幅させた。

「ル・ジグール」(ジグを踊る男)とベニヤ板を運んできた男が、いちばん近くにいたヴァイオリンの男に向かってうなずいた。ヴァイオリン弾きはにっこりして、楽器のあご当てにしっかりあごをつけたまま頭をわずかに左に傾けた。指と足が軽快に舞い、音楽に合わせて体がよく動いたが、腰のあたりだけは動かなかった。私はその腰に兄のベルトが巻かれているのに気がついた。

太陽が高くなり、ますます暑くなっていったが、誰も眠ることなど考えなかったようだ。まるで、寝るための列車を逃してしまい、こうなったらほかになす術はないという感じだった。

音楽は急に低くなったり急に高くなったりして、革底の靴はベニヤ板を打って小気味よい音を響かせた。時折、ヴァイオリン弾きが曲名を告げ、ほかの男たちがわかったというようにうなずき、彼の弾く「ねじ曲がったストーブの煙突」や「ディーサイド」、「セント・アンのリール」、「農夫の娘」、「ブランディー・カナディエン」の演奏に加わった。タイトルがないか知られていないらしい曲もあったが、最初の数小節を弾けば全員にわかった。「ああ、あれな」とほかのヴァイオリン弾きたちもうなずいた。「あ、うん」、「メ・ウイ」と、互いに共通の音楽をつむぎだす作業に入っていった。英語やフランス語の曲名はだんだん少なくなり、最後にはいつのまにかほとんどなくなって、だいたいは前置きもなく、あっても踊りの曲のおおざっぱな分け方で「ラ・バストラング」とか「オールド・ホーンパイプ」、「ラ・ジグ」、「ウェディング・リール」、「アン・リール・サン・ノム」（名前のないリール）と告げるだけで、音楽が始まった。

名前は知らないが音を聞けば誰でも知っているという曲のひとつが終わったあと、ジェームズ・マクドナルドが言った。「この曲はちょっと、せがれができたけど遠いところにいるんで名前をつけてやれない、というみたいなもんかな」。少し間があった。「でも、ともかく、息子がいることはいるわけだ」と、自分の多弁さにとまどって照れているように言った。

音楽は続き、テンポはますますあがっていった。誰かが二枚目のベニヤ板を、ミュージシャンたちの前の四角い空き地に引きずってきて、ステップダンスを踊るステージにしようとした。平らになるように地面に置くのは、薄い表土から岩が畝のように飛び出ていたので、なかなかむずかしい作業だった。なるべく平らなステージをつくるために、板の下の要所要所に石ころが置かれた。男たちは交替で踊ったが、ときには揺れる長方形の板の上に二人いっしょに立ち、ダンスを試みた。「昔風」に上半身をまっすぐにして動かさず、腕をわきにくっつけて踊る者もいれば、全身を動かす者もいた。

「ビールが飲みたい」と誰かが言った。

ステージのそばに帽子が置かれ、たちまち金でいっぱいになった。風に飛ばされないように誰かが札《さつ》の上に石をのせた。風など全然吹いていなかったのだが。しばらくして、帽子と金が消え、さらにしばらくして、生ぬるいビールのケースがあらわれた。びくびくしながら駐車場で酒を売っている密売屋から仕入れて、どういう手を使ってか警備員の目をごまかして運びこんだのだ。ビール瓶の蓋は、キーホルダーについている栓抜きであける者、ポケット・ナイフの刃であける者、歯であけて埃だらけの岩の上に吐き出す者、といろいろだった。ミュージシャンとダンサーのひたいにビーズのような汗が浮かび、わきの下には黒々と濡れた円が描かれていた。

「おまえたち、何をやってるんだ?」と、突然、宿舎の角を曲がってあらわれた支部長が言った。ヴァイオリンが沈黙し、ステップの足が止まった。音楽のあとだけに、沈黙がいっそう深く感じられた。

「おまえはいったい誰だ?」と、支部長はジェームズ・マクドナルドに近づきながら言った。ジェームズ・マクドナルドは目をそらして、ヴァイオリンを片づけはじめた。

「どうやって入ってきたんだ?」と、支部長は今度はもっと語気を強めて、まだベンチに坐っている小柄な男を、はるかに高い位置から見おろして言った。ジェームズ・マクドナルドはどっちつかずの身ぶりで肩をすくめてから、両方のてのひらを上に向けて、仕草を締めくくった。

「彼はわれわれといっしょです」と、片側に集まっていたグループからキャラムが進み出て言った。

「カズン・アガム・フィン」と男たちのなかから声があがり、苛立ったような笑いの輪が広がった。

支部長がすばやく声のしたほうに振り向いた。フランス語もゲール語もクリー語も解しないこの男は、自分の理解できない言葉を聞くのを嫌った。

「こいつをここから追い出せ」と支部長はキャラムをふりかえり、ジェームズ・マクドナルドのほうに足先を向けたまま言った。二人はじっと見つめあった。長い時間がたったような気がした。

「ビールもここから出しておきたまえ」。支部長は、今度はもっと穏やかに、キャラムから目をそらしながら言った。「ゲート内に持ちこむのは禁止されてるだろ。今日の夜勤は、全員そろうんだろうな」

支部長は踵を返して行ってしまった。

ミュージシャンたちは楽器を片づけはじめた。誰かがビール瓶を茂みに投げこんだ。みんな耳をすまして、見えない岩に瓶が当たって砕ける音が返ってくるのを待った。ベニヤ板を持ってきた男は、ビールのケースを自分たちの宿舎に運び入れ、板は出しっぱなしにしておいた。ジェームズ・マクドナルドはクリー語でひとりごとをつぶやき、前にもこんなことがあったというような、あきらめ顔でほほえんだ。

「あいつのことは気にするな」と兄はジェームズ・マクドナルドに言った。「出たくないなら、出なくていいんだ。好きなだけここにいればいい」

その夜、私たちはまだ耳から離れない音楽とともに仕事に出かけていった。最初の一時間は、みんな口数が少なく、ビールを飲んだうえに一日中食事も睡眠もとっていなかったせいで、頭が朦朧としそうになった。いつもより空気が汚れている感じがしたし、火薬の悪臭が鼻についた。そのあとは、岩を砕くロッドの刃先《ビット》の振動で軽い吐き気をもよおし、頭のなかで似たような振動が起こっている錯覚に襲われた。下着は汗でぐっしょり濡れ、喉の渇きを癒すためにランチボックスのオレンジを探した。

朝、ふたたび地上に戻ったときには、あの音楽が遠い昔の出来事のように思われた。シャワーの下に立って熱い湯に打たれた。体じゅうの毛が同じ方向に倒れて肌にへばりついた。昔、〈キャラム・ルーアの岬〉に風が吹き、波が押し寄せてくると、草は地肌にへばりつきながら、風や水のなかで根を踏ん張り、嵐がやむとまた起きあがったものだ。洗い場から出たとき、昨夜のうちに大雨が降ったことを知った。宿舎に戻ってくると、二枚のベニヤ板がまだほったらかしになっているのが見えた。板は泥で汚れ、雨に打たれてたわんでいた。フランス系カナダ人が一枚拾い、私たちがもう一枚拾って、宿舎の裏のやぶのなかに投げ捨てた。

ジェームズ・マクドナルドは服を着たままキャラムのベッドで眠っていた。「ラスト・ストップ・ホテル」と書かれた野球帽は、そばの床の上に置いてあった。キャラムは私たちと入れ替わりに地下に入ったいとこのベッドにもぐりこんだ。

ジェームズ・マクドナルドは私たちと三日間いっしょに暮らした。金がないから仕事をさせてくれというので、兄は自分のシフトのときに二回彼を連れてゆき、仕事が終わるとそのたびに現金で賃金を払った。私たちは、地下で必要な作業着をいろいろ寄付したが、小柄な体格に合う服や靴を見つけるのはむずかしかった。ジェームズ・マクドナルドは地下が死ぬほど恐いらしく、狭い場所や暗闇、火薬の匂い、猛烈な騒音に慣れることができなかった。腕力もないため軽い仕事ですらまともにやれない。廃石運搬機もうまく扱えず、突然の轟音に驚いて飛びのき、岩壁にしがみつくようにうずくまった。一回、支部長に見つかったが、何も言われなかった。それまでに私たちに割り当てられた仕事は充分はかどっていて、掘った距離は予定より進んでいた。四日目の午後早く、仕事明けの眠りから覚めてみると、ジェームズ・マクドナルドとヴァイオリンが消えていた。

「まあ、とにかく、この仕事には向いてなかったもんな」と兄は、彼がほんとうにいなくなったとわかったあとに言った。「あいつは地下にいないほうが幸せなんだよな」。二週間後、ゲートで人が待っている、と誰かが伝えてきた。行ってみると、先住民の娘が待っていて、かつては優雅だったクラウン・ヴィクトリアの廃車に私たちを連れていった。シートの上に、血のにじんだ薄布で丁寧に包まれたムースの腿肉が置いてあった。カレンダーからちぎった紙切れが、ピンで布に留めてあった。鉛筆のブロック体で「ありがとう」と書かれていた。そして、ヴァイオリンの絵の切り抜きと、ルアーに向かって跳んでいる大きな魚のスケッチが添えられていた。

## 23

カルガリーの家で、妹は石油関係の技術者の夫とともに北海油田開発の中心地アバディーンに滞在していたときの話をした。あるとき、大きなホテルで開かれた晩餐会に夫婦で出かけていった。そこには、ヒューストンやデンヴァーから来た石油会社の幹部とその妻たちが集まっていた。彼らはよく食べ、よく飲み、ふらふらしながら下手なスコットランドの踊りを真似したりした。そのあと、妹は自分の部屋へ戻る途中、階段で若い女とすれ違った。メイドだったのかもしれないが、確かなことはわからなかった。とにかく、女は妹と軽く触れるほどの近さですれ違いながら、ゲール語で何かささやいた。その言葉に気づいた妹がくるりとふりかえったときには、女の姿は消えていた。

しばらくして、眠っているとき、不思議な感じがして目が覚めて、ベッドのわきに一人の女の姿が見えた。妹が起きあがると、人影はベッドの足元のほうへ移動し、手招きしているように見えた。妹は肘で夫の背中をつついたが、目を覚まさない。部屋のなかは薄暗かったものの、夏だったから、北方のアバディーンはふつう思われているより明るかった。妹はもっとよく見ようと目を凝らした。人影はドアのほうへ動いていって、ふっと消えたようだった。妹はゆっくりベッドから出て、ドアのほうへ歩いていった。そっとドアをさわってみたが、ちゃんと鍵がかかっていた。ドアをあけ、廊下を見渡した。廊下のなかほどの床に、キルトを着けた男が部屋のキーを握ったまま眠っていた。妹は自分の部屋に戻り、カーテンをあけた。窓の下を見おろした。外はかなり明るかったが、誰もいなかった。聞こえるのは空を舞うカモメの声だけ。妹はもう一度廊下に出てみた。男はいなくなっていた。朝の四時だった。

夫が目を覚ましたとき、昨夜、階段ですれ違った女を覚えているかと訊いてみた。夫は覚えていなかった。そして、北海に石油掘削装置を見にいってくると言った。だから、二日間、留守にすると。

朝食のとき、妹は昨日の若い女とキルトを着けた男を探したが、どちらも見つからなかった。

「レンタカーを借りて、ドライブでもしたら?」と夫が言った。「好きなところへ行ってくればいいよ」

モイダートに入ったのは、その日ももうかなり遅くなった頃だった。そのあたりが「荒れた土地《ラフバウンド》」と言われていることは妹も知っていた。ここを訪れた例の学者が「これらひどく不快な部分」と呼んだところだ。ツツジやシダのそばを通り過ぎて、予言に従って取り壊されたティオラム城の遺跡を見るために、干潮時の砂州を歩いて渡った。潮が満ちはじめて、車に戻れなくなるところだった、と妹は言った。靴を脱いで両手に持った。スカートがずぶ濡れになった。やっと車に乗りこみ、羊に気をつけたり、たまに車が近づいてくるとわきに寄るように心がけながら、曲がりくねった細い道を走った。海辺の別の場所へ行って、岩の上を歩きながら、海草をのぞきこんだり、水をはね散らしている二頭のアザラシを眺めたりした。カモメの鳴き声に耳をすましたりもした。向こうから、年配の女らしい人影が近づいてくるのが目に入った。手に袋を持っていた。あとで、その袋には、潮の引いた浜辺で採った巻貝が入っていたことを知った。

妹と女は面と向き合い、お互いの目をじっと見つめあったそうだ。

「あんた、ここの出だね」と女が言った。

「いいえ」と妹は言った。「カナダから来ました」

「そうかもしれないけど」と女は言った。「でも、あんたは、ほんとうはここの出なんだよ。しばらく、遠くへ行ってたのよ」

妹は女といっしょに、屋根の低い石造りの家へ行った。茶と白の犬が三匹、迎えに出てきたが、耳をぴたりと頭につけ、姿勢を低くして走ってきた。

「この犬たちはだいじょうぶだよ」と女が言った。「あんたの匂いを嗅げば、すぐわかるはずだから」

犬は女の手をなめ、尻尾を振った。

「この人、カナダから来たんだよ」と妹を連れて家のなかに入った女は、木の椅子に坐っていた老人に声をかけた。「でも、この人、ほんとうはここの出なんだよ。しばらくのあいだ、遠くに行ってただけでさ」

夏だというのに、石の家のなかは肌寒くじめじめしていた。「うちの地下室を思い出したわ」と妹は私に言った。

「ほう」と老人は応えたが、どの程度理解したのかは判然としなかった。染みのついたタータン・チェックのシャツの上に黒いセーターを着て、布製の帽子をかぶっていた。目をしょぼしょぼさせ、耳もあまりよく聞こえなさそうで、もしかしたら頭も働かなくなっているのかもしれない。

「コハショル」(誰だね)と、さっきよりしげしげと妹を見ながら老人は言った。

「クロウン・キャラム・ルーア」と妹が言った。

「はあ」と老人はじっと見つめながら言った。

「ここで待っててね」と女は言うと、二人を置いて出ていった。

「遠くから来たのかね？」と老人。

「カナダからです」と妹は、ふたたび老人の理解度を量りかねながら言った。

「はあ。森の国だな。大勢の人間が船に乗って、あそこへ行った。それから、アメリカへもな。オーストラリアへ行ったのもおる。太陽の裏側の国だ。ほとんどみんな、行ってしまった」と老人は窓の外を見ながら言った。「連中は運がよかったよ」と、自分に言い聞かせるように付け加えた。「カナダに行った連中はな」

もう一度、妹をまじまじと見つめながら、老人は言った。「教えてくれ、カナダじゃ、家が木でできてるって、ほんとうかい？」

「ええ。そういう家もあります」

「ほう。だが、そんな家は寒くないか？ 腐っちまうだろ？」

「いえ。まあ、よく知りませんけど。もしかしたら、そのうち、腐ってしまう家もあるかもしれませんね」

「変わっとるなあ。わしはいつも不思議に思ってたんだよ。木でつくった家とはな」

間があった。

「王子はここにおった」と老人はだしぬけに言った。

「王子？」と妹。

「うん、王子だ。ボニー・プリンス・チャーリーだよ。ちょうどここにな。一七四五年の夏、スコットランドの王位を取り返すためにフランスからやって来た。われわれは常にフランスと近しかった」と老人は夢見るように窓の外を眺めながら付け加えた。「『古き同盟』と呼ばれていた」

「ああ、聞いたことがあります」

「王子はまだ二十五だった」。老人はその話を始めてから急に生き生きしてきた。「王子はだな、われわれの王子ではあったが、育ったのはフランスでな、だいたいフランス語をしゃべった。われわれはゲール語だがな。ここからも、千人近くの男が王子について立ちあがったんだよ。『ブラタッヒ・バーン』と呼んでた白い旗の下で戦うことを、マクドナルドはグレンフィナンで誓った。男たちのほとんどはここから船で出ていったんだ。なかには歩いていった者もおったがな」

「あれは勝てた戦《いくさ》だったんだ」と老人は興奮したように言った。「もし船がフランスから来てたらな。国じゅうの残りの連中がちゃんとわが方に立って戦っておれば、勝ってたはずなんだよ。自分たちの国と、自分たち自身と、自分たちのやり方のために戦う価値のある戦争だったんだ、あれは」

老人は話しながらますます興奮してきて、妹のほうに身をのりだした。両膝をつかんでいる大きな手は、関節のところが白くなっていた。

「王子は赤い髪をしておった」と老人は、気が変わって密議をこらすときのように、急に声を落とした。「そしてな、たいそうな女好きだと言われとった。われわれのなかにも」とささやいた。

「王子の末裔がいるかもしれん」

ドアがあいて、年配の女がさまざまな年齢の村人たちを連れて戻ってきた。

「その人たち、赤い髪をしている人もいたけど、私より黒い髪をした人もいたわ」と妹は、思い出しながら私に語った。「目はみんな同じだったけど。まるで、おじいちゃんおばあちゃんの台所にいるみたいだった」。私はゆったり椅子に坐って、妹が先を続けるのに耳を傾けた。

そのおばさんはね、連れてきた村の人たちに言ったの。「これが、さっき、私の話していた人よ」って。それから、おばさんはゲール語でみんなに話して、みんなはうなずいた。私もうなずき返して、ふと、彼女はゲール語を話したのに、私、彼女の言ったことがわかったんだって気がついたの。ずっと長いあいだ、その言葉を忘れていたって感じ。

そこにいた人たちは、最初はみんなはにかんでいたけど、私と同い歳くらいの女性が「あなた、遠くから来たんでしょう、スカートがまだ濡れてるわ」って言ったの。

「そうなの」と私は言ったの。

「でも、だいじょうぶよ」と彼女が言ってくれた。「ここに来ればね。何か着替えるもの、持ってきてあげるわね。水には気をつけないと」

彼女は全部ゲール語で言ったんだけど、私もみんなにゲール語でしゃべりはじめていたの。何を言ったのか、実際に使った単語とかフレーズとかは全然覚えてないけど。なんか、自然に口をついて出てきた感じなの、私のなかの深いところに流れていた地下水が、突然噴き出してきたみたいな。それから、みんな、いっせいにしゃべりだして、私のほうに身をのりだしてきたの、まるで、しゃべりながら、遠くてよく聞こえないんだけどよく知ってるラジオ番組の電波を捕らえようとするみたいにね。私たち、五分くらいノンストップでしゃべりつづけた。もしかしたら、もっと長かったかもしれないし、もっと短かったかもしれないけどね。わからない。何をしゃべったのかも覚えてないもの。中身より言葉そのものが重要だったのよ。私の言う意味、わかってもらえるかな。そのあと、急にみんな泣きだしたの。モイダートで、私たちはみんな、すすり泣いていたの、立ってる人も、椅子に坐ってる人も。

「なんだか、あんた、ずうっとここにいたみたいだね」って、おばさんが言ったら、「そう、ほんとに、ずうっとここにいたみたいだ」って、みんなが口をそろえて言うの。

そして突然、みんなまた、はにかみ屋になっちゃって。恥ずかしそうに目をぬぐったりして。まるで、熱に浮かされたあとみたいに。それがあんまり激しかったんで急に眠くなって、みんなで思わず知らず昼寝に入っちゃった、という感じ。

「お茶でもいかが?」と、海で会ったおばさんが、椅子から立ちあがりながら言ったの。

「ええ、いただきます」って私は答えた。

「それとも、ウイスキーを一口?」

「ええ、それもいいですね」

「ちょっと待っててね。じゃあ、用意するから。それと、乾いた着替えも持ってくるわね」

おばさんはそう言って、隣の部屋に入っていったの。

そして戻ってくると、「あんたんところの人たち、今でも赤毛なの?」って訊くの。

「はい、人によっては、そうです」

「ははあ」って、椅子にかけてたおじいさんが言ってね。

「双子はどうかね？」

「いますよ、私も双子です」

「ほう、そうかい？　もう一人も女か？」

「いいえ。男です。彼は赤毛なんです」

「ああ」って、みんなが言ったの。「ギラ・ベク・ルーア？」

「ええ、そう。ギラ・ベク・ルーア。そう呼ばれてます。彼は小学校にあがったとき、自分のほんとの名前、知らなかったんですよ」


「そんなことを、わざわざどうも」と私はカルガリーのモダンな家で妹に言った。

「あら、おバカさんね。あの頃のあなたは、一セット何千ドルもするような歯列矯正のお医者さんなんかじゃなかったのよ。ちっちゃい男の子だったんだから」と妹は言った。


それから、年配の女が言った。「犬は？　この辺の年寄りはみんな、あの雌犬の話をよくしてたよ。私も、おじいさんおばあさんが先代の年寄りたちから聞いた犬の話っていうのを聞かされたの、覚えてるよ。アメリカに行くとき、その犬が海に飛びこんで、舟を追って泳いでいったって。こっちに残った人たちは、崖の上の一番高い丘に登って、手を振って見送ってたんだけど、海の上にVの字を描いて進む犬の頭が見えたって。離れてゆく舟を追って、泳いで、泳いで、しばらくしたら、犬の頭が小さい点くらいになってしまってさ。キャラム・ルーアが犬を追い返そうとして怒鳴っている声も聞こえたって。その声が静かな海を渡ってきて、『帰れ、帰れ、バカ、うちへ戻れ。帰れ、帰れ、溺れ死んでしまうぞ』って叫ぶのが聞こえたそうだよ。

そのとき、キャラム・ルーアは気がついたんだろうね、犬は絶対帰らないって。この犬はアメリカまでだって泳いで渡ろうとするだろう、渡ろうとがんばって死んでしまうだろうってね。そうしたら、帽子やら明るい色の衣類やらを振りながら、崖の上の丘に立って見送っていた人たちの耳に、キャラム・ルーアの声が変わったのがわかったって。感極まって声が割れているんだけど、『がんばれ、がんばって、ここまで来い、おまえならやれる。こっちだ！　こっちだ！　あきらめるな！　できるぞ！　がんばれ！　ほら、待ってるから』って叫んでるのが聞こえたんだって。

そして、崖の上にいた人たちの話だと、そういうふうに励まされて、犬の頭が波の上から持ちあがった。まるで希望が与えられたというみたいにね。そして犬はもっと懸命になって、それにつれてVの字が速くなって、横に広がっていったって。舟から身をのりだしていたキャラム・ルーアが、船べりを叩いて励まして、手を伸ばして、ついに犬を水から引きあげた。この村の人たちが、その家族のことを思い浮かべる最後のシーンがそれなんだよ。そのあと、船そのものが遠ざかって、大きな海の小さい点、その前に見た犬の頭より小さい点になるまで、ただ崖の上から手を振ってるだけだったって」

「そうだ」と老人が茶と白の犬のほうを向いてうなずいた。モイダートの石の家で、犬たちはテーブルや椅子の下に敷き物のように寝そべっていた。「情が深すぎる、がんばりすぎるという血は、こいつらのなかに受け継がれてきたんだ」

妹は老人に同感して、あのエピソードを話した。「そういう犬が、私の両親が溺れ死んだときにもいっしょにいたんです。あとで、その犬も島で死んでしまったんですけど。情が深すぎて、がんばりすぎて、死んだんです」

「ご両親はどうして溺れたの？」とその場の人々がいっせいに訊いた。「気の毒に。その島はどこにあったの？」

「ああ、そうだ、みなさんが知らないことも忘れてました」と妹は言った。「なんだか、生まれたときからの知り合いみたいに思えて、私のことはみんな知っていると思い込んでしまって。あとでお話ししますね」

「そう思ってくれるとうれしいね」と、年配の女がにっこりしながらグラスを差し出した。「あんたは今、自分のうちに帰ってきたんだからね」

「ねえ、知ってた？」と妹はカルガリーのモダンな家で言った。「キャラム・ルーアはこっちに来たあと、ピクトウの男をナイフで刺したんですって」

「知らなかった。そんな話、聞いた覚えないな。気が滅入ってたということだけは聞いたけど」

「ところが、刺したのよ、ほんとに」と妹が言った。「おじいさんが教えてくれたの。なぜその人を刺したか、わかる？」

「いや」

「あの犬を蹴飛ばしたから」と妹は、高価そうなテーブルを指でトントン叩きながら、私の目をまっすぐ見つめて静かに言った。

「犬はおなかに赤ちゃんがいたのに、その男に脇腹を蹴られたの」

私たちは家の外に出て、高い嶺から下界を見おろした。午後も遅い時間だった。遠くに、カナダ横断ハイウェイを東に向かう車の流れが見えた。バンフやブリティッシュ・コロンビアの州境から来た車だ。太陽が車の屋根の金属に反射し、はね返った光が金色にきらめく光の束となって、空へ戻ってゆくように見えた。

## 24

今、トロントの通りでは、太陽はスモッグの上空にあり、人々は雑踏のなかを肩を小突きあいながらそれぞれの目的地へ向かっている。世界各地から移ってきて、自分の郷土の産物を詰めこんだ、網目の手さげ袋を持っている人もいる。ウインドウの向こう側では、鴨がゆっくりとまわりながら丸焼きにされている。子豚は内臓を抜かれ、脚を突き通した鉄の鉤にぶら下がりながら、小さな歯をキッと食いしばり、小さく縮んだ物言わぬ唇のなかにピンクと紫の歯茎を見せている。

オンタリオの南西部では、摘み取り労働者たちが、暑い平地の畑を動きまわり、実のたくさんなった木の枝に手を伸ばしている。付近の町や都会からやって来た家族の子供たちは、すっかり作業に飽きて、反乱寸前になっている。早く自宅の娯楽室に帰って、テレビ・ゲームをしたり、氷の入った飲み物を飲んだり、この労働のつらさを友だちと長電話してしゃべりたいと思っている。親たちも、この時間になると暑さと疲れでいらいらが溜まり、子供たちの態度に腹を立てている。もう甘い言葉でおだてたりせず、あからさまに脅す。下着を汗でびっしょり濡らした父親は、両脇に垂らした手を怒りに震わせながら、緑の畝が並ぶ畑を大股で横切って、やる気のなさそうな子供たちと対決する。「なんでおまえたちは、そう怠け者なんだ？　自分が食べるものを取ってるんだろ？」と言う親もいるだろう。「もっとちゃんとしないと、罰として外出禁止にするぞ。二週間の外出禁止だ」。もうしばらくしたら、家族連れはむっつり黙りこんで、車の窓から畑や果樹園や残って作業をする労働者たちを横に見ながら、家路につくことだろう。

ジャマイカ人、メキシコのメノナイト、フランス系カナダ人たちは、手際よく淡々と収穫してゆく。その力強い丈夫な指は無意識に閉じたり開いたりしているが、目はすばやく次の動きへ進んでいる。指で果物を傷つけることは決してなく、足で枝や蔓を踏みつけることも決してない。そして、緑の葉をつけ花を咲かせている畝のあいだで、心臓発作を起こして死ぬこともない。彼らは日が沈むまで働き、そのあと、ほとんど男ばかりの宿舎に引き揚げる。多くは農業労働許可証を持ってカナダにいるが、シーズンが終わると長い旅をして故郷に帰らなければならない。

最大九ヵ月間のカナダ滞在が認められる「九ヵ月」契約を結んでいる者もいる。それより長く滞在すれば、カナダの社会保障制度と医療保険制度が適用される。が、本人を除いては、誰も彼らがそうした制度の有資格者になってほしいとは思っていない。もし必要とされれば、いったん国外に出て、二、三日で再入国して、もう一度九ヵ月契約か、必要とされる期間の契約を結びなおす。大陸や海を越えた故郷に子供たちを残して、そんな生活をもう何十年もくりかえしている者もいる。子供たちに会ったり話したりすることはめったにない。彼らも子供たちも矯正歯科を訪れることはない。一日の終わりには、仮住まいの小さな家で、金属の縁のついたベッドの端に下着姿で坐っている。ゆっくりとまわる扇風機の湿っぽい風のなかで、字の読める者は故郷から来た手紙を読む。それほど恵まれていない者は、友だちに頼んで手紙を読んでもらい、返事を書いてもらう。ときどき、両手を頭の下に入れてベッドの上に寝転がり、樹脂合板の天井をじっと眺める。ときどき、カセット・テープの音楽に聞き入る。そのリズムも、方言も、使われている言語も、この国の表街道を行く者にはなじみがうすく、はっきりと聞き分けられない。オレンジの木箱や傷だらけのナイト・テーブルの上には写真が飾ってある。月曜日の朝、私が最初の患者をにこやかに迎える頃には、そうした小さな家々は空っぽになり、男たちはすでにかなり前から太陽の下で働いている。

季節労働者の手際のよさもすばやさも必要のない私は、目の前にある酒を適当に選んでつかみ取る。たぶん、そんなことは重要ではないのだ。重要なのは、私が戻ることだ。

## 25

真夏の暑さのなか、私たちの掘削作業はどんどんはかどった。ちょうど、ドリルのビットが入りやすく爆破しやすい軟らかい岩盤にぶち当たり、予定をうわまわる速度で進みはじめたのだ。赤毛のアレグザンダー・マクドナルドの死による遅れを一気に取り戻した私たちの仕事ぶりに、レンコー・デヴェロップメントはいたく満足したが、そのくせ今度は、とくに「軟らかい岩盤」に遭遇したのだから、報酬が高すぎるのではないか、と言いだした。それでも、約束は約束だし、ひょっとしたらこの先、「硬い岩盤」に当たって苦労するかもしれない、岩に閉じ込められた鉱山で働く者にとって先のことはわからないのだから、と私たちは主張した。こうした交渉はすべてキャラムが引き受け、彼の意見に反対したり足を引っぱろうとする者は誰もいなかった。

ジェームズ・マクドナルドがいなくなったあと、私たちの音楽への関心は夏の暑さで萎えてしまったようで、フランス系カナダ人たちもあまり演奏しなくなった。私たちも彼らも、前にもまして宿舎に引きこもり、お互いに相手を不信の目で見ていた。私たちのあいだには、あのとき当番だったフランス系カナダ人の巻き揚げ係は、立坑の底にアレグザンダー・マクドナルドがいることを知りながら鉱石用バケットを降ろしたのだ、合図を取り違えたというのは嘘だ、という考えが根強く残っていた。しかも、アレグザンダー・マクドナルドが死んだ翌日、リーダーのファーン・ピカールがレンコー・デヴェロップメントに近づいて、テミスカミングから親戚をもう一チーム連れてくるから、立坑の底にいるクロウン・キャラム・ルーアのチームと取り代えたらどうか、と提案したという話も聞いていた。さらには、ファーン・ピカールとその仲間たちは、会社が電話でわれわれに内密の取り決めを申し出たことを知っており、われわれが自分たちより高い賃金をもらっていると気づいて、腹を立てているということも耳に入っていた。だから、お互いにある種の警戒心を抱きながら相手を見ていたのだ。事実か妄想かはともかく、相手に侮辱されていないか、あるいは相手が自分たちより優遇されていないか、いつも目を光らせていた。ライバル同士のホッケー・チームが、スティックの長さやルール違反の装備について問い質すチャンスを待っているようなものだった。好機をとらえようと、油断なく見張っているライバル同士。それでも、仕事はどんどん進んでゆき、私たちは水滴の落ちるひんやりした地下の生活と、息がつまるほど暑い、ハエの群がる夏の地上の生活とのあいだを、行ったり来たりしていた。

ときどき、私は、ハリファックスに残っていたらどんな生活を送っていただろうと考えた。ここへ来るために辞退した夏季研究の奨学金をもらっていたら、どんな毎日を過ごしていただろう。

たしかに、ハリファックスにはまったく別の種類の生活があった。それは映画館や音楽のある生活、図書館や研究室でさまざまな可能性を見いだす生活だった。それほど頻繁に行っていたわけでもないくせに劇場やレストランが思い出され、クラスメートと最近の話題を語り合った時間がなつかしかった。というか、なつかしいような気がした。そこには、こんなに何から何まで男っぽい生活、あるいは仕事一筋の生活ではない、別の生活があった。

ときどき、知らず知らずのうちに、ハリファックスの下宿の小さな部屋を思い出していた。そこでは、息のつまりそうな暑さのなかで、大家のおばさんがストッキングを膝までおろした格好で木の椅子に坐り、新聞紙で顔を扇いでいるだろう。短期滞在の学生たちがいなくて、ほっとしていると同時に退屈をもてあましているはずだ。学生がいないから、探りまわる学生の所持品もないし、ラジオや電気やドアの開け閉め、冬の雪かきなどのルールを聞いてくれる相手もいないから。今頃は、白衣を着た指導教官と同僚たちが、底の柔らかい靴を履いて、エアコンのきいた研究室のぴかぴかに磨きたてられた床の上を歩いたり、培養組織を入れたトレイを観察したり、顕微鏡をのぞいたりしているだろう。ときには洗面所の鏡をのぞき、蛍光灯のまぶしい明かりに照らされた自分の目に、倦怠の光がちらちら揺れているのを見つけたりして。

私はまた、赤毛のアレグザンダー・マクドナルドの死について、自分が一種の後ろめたさを抱いていることも自覚していた。もっとも、ほんとうに自分に罪があったのか、あるいは罪の意識を感じるべきだと思っているだけなのか、よくわからなかった。とはいえ、あの事件の状況やタイミングと自分が無関係ではないという、ぼんやりとした居心地の悪さはあった。彼が高校卒業後に鉱山に入ったのは、学問的な才能がなかったからだ、と私は自分に言い聞かせた。しかし、家計を助けるというのもひとつの理由だったことは知っていた。彼の家は、自分たちに落ち度はないのだが、見えない風のようなしつこさでかすかに影響を及ぼしつづける地域的、世代的ともいうべき貧困につきまとわれていた。私は、あの輝かしい卒業式から自分たちを故郷まで運んだ車は、アレグザンダー・マクドナルドが購入費の一部を払ったものだということを知っていたし、彼に礼を言ってその埋め合わせをしたくても、そうする機会はもうないのだということも知っていた。そして何度も、おまえは親が死んで「運がよかった」と言われたシーンを思い出した。彼の小さいながらもがっしりした、働き者の手のタコの感触が、毛を逆立てている私の首筋に、永遠に張りついているような気がした。あの小さな手の感触を、私はこれからもずっと忘れないだろうが、彼の死によって私よりはるかに深く傷ついている人たちもいるのだから、自分は特別だと考えるべきではないと思った。

# 26

仕事が終わって次の交替時間が来るまでのゆったりしたひととき、兄たちはよく、少年時代から成人になる前後まで過ごした故郷の風景の話をした。遠く離れたカナダ楯状地の端で、距離的にも心理的にも大きくかけ離れた故郷の四季と年月のイメージを再現してゆくのである。小島で過ごした少年時代のことはとりわけはっきり覚えていた。崖の下から上昇してくるカモメの群れや、島の北端にいたアザラシの群れ。夏に泳ぐときには、雄のアザラシに注意しなければならない。自分の縄張りに侵入してきたと思われたり、夏の太陽の下で岩に寝そべって日光浴をしているハーレムの雌たちの安全を脅かしにきたと思われて、襲われることがあるからだ。それから、海の端にある岩の隙間から奇跡のように真水が噴き出ていたことも、よく兄たちの話題にのぼった。

「おまえ、泉を覚えているか、イレ・ヴィグ・ルーア?」と兄たちは尋ねた。

「ううん、覚えてない」と私は言った。「そういう話を聞いたことは覚えてるけど」

この水は地下から湧き出てくるので、滋養に富んでいて、独特の甘みがあった。人間も動物もよくその泉を訪れ、本島から来た人たちは、薬や強壮剤、あるいは特別の清涼飲料として水を瓶に詰めて持ち帰った。「おじいちゃんは何本も瓶に詰めて持っていったもんだよ」と兄たちは言った。「精力がついて、そのうえ関節炎も治すと思ってたんだ」

そういえば、おじいちゃんは関節炎《アースライティス》を「アーサー・イッティズ」と言っていた。嵐が来て海が荒れると、あるいはただの満潮時にさえ、泉が海水で覆われてしまうことがあった。そうなったら打ち寄せる波に隠れて見えなくなるので、海の気まぐれが始まる前に、急いで真水をバケツで汲みあげ、高潮線より高い岩に縛りつけたいくつもの樽や大樽《パンチヨン》に入れて「救出」したりした。嵐の真っ最中には泉など存在すらしないように見え、波が引いたあとでも、まだ水は塩辛くて飲めたものではなかった。しかし、泉は数時間のうちに、兄たちの言葉を借りれば「勝手にきれいに」なった。「そういうときは動物を観察するんだ」と兄たちは言った。「動物が泉のまわりに立って、水を飲みはじめたら、飲んでもいいとわかるわけ。ひどい嵐が泉をメチャメチャにぶっ壊してしまうか、地下水脈がコースを変えてしまうんじゃないかと心配してたんだけど、そんなことになったためしがない。嵐のあとは、いつもまた静かにそこに湧いてるんだ。もう絶対だめだ、あの泉もこれで終わりだと観念したときでも、ちゃんと湧いてきたよ」

「ある年の三月」と二番目の兄が話しはじめた。「おじいちゃんが、そりに干し草をいっぱい積んで、氷の上を渡ってきてくれたことがあったんだよ。うちの干し草が足りなくなってな、馬が氷の上を歩くには『靴』を履かせなきゃならないんだけど、うちにはそのための道具がなくてさ。おじいちゃんはどっかから馬を二頭借りてきて、そいつらの蹄鉄に『アイス・カーク』っていう滑り止めの『靴』を履かせて、氷を渡ってきた。干し草が風で飛ばされないように、ロープの両端に石を結わえたやつを干し草の上に渡してな。茶色い犬もいっしょに来た。ピクトウから来た男に銃で撃たれて死んだ犬がいただろ？　その犬の母親か、そのまた母親かの犬だよ。

おじいちゃんは、身を『守る』ためと称して、元気づけにラム酒を二、三本空けていたらしいんだな。遠目から、島に近づいてくるおじいちゃんが見えてきた。おじいちゃんの前に犬が走っていて、おじいちゃんのあとに、二頭の馬がそりを引いていた。馬は茶色だったけど、ひたいに白い星がついていて、一頭はクリスティの母親かそのまた母親で、もう一頭はその子供だった。親父がそれを見て言ったんだ、『ほら見てみろ、あの足並みのよくそろってること。まったく同時に足をあげて、同時におろしてるよ。おんなじリズムで。もしもう一頭別の馬を買うことになって、あの馬たちの一頭と組ませようとしても、おんなじように荷は引けないだろうな。ちょっとずつ足並みがそろわないもんなんだよ。おんなじ家族から出たダンサーか歌手みたいなもんで、そのメンバーでやればいつも完璧に調子が合うものなんだ。音程もリズムも。しかも独特のハーモニーで』って」

二番目の兄は話を続けた。「馬が進んできた。蹄鉄に先の尖ったアイス・カークをつけてるから、それが氷にしっかり食いこんで、つるつるの表面でも滑らない。寒いんだけど重い荷物を引いているから汗をかいて、首当ての下は白い泡だらけになる。歳とって白髪の増えている毛皮に、汗が凍って、そのうえ白い泡だから、ますます白っぽく見えるわけだよ。霜また霜に覆われて、真っ白い氷の上を進んできた。

だんだん近づいてくると、おじいちゃんがゲール語で歌っているのが聞こえた。歌詞の順番がずれてたり、終わったところをまた歌ったりするんで、ちょっと酔っぱらってるなってわかったんだ。俺たちはおじいちゃんを岸に誘導するために、氷の端へ下りていった。そして、干し草をそりから降ろして、馬を小屋に入れて、みんなで何か食べたあと、おじいちゃんは横になってひと眠りしたんだけど、しばらくしたら起きあがって、帰ると言うんだよ。予定より長く眠ってしまったらしく、もうそろそろ暗くなる時間だったんでその晩は泊まってってくれとみんなで引き止めたんだけど、今日は友だちとカードをする約束をしてるし、馬たちも帰りたがっている、荷物がなくなったから帰りは速い、と言ってきかない。おじいちゃんが出発したあと、親父が言ってたよ、『父親に忠告するってのは、いつまでたってもむずかしいもんだ。おんなじ一人の人間として相手のことを考えようとしても、あっちは父親、こっちは息子、いくつになってもそれは変わらないからな』って。

帰る途中、おじいちゃんは、冬服をいっぱい着込んでたし酒も飲んでいたんで、体があったまって気持ちよくなり、馬と犬に道を任せて居眠りしてしまったんだろうな。そりが停まったから、おじいちゃんは馬の持ち主の家の前に着いたと勘違いして、そりから跳びおりて馬具をはずしはじめた。ところが、そのとき、目の前に水がピチャピチャはねているのに気がついた。そこの氷が割れていて、犬が立ち止まったので馬も立ち止まったということだったんだな。あたりは真っ暗になっていて、おじいちゃんの指は寒さにかじかんで、もういっぺん馬に引き具をつけなおすこともできなくなっていたし、馬を島へ引き返させようとしても、てこずるのは目に見えてたんで、引き具をつけなおすのはやめにして、馬はそのまま放してやった。

そして自分は一人で、島の明かりを頼りに引き返しはじめた。本島のほうには氷の張ってない場所があったが、島へ戻るほうにはないだろうと思ったわけだ。しばらくして、おじいちゃんは暗いなかで、島の海岸の岩をよじ登った。ラムの瓶の一本はまだ手に持っていたらしいけどな。そりにランプをのせてなかったんで、島でも本島でも、おじいちゃんの身に何かあったとは気がつかなかった。耳も頬も、手の指も足の指も、ひどい凍傷にやられて、おじいちゃん、あとで親父に打ち明けたんだって、『どうも、チンポが凍っちまったらしい。でも、おまえの女房や子供たちの前では言うなよ』って」

みんなで、おじいちゃんの手足を、まず最初に雪で包み、そのあとぬるい湯に浸けた布で覆った。二番目の兄は「凍傷にかかった耳のなかに、氷の結晶が光っていて、少しずつ解けていくのが見えた」と言った。

そのあと、おじいちゃんはぬるま湯の入った洗い桶に足を浸け、温めたタオルで手を包んだ格好で、椅子に坐っていた。

その晩、犬と馬は本島に帰った。氷原で道を選びながら、行く手に氷の張っていない水路があればそれを跳び越えるか泳いで渡るかして、進んだのだろう。家のなかでカードをしていた人たちは、犬が吠えながら明かりのついた窓に跳びつく音と、馬のひづめが雪をザクザク踏みしめる音を聞きつけ、続いて、馬が大きな茶色い頭を霜で覆われた窓ガラスに押しつけるのを目にとめた。極端に寒い日には、外にいる馬たちはオレンジ色の明かりに引かれて、窓のそばに近づいてくることがよくあった。窓の明かりは彼らにとって、島の灯台のように、暖かさと希望に満ちた救いを象徴しているイメージだったのかもしれない。誰かが外に駆けだして動物たちの無言の要請に応えてやらないと、馬が頭をぐいぐい押しつける力でガラスが割れてしまい、彼らを引き寄せた部屋の暖かさが冷たい外気のなかへ逃げていってしまう危険があった。

外へ出る前は、たいへんな事故でもあったのかと心配した人々も、引き具をつけていない馬を見て、早く家に帰りたくて島から逃げてきたのだろうと考えた。島には電話がなかったし、連絡する方法もなかったので、とりあえず馬を小屋に入れ、朝になるまで待つことにした。

朝、氷原に、おじいちゃんの残したそりが見えた。本島からも島からも、望遠鏡を通してはっきりと見えた。もう氷の割れているところはまったくなく、ぱっくり開いた傷口は夜のうちに癒えたかのように見えなくなっていた。午後になって、太陽が照りだし、私の父が島から氷原を歩いてゆき、本島から歩いてきた男たちと出会った。全員、つるはしと長い棒を持ち、足元の氷の状態を調べながら、そりが放置されている場所で落ち合った。父は本島の男たちに事情を話し、おじいちゃんは無事だと報告した。そりは、まわりの海水や半解けの雪がすでに氷結して、滑走部が氷の表面に固く埋もれていたが、氷の状態を調べた男たちはそりを回収することに決めた。しばらくして、彼らは、不安そうにそわそわしている馬を連れ、最近解けたばかりの水路とは逆の方向からまわってそりに近づいた。人間を支えられても馬は支えられないかもしれないということを、みんなよく知っていたからだ。氷は「持ちこたえ」て、そりは無事に回収され、陸まで運ばれた。もう三月だったし、おじいちゃんのこともあったので、もう一度馬を氷の危険にさらすのは誰も望まなかった。おじいちゃんは足が凍傷にかかっていたため、しばらくは歩くことができず、二、三週間、島にとどまった。凍傷にかかった耳は黒っぽく変わり、やがて紫色になり、血液の循環が正常に戻ってくるにつれてピンクになった。

おじいさんが氷原を渡ってきたのは、事故から二日後だった。親戚の若い男を二人連れてきたが、みんな「クリーパー」という滑り止めの金具を着けていた。馬の蹄鉄につけた「アイス・カーク」みたいなもので、馬の場合と似たようなやり方で履き物の底に取り付け、冬の終わりの氷の表面をしっかりとらえる。おじいさんはいつもポーチの内側の釘にそれをかけておいた。男たちは、氷を調べる棒と巻いて束ねたロープ、それに日が照っているのに携帯用のランプも持っていた。「氷の上では用心するに越したことはないからな」とおじいさんは言った。それればかりか、おじいちゃんのために着替えとウイスキー一瓶とおばあちゃんからの伝言も届けてくれた。おじいさんたちが発つ前に、おばあちゃんは、「あの人はいい人だから、神様のお恵みがありますように」と言ったそうだ。

おじいさんたちが島に着いたあと、おじいちゃんはおじいさんに、いっしょに二階の部屋へ来てくれと頼んだ。歳もあまり違わない年老いた二人は、長いあいだの付き合いで秘密を打ち明けあう仲になっていた。抑揚の異なる二つの声が二階から聞こえてきて、ゲール語の会話は英語に移り、またゲール語に戻っていった。

「チンポが凍っただと？」と、おじいさんの怒った声がした。「脳みそが凍ったんじゃないのかね。まったく、あんたはどうしようもないジジイだ。氷の上で、飲んだくれて、暗いなかをランプも持たずに、一人でふらふらしおって。溺れ死んでてもおかしくないんだぞ。よく考えて行動するべきだったよ」

ウイスキーで体が暖まったおじいちゃんが眠ってしまうと、おじいさんは台所に集まっていた家族たちに言った。「ここに来る前、おばあちゃんと話をしたんだけどな」とおじいさんは言った。「おばあちゃんはおじいちゃんにとても会いたがってる。おまえたちは、おじいちゃんが二日がかりで、そりを借りて、馬たちに滑り止めを履かせ、干し草を買い、それをそりに積んだってこと、忘れちゃいかんぞ。自分の小遣いで、あの干し草を買ったんだ。島じゃ餌が足りなくて困ってて、誰かが調達してやらないと、動物がみんな飢え死にしてしまうと心配してな。おじいちゃんは、おまえたちを助けようとしてたんだ」。おじいさんはここで一息ついて、また続けた。「おじいちゃんと私とは、生き方が違うかもしれん。しかし、おまえたちのおばあちゃんが、『あの人の心は海のように広い』と言っとったが、まったくそのとおりだと思う。おまえたちもそのことを忘れるんじゃないぞ」

その年の春は雪解けが早かったようで、まもなく舟を出せるようになり、おじいちゃんは無事に家に送り届けられた。手と足の凍傷が治って、目も当てられないような黒や紫だった耳の色もすっかり正常に戻っていた。おじいちゃんの出立の間際に、父はこっそり「あっちの方面」のことを訊いた。

「ああ、だいじょうぶだ」とおじいちゃんはにっこりして言った。「うちに帰れば、そいつを収めるあったかい場所があるからな」。おばあちゃんは大喜びでおじいちゃんを迎えた。ラム酒の大瓶を買ってリボンで飾り、キッチン・テーブルの上に置いて待っていた。二人で抱きあったとき、おじいちゃんの目から大粒の涙がこぼれた。「あなたの心に神様のお恵みがありますように」とおばあちゃんが言った。「帰ってきてくれて、よかった」

おじいちゃんの「事故寸前の出来事」のあと、この話は当分あまり触れられなかった。きまりが悪くて避けていたのかもしれない。もっとも、一度、飲みすぎたおじいちゃんが、おじいさんと話していたことがある。「あれがどんな見てくれだったか、覚えてるかね？」とおじいちゃんは上機嫌で言った。

「いや」とおじいさんはむっつりして答えた。「覚えとらん。いいから、話題を変えよう」

「わかった、わかった」とおじいちゃんはすなおに従った。「けど、まあ、これだけは言わせてくれ、なんと、あの晩、氷の上で、あれは願ってもないほどこちこちに固くなっとったよ」

「おまえはこういうこと、全然覚えてないだろ、イレ・ヴィグ・ルーア」と一番上の兄のキャラムが言った。「あのときのおまえと妹は、まだ赤ん坊で、ストーブのそばの籠のなかで寝てたもんな」

「そうだろうね」と私は言った。「物心つく以前のことだもんね」

「変なことを覚えてるんだよな、人間って」と二番目の兄が言った。「今だからわかることだけど、俺はよく、あの晩おじいちゃんが馬と帰っていったときに、親父が言ってたことを思い出すんだ、自分の父親に忠告するというのはむずかしいもんだ、いくつになっても子供は子供だから、ってな。あの頃の俺たちは、ときどき親の決めたことに文句を言って、親からあれこれ口を出されるのをいやがったもんだ。ところが、ある日、突然、なあんにも言われなくなった。そこまで望んでいたわけじゃないのに、なんでも好きにしていいということになったんだ。顔を洗えとか、下着や靴下を替えろとか、何時に起きて何時に寝ろとか、学校に行けとか、言う人間が誰もいなくなった。俺、最後の日、おふくろに耳をきれいにしろと言われたこと、しょっちゅう思い出すんだよな。好きにやりたいのに、耳をきれいにしろなんて言われて、いらいらしたことを」

「あの古屋にいた何年かは、まあ、生きるのに必要なことは別にして、俺たち、ほんとうに、やりたいことはほとんど何でもやったよな」と三番目の兄が言った。「女の子が遊びにきてさ、『うるさい親がいない家って、いいわねえ』なんて言うんだけど、しばらくすると、その彼女たちですら、時計を見て、守るべきこととか、やっていいことの限度とか、彼女たちには意味があるんだろうけど俺たちには全然ない、そういうことを言いだしてな」

「不思議だよなあ」と二番目の兄が言った。「おじいちゃんは三月の氷から生還したわけだけど、でも、あの人、軽率だと思われてただろ。ところが、うちの両親は何でもちゃんとやろうとする人たちだったのに、救いの手は差し伸べられずに氷の下に沈んだ。おじいちゃんだって命を落とす可能性は充分あったんだぜ。もしそうだったら、全然違うことになっていただろうな——とくに、おまえはな、イレ・ヴィグ・ルーア。そう思わないか？」

「うん、そう思うよ」と私は言った。「おおいに」

「コリンと俺たちの両親が死んだあと、おじいちゃんは自分が九死に一生を得た話をしなくなったよな。比べたら、ささいなことだと思ったんだろうな」とキャラムが言った。この話をしていたとき、私たちは宿舎の前のベンチに坐っていた。午後の遅い時間で、日が傾きはじめていた。ファーン・ピカールがそばを通り過ぎたとき、「くそったれ」と言ったような気がしたが、確信はなかった。私たちは夜の当番の準備をするために宿舎のなかに入った。

## 27

トロントの通りの上空では、太陽が定められたコースを着々と進んでいる。物思いにふけっていた私は、太陽がすでに真上を過ぎて、今や、この別世界の高層建築や高級レストランやオンタリオ州最高裁判所の建物の上で、西へ向かって下降しはじめていることにも気がつかなかった。まだひどく暑い。暑さのせいかもしれないが、ビールを買うことに決める。そのほうが長くもつだろうし、水分ばかりでアルコール分が少ないから。

ビールの専門店は、楽しそうな宣伝用の品物であふれている。一見すると、二十五歳以下の若い世代向けの衣料品店と間違えそうだ。明るい色のシャツや帽子、ジャケット、タンクトップなどが、遠くにあるメーカーの人気の高さを誇らしげにアピールしている。クーラー・ボックスやアイスパックや魔法瓶もある。もう九月だというのに、すべて夏の遊び用だ。メーカーは夏の楽しさをなかなか手放したがらない。私の注文を受けたハンサムな若者は、口笛を吹きながら働いている。十二本入りを二ケース注文すると、銘柄を告げなかったので、ちょっとまごついている。コンベヤーの上のほうに陳列されている瓶と缶の列を手ぶりで示して、「どれか選んでください」と言う。ほんとうにどれでもいいのだと納得させると、また微笑しながら元気よくボール紙のケースをコンベヤーにのせる。私はプラスチックのトレイのなかに金を入れる。このビール店のすべてに幸せと善意があふれている。まるで店そのものがしつこいテレビ・コマーシャルそっくりだ。コマーシャルもこの店も同じ代理店がつくったにちがいない。その代理店が、幸せな消費者の見本として、ベッドの端に坐った血だらけの兄を登場させるとは思えない。

店の自動ドアを出ると、冬のコートを着た老人が震えながらタバコを「貸して」くれと声をかけてくる。私はトレイから受け取った釣り銭を老人に渡す。愛想のいい若い従業員が目ざとく見つけてドアまでやって来て、老人にあっちへ行けと言う。若い男はもう前ほど楽しそうではない。老人が足を引きずって去ってゆく。若い男は幸せのオアシスに戻ってゆく。

通りはさっきより混んできたので、歩いている人にぶつからないように、ビールのケースを膝の近くに持つ。二十四本入りを一ケースではなく十二本入りを二ケース買ったのは、そのほうが運びやすいからだが、私のやわらかい手にボール紙ケースの把手が食いこんでくる。私の手は、長年他人の口のなかを探ってきたため、やわらかくなっている。エイズの心配から、歯の治療にはラテックス手袋を着用する習慣がついた。手袋をめくると、湿ってピンクになったしわだらけの手が出てくる。ずっと昔、坑夫用の汗臭い手袋をはずしたときのように。

兄たちがまだキャラム・ルーアの古屋に住んでいて、鉱山で働くようになる前、彼らの手はきちんと閉じることもできないほどタコで堅くなっていた。夜になると、兄たちは石油ランプの下で、堅くなって感覚のなくなった皮膚を、ナイフやかみそりの刃で削り、テーブルの上のオイルスキンに削りくずを置いた。それは黄色く丸まった爪の切りくずに似ていた。兄たちは動きや感覚を確かめるために、手を閉じたり開いたりした。皮膚を削られた部分の組織は、最初は白いが、しばらくしてその下を通る血管に血液が通じてピンクに変わってくる。翌朝、斧や鎖やロブスター・トラップのロープを握れば、またタコができはじめる。兄たちはいつも深く削りすぎて血が出ないように気をつけていた。

通りから建物に入って、ふたたび階段をのぼっていくが、もうその雰囲気に驚いたり衝撃を受けたりするようなことはない。慣れというのは速いものだ。「何事も慣れだよ」とおばあちゃんはよく言っていた。「靴のなかに出た釘は別だけどね」

ドアはあいていた。キャラムの顔や波打つ白髪が水をかけられて濡れていた。狭い部屋のなかを行きつ戻りつしていたらしい。白髪の上に水滴がきらきら光っている。「ああ、帰ってきたか。

早かったな。ビール買ってきたのか。ビールなら、かなりもつだろう。急場しのぎだ、何でもいいよ」

彼はさっそく自分のすぐ近くにあるケースを取り、大きな手でボール紙の蓋を破いてあける。ブランデーを飲んだあとなので、手つきは前よりしっかりしている。瓶はほとんど空っぽで、底に五センチくらい残っているだろうか。ブランデーは輸血みたいなもので、彼の体じゅうに流れてゆくのが見えるようだ。それは顔を赤く染め、頰骨の上から目の下にかけて網目のように交錯する傷ついた紫色の毛細血管を目立たせる。手の甲の太い静脈がふくれ、血液が脈打って流れる。

彼はビール瓶を取り出すと、ひとひねりで蓋をあける。もう歯であける必要はない。蓋をゴミ箱へ投げるが、ねらいがはずれ、床に落ちてカタカタと小さく音を立てる。彼は私に瓶を差し出す。「いや、今はいいよ」と私は言う。「たぶん、あとで。これから運転して帰って、今夜は外で食事をしなきゃならないんだ」

彼はほほえんで、瓶からごくごくビールを飲む。それから、ブランデーの瓶のところへ行き、残りを飲みほす。

「ビールがあれば、こいつを取っておく必要はないからな」

彼はブランデーの焼けつくような感覚を和らげるために、またビールを飲む。瓶の中身は、まだ半分あるというべきか、もう半分減ったというべきか。

「今日あたり、〈キャラム・ルーアの岬〉はいい天気だろうな」と彼が窓辺へ移りながら言う。「俺は毎朝、全国の天気予報を聞いて、ケープ・ブレトンの天気をチェックしてるんだ。キングストンにいたときだって、それをやってたよ。地下にいて、仕事に天気なんか関係ないときでも、天気には興味があったんだ。俺たち、ずうっと天気には気をつけてただろ。いつも潮や嵐のことを考えて、干し草をつくるのにちょうどいい天気とか、舟を壊しそうな風とか、サバやニシンを運んでくる風とか、いろいろ考えてたよ。もちろん、氷の移動とか、氷の質の変化とかもな」と彼は少し間をおいて付け加え、太陽の射しこむ埃だらけの窓の外にちらりと目をやる。日射しのなかで埃が漂っている。彼は手の甲で口をぬぐう。

「あの古屋に住んでた頃、寝る前に外に出て、翌日の天気を調べてたの、覚えてるか？　空気の湿りぐあいとか、草の露とか、風の向きとかを調べて、海の音に耳をすませて、空の星と月を見て。おまえ、覚えてるか？」

「うん、覚えてるよ」

彼は窓から私のほうをふりかえる。「おじいちゃんが、昔、こんな冗談言ってたよ。毎晩寝る前に天気のチェックに外に出る歳とった夫婦がいてな、出たついでに用も足してたんだ。あるとき、女房が月を見て何か言ったんだけど、亭主は自分のチンポのことを言われたと思って、『心配すんな、今はまだこんなもんだが、いつも夜中には高くなるから』とか、『あとで、もっと暗くなったら、起きあがってくるよ』とか言ったって。覚えてるか？　おじいちゃん、そんな話、したことないか？」

「ううん。僕には、したことないよ」

「ははん。じゃ、おまえにはまだ早すぎると思ったんだろう。みんなが同じ過去を生きてるわけじゃないけど、過去のほうが追いついてくるもんだな。こないだ、古い車の排気ガスのことを思い出してたんだ。冬の冷たい空気のなかじゃ、排気ガスがはっきり目に見えるんだよ。タイヤが磨り減ってたから、凍った坂道なんか、エンジンをガンガンにふかさなきゃあがれない。ところが交差点に来ると、停まるしかないだろ。すると、排気ガスの青白い煙が俺たちを追い越していくわけだよ。それが見えるし、匂うんだよ。俺たちは、そんなガス、後ろに残してきたと思ってるけど、スピードを落とすと、そのガスが俺たちに追いついて、取り囲んでしまうんだ。そこまで走ってくるのにスピードを出していなかったか、それほど遠くまで走ってなかったということなんだろうな。暑い天気の日に、こんなことを思い出すなんて、おかしいよな。人間ってたぶん、いつも、今とは別の季節を思い出すもんなのかもな」

「うん、そうかもしれないね」

私はビールの瓶に手を伸ばす。とくに飲みたいわけではないが、兄一人がハイピッチで飲むのをただ見ているのも、付き合いが悪いし、なんだか見下しているような気がするからだ。しばらくしたら、四時間近く運転して帰り、妻と同僚といっしょにほとんど義理で行くような夕食会に出なければならない。

「二、三ヵ月前、おまえの友だちのマルセル・ギングラスに会ったって話、したっけ？　歩道を歩いてたら、向こうから車が三台走ってきたんだ。キャデラックかリンカーンか、なんせ、でかくて高そうな車に男がいっぱい乗ってたんだけど、窓があいて、入れ墨の入った手が出てきた。俺はそいつらが誰だか、見る前からだいたいわかってた。お互いぎりぎり車間距離を詰めて走ったり、路面電車のレールの上にまたがって走ったり、人をなめてかかった運転をしてたからな。やつらの運転だと気がついたのとほとんど同時に、ナンバー・プレートに『ジュ・ム・スーヴィヤン』(私は思い出す)と書いてあるのを見つけた。

マルセルは俺を見るなり、車を歩道に乗りあげて、ほかの車もそれにならった。花柄のシャツなんか着て、それを前をベルトのあたりまではだけてな、サングラスかけて、首に金鎖ぶら下げて、いくつもでかい指輪をはめてたっけ。頭も流行のスタイルにしてな。ウェーブのかかった長髪に。あいつはいつも、ツンツンの角刈りにしてたよな、覚えてるだろ?」

「うん、覚えてる」と私。

「あいつ、車を停めたはいいけど、エンジンかけっぱなしで、歩道にいる俺のわきにぴょんと跳び降りてきたんだ。それがあっという間のことだったんで、そいつらだってことはわかってたけど、はっきりあいつだという自信はなかった。そのとき俺は安い料理用シェリーを紙袋に入れて持っていた。それくらいしか買える金がなくてな。そして『こいつで身を守ったら、中身はオジャンになる』なんて思ったのを覚えてるよ。俺は瓶の首をつかんだ。が、近づいてきたやつは俺に腕をまわしてきた。

『ボン・ジュール、歩き方でわかったよ』って言ってな。マルセルは車のなかの男たちに俺を引き合わせた。『これはキャラム・モール、ビッグ・キャラムだ。ずっと昔、俺たちが最初、ファーン・ピカールといっしょだったとき、それまで会ったなかで最高の坑夫だった人だ』ってな。

車の男たちは軽くうなずいて、手を差し出したよ。みんな、基本的にはフランス語を話してたけど、二人はマッケンジーの一族で、アブラハム平原のウルフの下で戦ったハイランダーの子孫だった。俺たちはしばらく話をしたんだけどな。やつらは、サーニアから川底の下をくぐってアメリカ側へ通じる鉄道のトンネル工事とか、セントルイスの近くのトンネル工事とかの話を聞いていたらしい。あるいはボストンの近くにも仕事があるとかな。『アメリカのほうがいい稼ぎになる』とマルセルは、札びらを数える古くさい仕草をして、『マサチューセッツのウォルサムには、ケープ・ブレトンからもいっぱい来てるよ。俺たちもそこにいたことがあるけど。あんたもいっしょに来ないか?』って言ったから、『いや、やめとく』と俺は言ったよ。『レントゲンではねられるよ』ってな。みんな笑ってた。それから、マルセルがおまえのことを訊いた——『あの本好き』って、あいつら、よくおまえのことをそう呼んでただろ。最近のおまえのことを話すと、あいつは、おまえが勉強のできるやつだったって思い出していたよ。おまえの電話番号、渡しておいたんだけど、電話、なかったか?」

「ううん、なかった」

「まあ、ともかく、そうやってしばらく話しこんでたんだ。そしたら、後ろの車がだんだん増えてきて、まわりの人間がいらいらしてきてな。警官が来た。最初は、やつらの車に目をみはって、俺のことを、金持ちにたかってるアル中の老いぼれかと思ったらしい。それから、やつらの車のナンバー・プレートに気がついてな。

『車道や歩道で、こういうふうに交通の邪魔をしちゃだめですよ』と警官に言われて、マルセルは『ジュ・ヌ・パール・パ・ラングレ』(英語は話せない)と言った。警官が俺をふりかえった。

『この人たちに道を教えようとしてただけです』と俺は言った。

やつらはギアを入れ替えて、車を発進させた。最後の車の後ろの窓から、マッケンジーたちが手を振っていて、マルセルは窓から手を出して振っていた。あいつの指輪に太陽がきらっと反射したのをよく覚えているよ。

警官は俺に言ったよ、『その酒を持って、とっとと帰ったほうがいいぞ。おまえにフランス語なんかわかるわけないだろ』。

この話、前にもしたと思うけど。そんなふうにやつらに会うって、珍しいことだよな」

「うん、前にも聞いたよ。たしかに、珍しいよね、そんなこと。マルセルは僕に、何よりも英語を覚えたいんだって言ってたことがあるよ。金を出すから教えてくれないかって言ってね。英語ができれば、サドベリーでかならず仕事が見つかるって思ってたんじゃないかな。インコーとかの大企業の仕事がね」

太陽は空を横切り、もう光は直接部屋には入ってこない。私は落ち着かない気分で自分の飲んでいるビール瓶のラベルをはがしている。兄はよろよろと流しのほうへ行く。歩きながら、ズボンのジッパーをおろしている。口調はまだはっきりしているが、動きはあやしくなってきて、事実にしろ想像にしろもう細かいことには頓着しない。おじいちゃんがよく言っていた、「たいしたもんだよ、ビールってもんは。体のなかをきれいに掃除してくれて、入ったときと同じ色をして出てくるんだからな」。今、おじいちゃんがこの場の有様を見たら何と言うだろうか、これでもそういう寛大な気持ちになれるものかどうか、私にはわからない。

「いろいろ起こる前のことだけどね」とおばあちゃんが妹と私に言ったことがある。「あたしらはみんなしてテーブルを囲んで坐ってたの。おまえたち二人とコリンが生まれる何年も前のことだよ。おじいちゃんはテーブルの上にビールを置いてたの。キャラムは四つか五つだったんだけど、テーブルのそばを通ったとき、窓から射しこんできた日の光がちょうどいい具合にガラスの瓶に反射して、瓶に自分の姿が小さく映ってるのが見えたんだね。そして『ああ、ビールの瓶のなかに僕がいる。ほんとに僕だよ。僕がなかに入ってるみたいだ』って言ったのよ。

あの子のはしゃぎようが忘れられないわ。あとで、もう一度瓶に映っている自分を見ようとしていたけど、光が変わってしまって、もう見えなかった。まるで、将来起こることを予言していたみたいだね。キャラムはほんとうに、かわいい子だった」

「さて、もう行かなくては」と私は椅子から立ちあがる。キャラムは流しからふりかえる。ズボンの前が点々と濡れて、ジッパーがまだ開いたままだ。「でも、来週か、再来週にまた来るよ。お金、よかったら、月曜日までなんとかしのげるくらい置いていくから」

「ああ、俺はだいじょうぶだよ」とキャラムは言う。「そんなことしなくていい」

ポケットを探ると、汗で湿ったしわくちゃの札を数枚丸めたのが手に触れる。その金を、見たり数えたりしないようにしながらテーブルの上に置く。恩着せがましいような気がするから。

「じゃ、気をつけてね」と私は言う。「バナッヒト・リーヴ」。キャラムが近づいてきて、右手で私の右手を取り、左手を私の肩にのせた。もう体がわずかながら左右に揺れている。今でも体格のよさは変わらないから、彼の体重がこっちにのしかかってくると、足をちょっとずらしてバランスを取らなければならない。

「わが希望は常に汝にあり、クラン・ドナルド」と、キャラムはにっこり笑う。私たちは、リング中央で抱きあう疲れきったボクシング選手のように、相手の体に寄りかかる。互いに相手を支え、相手に支えを求める。

兄は窓のほうへ向かい、私は部屋を出てドアを閉める。

トロントから出るのは簡単そうだ。デモ隊やその反対派は家に帰ってしまったらしい。交通量は多いけれど、ひどく混んでいるわけではない。土曜の午後の遅い時間なので、平日のような商用車はほとんどなく、トロントの北側を走る幹線道路は、週末の半ばのことだから、比較的落ち着いている。金曜日の夜や日曜日の夕方のような絶望的なもどかしさは、すでに過ぎたか、まだ来ないかのどちらかだ。荷物を積みすぎたトレーラーや車の後ろに引いていたボートは、もう秋の行楽地に到着しているだろう。みんな、なるべく夏を長引かせようとしている。

兄は太陽に燻された窓から、広葉樹の森を抱くケープ・ブレトンの小高い丘陵を見ているのかもしれない。向こうでは、すでに葉が色づきはじめて、緑の合間や朝もやのなかから、ところどころさっと筆で撫でたように、燃える赤や黄がのぞいていることだろう。太った鹿は風に落とされて朽ちかけているリンゴのあいだを歩きまわり、サバの群れは風上に向かって泳ぐ。夜には、海がそっと陸を突く音が聞こえる。まるで、陸地を奥へ押し戻そうとしているかのようだ。その音は嵐の海の音ではなく、我慢強く静かに繰り返される音であり、夏のあいだは聞こえない音である。でも今は、月の影響の下に、血が脈打つようにリズミカルに聞こえてくる。

「貧者のランプ」は、オンタリオ南西の都市部ではほとんど見えない。その下に多くの貧者がとりとめなく動きまわっているにもかかわらずだ。そして星は、繁栄のもたらした大気汚染の上にあり、はっきり見えることはめったにない。

# 28

「夜の大陸横断便に乗るとね」とカルガリーで妹が言ったことがある。「星の明るさや月の不変性について考えるの。帰りの便ではいつも下を見て海を眺めてる。そして、キャサリン・マクファーソンのことを思うの、私たちのおばあちゃんのひいおばあさんに当たる人ね。粗布の袋に入れられて、海へ投げられて、新しい国に着くことも古い国に戻ることもかなわなかった人。自分の姉と結婚していた男に何もかも託して死ぬ前に、どんなことを考えていたのかしらね。よく思うんだけど、彼女はゲール語で考えていたわけだから、それだと微妙に違うのかな。でも、生まれ育った言語が何語でも、考えたり想像したりすることは同じだと思うのよね」

「鉱山や建設現場の宿舎にいると、深夜、いろんな言葉の寝言が聞こえるんだ」と私は昔の情景を思い出しながら言った。「ポルトガル語とかイタリア語とか、ポーランド語、ハンガリー語、とにかく自分の出身地の言葉で、何か叫んでいるのがね。大声で励ましたり、注意したり、怖がったり、かと思うと、ときにはもっと優しく愛情をあらわしたり。ある程度、共通の背景をもってる者じゃないと、何を言ってるのかさっぱりわからない。われわれもよく夢を見て寝言を言ってたけど、年長の人間はゲール語だったし、フランス系カナダ人はフランス語だった。南アフリカでは、ズールー族も夜にはしゃべる、って兄さんたちは言ってたよ」

「ねえ、覚えてる?」と妹は言った。「おじいちゃんとおばあちゃんもよく英語やゲール語で寝言を言ってたけど、最後のほうはほとんど完璧にゲール語だったわよね。若い頃に戻ったみたいに。どんなときにもゲール語が自分たちの心の言葉だったというみたいにね。私、ときどき自分がゲール語で夢を見ているような気がするんだけど、はっきりとはわからない。目が覚めたとき、確かにそうだったという自信はないの。言った言葉はまだ頭のなかを駆け巡っている気がするんだけどね。私が寝言を言ってないか、マイクに訊いてみるんだけど、言ってないって言われるの。といっても、彼はぐっすり寝ちゃう人だから。

マーガレット・ロレンスの『予言者』のなかに、モーラグが心臓の心室のなかには失われた言語が潜んでいると話しているところがあってね。私、しょっちゅうその一節に戻ってゆくもんだから、ちょっとさわっただけで、そのページ、二百四十四ページがぱらりと開いてしまうの」。

私は妹を見てほほえんだ。

「最初に演劇の勉強をしにこっちへ来たとき」と妹は続けた。「指導教官に、アイルランド人のメイドの役ばかりやりたくなかったら、まずその訛りを直さなきゃだめだと言われたの。私、それまで自分に訛りがあるなんて知らなかった。みんな、自分と同じようにしゃべってると思ってたのよね。そんなこと、考えたことある？　自分のしゃべり方とか、心で思ったまましゃべる言葉と、頭で考えてしゃべる言葉があるなんて？」

「ないね」と私は言った。「僕らの世界では、そういうのは重要じゃないから。ほとんど言葉がいらない世界なんだ」

「そうかもね。もしかして、あなたのような職業についている人の自殺率が高いのは、そのせいもあるかもよ。歯科医に自殺者が多いって、知ってた？」

「うん、知ってる」

「気をつけてね」。妹は一瞬心配そうな顔になった。

「ああ、気をつけるよ」

妹は溜め息をついた。「ときどき、ピアソン空港で飛行機を乗り継ぐんだけど、時間があるときには、東海岸方面の便が出るゲートまで歩いてゆくの。ゲートはいつも一番遠くになるらしくて、時間があるときじゃないと無理なんだけどね。わざわざそこへ行かなきゃならない理由はないけど、ただ、みんなのなかにいたいの。みんなの訛りを聞いたり、いっしょに興奮したりしたくて。たまに、企業の幹部みたいな人たちもいるけど、そういう人たちは離れて坐って、喜怒哀楽をあまり見せないから、すぐわかるの。私、アルバータ州のフォート・マクマリーから来たニューファンドランドの中年の人たちが、子供たちに、ニューファンドランドを恥ずかしがることはない、むしろ自慢していいところなんだと言い聞かせてたり、しゃべり方や訛りを、それでいいんだと説明しているのを見ると、いつも感動するの。そういうの、バカバカしいと思う?」

「いや、全然、バカバカしいことはないよ」

「一度、ハリファックス行きのゲートにいたとき、女の人が『故郷に帰るって、いいわねえ』って話しかけてきたの。自分がそういう会社の幹部みたいに見えたのかと思って、びっくりしたんだけど、そうじゃなかったみたい。その人に、どこの出身かと訊かれて、考えるより先に、『グレンフィナン』って答えてたの。

『あら、うちの主人もそこよ。きれいなところよね。沖に小島があって。ご存じ?』

『ええ、知ってます』

『主人の名前、アレグザンダー・マクドナルドというの。あなたもマクドナルドの一族?』

『ええ、そうです』

『主人、ハリファックスに迎えにきてくれるの。ご紹介しますね、ひょっとしたら、親戚かもよ』

『そうかもしれませんね。私、クロウン・キャラハ・ルーアの者です』

『彼もそうよ』

そう彼女が言ったとき、ちょうど搭乗開始のアナウンスがあって、飛行機の後ろのほうの座席の乗客が並んでゲートを入りはじめたんで、その人も荷物を持って立ちあがって、『忘れないでね。うちの主人は赤い髪よ』と言って行ってしまったの。私は彼女に手を振るか、ちゃんと説明するか、したかったんだけど、その暇もなくて、彼女は搭乗券を受け取る係員の向こうに消えていったの。

彼女が行ってしまったあとも、ずっと長いことゲートの前に立って、飛行機のドアが閉まるのを見守って、飛行機をじっと見ていたの。飛行機が滑走路を走りだして、空に浮かんで、それでもまだそこに立っていてね。係員が近づいてくるまで、ひとりぼっちで立っているのがいかに目立っていたか、気がつかなかったの。

『何か、私どもにできることはございますか？　このゲートから搭乗する便は、あと一時間以上あとになりますが』と係員に訊かれてね。

『ああ、すみません。いえ、別に、いいんです』なんて答えてたの」

妹は話題を変えて言った。「ねえ、知ってる？　あのジェームズ・ウルフって、赤い髪だったのよ」

「ふーん、知らなかった」と私。

「それがそうだったのよ」と妹は言った。

# 29

今、私の車は、傾きかけた太陽に向かって南西へ進んでいる。もっと南では、畑や果樹園で働いていた人たちが、こういう太陽の傾きを別々の思いで見ている。都会から来た家族たちは、その日が終わったことを喜び、夕食やレンタル・ビデオや友だちとの会話を楽しみにしている。月曜日になれば、子供たちはまた学校がある。

メキシコのメノナイトやジャマイカ人の家族は、太陽が沈むまで働くだろう。ニューブランズウィックやケベックから来たフランス系カナダ人の家族も同様だ。国外から出稼ぎにきた労働者にとっては、学校など贅沢なことなのかもしれない。それに彼らも自分が異郷にいて、そこの政府が自分たちの生活に気を配ることなどほとんどないとわかっている。ニューブランズウィックでは、学年度はさまざまな収穫期に合わせて変更されるし、ケベックでもゆるやかに適用される。秋の後半になって、人手が必要とされなくなると、労働者たちは狭い小屋を出て、長い帰郷の旅を始める。メキシコのメノナイトたちは、人生の諸々の複雑な事情から、国境のあちこちで面倒な問題に出遭うこともある。車を買ったかもしれないし、カナダに入ってから生まれた子供がいるかもしれない。ときにはアメリカに入ろうとして、入国管理事務所の係員に連れていかれたりすることもある。そのあとでまた、何千キロも離れた砂塵舞うテキサスから出ようとするとき、同じ目に遭うかもしれない。

車の登録証や、くしゃくしゃになった出生証明書や、黄ばんだ就労ビザや、ぼやけた写真の貼ってあるパスポートを握りしめながら、人でごった返す狭い部屋に追い立てられるかもしれない。子供たちは日に焼けた親の手をしっかり握っている。彼らは番号札を取るように言われ、あとで、身元を細かく尋ねる込み入った質問に答えなければならない。

フランス系カナダ人たちなら、帰郷の旅の途中、最後のもうひと行程の前にセント・キャサリンズやウェランドの親戚のところに寄るかもしれない。家計の足しになればと考える者は、州境を越える前にガソリンを満タンにするだろう。オンタリオ州では伝統的にガソリンが安い。あるいは、郷土愛に駆られて、からっぽに近い燃料タンクで州境を越え、ケベック州に入ってからリヴィエール・ボデットかセント・ゾティークの高いガソリンでタンクを満杯にするかもしれない。ケベック側ハイウェイのサービス・エリアがオンタリオ側に比べてずっと素晴らしい、お湯は無料《ただ》でふんだんに使えるし、もうけ主義を押しつけられることもない、と口をそろえて子供たちに言うだろう。そして自分たちのホームグラウンドに入ったとあって、ゆったりとくつろぐことだろう。

長い帰郷の途に着く前に、男たちはたいてい車を点検する。ほとんどの男は、必要から機械に強くなっているので、修理工場に行くことは歯医者に行くのと同じくらいめったにない。晩秋の日暮れどき、ボンネットの蓋をあけ、腰をかがめて中をのぞきこむ。送水ポンプや燃料ポンプを取り替え、シューシュー音を立てるホースに絶縁テープをぐるぐる巻きつける。キャブレーターを点検し、点火プラグの汚れを落とし、ファンベルトをしっかり締め、心配性の熟練した耳でエンジンの音に耳をすませる。そのあと、擦り切れたタイヤの位置を替え、夜の旅に備えてヘッドライトのつき具合をチェックする。しかし、それもこれもまだ先のことだ。今はまだ、午後遅くから夕方にかけて、太陽が沈んで本格的な土曜の夜になるまで、やるべき仕事が残っている。そのあとはたぶん、ビールを飲んだり、ほとんどの人にとっては自分の知らない外国語で番組をやっているテレビを見て過ごすだろう。身をのりだして、一心に画面を見ながら、ときどき、録音されたしつこい笑い声にならって笑ったりして。カードをしている者、ドミノをしている者もいるかもしれない。

明日は日曜日、独り者の若い男たちは着替えをして、小石の多い浜辺へ冒険にくりだすかもしれない。そこで、大声で笑ったり、めちゃくちゃな英語や、あるいはフランス語やスペイン語やジャマイカ特有のパトワで、若い娘たちに声をかけ、大方は理解できない反応しかもらえず、お互いの二の腕や筋肉隆々の肩を叩いて慰めあうだろう。

# 30

カナダ楯状地にいた数ヵ月間で、マルセル・ギングラスと私の人生が触れあったとき、それはまるで、惑星同士が軽く触れあうような、あるいは、ヘリウムを詰めた風船がそっと触れあうような感じだったかもしれない。私たちは互いに触れあいはするが衝突することはなく、外周をかすめはしても自分たちだけの円のなかに深く入りこんでいた。ときどき、仕事の交替時間にすれ違って、うなずきあうこともあった。私は一、二度、レンコー・デヴェロップメントから頼まれて、彼に巻き揚げの合図を説明したり、ダイナマイトのケースについている指示書を読んでやったことがある。故障があった二晩、レンコー・デヴェロップメントは私と彼にそれぞれ金を払って、立坑櫓の上の部屋でフランス語と英語の基礎を教え合わせた。

私たちは目に見える体の部分から始めた。瞬く星の下で、頭、目、口などをかわるがわる指しながら、「ラ・テート」「レジュ」「ラ・ブーシュ」と大きな声で言った。しばらくして、ランチ・ボックスの中身に移り、相手がそれを見て考えられるように一つ一つ物を掲げながら、「アップル」と「ラ・ポム」、「ケーキ」と「ル・ガトー」、「ブレッド」と「ル・パン」といった単語を大声で発音した。マルセルは正しく答えられると、喜んで空中を拳で打つ真似をした。私たちは食べ物の名称から、その部屋に置いてある作業道具の名称へ移り、ユヌ・シェヌ（鎖）、ラ・ディナミト（ダイナマイト）、ラ・プードル（火薬）、ラ・プードル・ドゥ・ミヌ（発破用火薬）を指差しながら、アクセントや発音の仕方は違うが似ている言葉が多いことに驚いたり感動したりした。ときどき、私はマルセル・ギングラスとずっと長いあいだひとつの大きな家の別々の部屋に住んでいるような気がした。レンコー・デヴェロップメントはいずれ私たち二人を巻き揚げ係として訓練するつもりだという噂もあった。

この時期のレンコー・デヴェロップメントは、なんとしても目標を期限内に達成したいと考えていたが、それはわれわれも同じだった。われわれは一丸となって、岩壁の向こうに眠っている黒く光るウラニウムの鉱石をめざして、猛烈な勢いで掘り進んでいった。

たえまなく水滴の落ちてくる暗く冷たい地下や、息がつまるほど暑い地上の宿舎にいると、時間が圧縮と膨張を同時におこなっているような気がした。地下にいるときには、夜と昼の区別をつけられなかった。夕方七時に仕事に入るとすると、出てくるのは朝の七時になったが、最初は、前日に入って翌日に出てきたということに気がつかない。私たちは慣れない太陽にとまどって目をぱちぱちさせた。何も変わっていないようだがどこか違って見えるいくつもの時間帯を越えてきた、時差ぼけの旅行者のようだった。昼間の宿舎はむっとして寝苦しく、湿ったシーツが体にまとわりつき、ひたいがじっとり汗で濡れた。目が覚めたときに、今何時なのか、今日は何日の何曜日か、と考えても頭が集中できないこともあった。隣の部屋から聞こえてくるラジオの音がすぐに気になったり、いやいやながらやっている日常の雑事を邪魔されて簡単に苛立つようになった。

ある蒸し暑い日、私は「おい、おい」という声で起こされ、誰かに肩を押されているのに気がついた。汗にまみれて安眠できなかったせいで、最初は、その声がくぐもって聞こえ、肩も遠くからつつかれている感じがした。声と肩をつつく力がだんだんはっきりしてきて、目をあけると、警備員の不安そうな顔があった。彼はまだ私の肩をつつきながら、「おい、おい」と言ったあと、さっと後ろに飛びのいた。まるで触れたら怪我をする物騒な罠にさわろうとしたとでもいうように。

「何？　何？」と言いながら、私は睡眠不足の朦朧とした意識の下から浮きあがろうとした。

「おまえ、アレグザンダー・マクドナルドだろ？」と、警備員はまだ、自分の揺り起こした目標物から身を守ろうとするように距離をとって尋ねた。

「そうだけど」と私は答えた。

「電話がかかってるぞ。正面のゲートに来い。ほんとは電話を取り次いだり、ゲートを離れたりできないことになってるけど、長距離電話だからな。急げよ」

警備員はそれだけ言うと、すぐさま、不安から解放されたようにドアを出ていった。

私は腕時計に目をやり、さっと部屋を見まわした。午前十一時、部屋にはほかに誰もいない。

私はズボンをはき、サンダルを引っかけると、警備員のたどった道を歩いていった。ドアのところに着いたときには、小さくなった警備員の姿がすでにベニヤ造りの詰め所に入ってゆくところだった。

電話の受話器がコイル状のコードの端で揺れていた。

「もしもし」

「キマラ・ハー・シヴ」と遠くでおじいちゃんの声がした。そして、「元気か？」と英語でくりかえした。

「うん、元気だよ」と私は言った。「おじいちゃんは元気なの？」

「老いぼれたにしちゃ、まああだな。あの子が明日行くってことを知らせたかったんだよ」

「あの子って？」と私は寝ぼけた頭をはっきりさせようと苦労しながら訊いた。「誰がどこへ来るの？」

「おまえのいとこだよ。カズン・アガム・フィンだ、サンフランシスコの。おまえの卒業式の日、おばあちゃんが読んでやった手紙のこと、覚えてるだろ？　おじいちゃんの兄さんとおばあちゃんの姉さんから来た手紙。その孫が、明日サドベリーに着くってさ。午後の三時だと。サンフランシスコから、そう書いてきた。向こうの準備はすっかりできている。あとは、こっちがやるべきことをやってやらにゃいかん」

「何を？」と私はまだ朦朧としながら言った。

「おまえ、ちゃんと目が覚めてるのか？」とおじいちゃんがいらいらしたような声で言った。

「そっちは何時なんだ？　こっちは昼過ぎだけど」

「起きてるよ、ちゃんと」と私は言ったが、説得力はなさそうだった。

「朝めしは食ったのか？　粥か、何とかいうの、食ったのか？」

「何とかって？」

「何ていうのか忘れたけど、ほら、藁を細かく切ったみたいなやつ、あるだろ」

「ああ、シュレディッド・フィートね。シリアルだよ。ううん、食べてない」

「そのほうがいい。粥にしとけ。まあ、さっきよりは目が覚めたみたいだな。さっきは一晩中ガールフレンドと夜遊びしてたっていう声だったぞ」

「違うよ。こっちにはガールフレンドなんかいないよ」

「あれ、そうかい。そいつは気の毒にな。ま、そのうちできるだろう。いいか、おまえはまだそのいとこと会ったことはないがな、おまえのおじいさんがいつも引き合いに出す詩みたいなもんだ。『山々はわれらを分かち、茫漠たる海はわれらを隔てる——それでもなお血は強し、心はハイランド』とな。おまえも覚えていると思うが」

「うん、覚えてるよ」

「よしよし。サドベリーで俺のために一杯やってくれ。サドベリーには、酒場がいっぱいあるんだろ？」

「うん、いっぱいあるよ、サドベリーには」

「それはいい。わが希望は常に汝にあり、クラン・ドナルド。おばあちゃんに電話かわるよ」

「もしもし、イレ・ヴィグ・ルーア」とおばあちゃんが電話に出た。「おじいちゃんが言ったように、おまえのいとこが明日の三時にサドベリーに着くからね。サドベリーって、そこから遠いの？」

「二百五十キロくらいかな」

「ああ、それじゃたいしたことないわね。キャラムに頼んでいっしょに行ってもらいなさい。キャラムは長男だし、あの子だってあたしたちの孫なんだから。あたしから直接話したほうがいいかもしれないけど、おまえはうちのギラ・ベク・ルーアだからね。おまえにはずっと、できるだけのことをしてあげたんだもの。何度も言うけど、血は水よりも濃しよ。あたしたちの兄さんと姉さんがサンフランシスコに行かなければ、こっちにずっといっしょにいられたし、今度の戦争にも巻きこまれずにいられたんだろうけど。でも、今あたしたちにやれるのは、できるだけのことをすることね。どんなときにも、自分たちに与えられたことに対して最善を尽くさなければならないもんよ。聞いてる？」

「うん、聞いてるよ」

「よかった。さあ、じゃ、明日は早起きしなさい。おじいちゃんが昨日、あの海岸に出かけて、クリスティにリンゴを持っていったって、キャラムに伝えてくれと言ってるわよ。キャラムみたいに指笛を吹いてみたけど、クリスティには違いがわかるみたいだよ。近くに寄ってきても、おじいちゃんの肩越しに誰かを探してたって。若いときから、いい時も悪い時もいっしょに過ごさないとだめなんだって、おじいちゃん言ってるわ。でも、クリスティは元気だそうよ。そう伝えて」

「うん、伝えるよ」

「じゃあね。元気でね。バナッヒト・リーヴ。みんなによろしく」

「うん、わかった。じゃあね。バナッヒト・リーヴ」

私は受話器を置いて、警備員に礼を言うと、心当たりの場所をまわってキャラムを探すことにした。私たちは朝の七時に仕事を終えて地上に出てきたのだが、彼も暑さで眠れなかったり、一人で考えごとをしたいときもある。どこからまわろうかと迷いながら警備員の詰め所の前に立っていたとき、ちょうどゲートの外からキャラムがやってくるのが見えた。私はキャラムを待ち、二人で宿舎のほうへ歩きだした。

最初、話をどう切りだしていいかわからなかった。こっちに着いた頃はバタバタしていて、サンフランシスコから来た手紙の話をするのをすっかり忘れていたからだ。アレグザンダー・マクドナルドが死んだことはずっと頭から離れないのに、手紙のことは遠い昔のことのように思われた。クリスティにやる燕麦の缶を忘れたあの日の気分が、一瞬だが頭をかすめた。

私は事情を説明しはじめた。

「誰が来るって？」とキャラムは言った。「どこから来るんだ？　なぜ？　ちょっと落ち着いて話せよ」

私はおじいちゃんとおばあちゃんから電話があったことを強調しながら、説明をくりかえした。キャラムはブーツの底で小道の石をひっくり返しながら、しばらく考えこんでいた。そしてようやく口を開いて言った。「イレ・ヴィグ・ルーア、この件は、おまえにとって重要なことなのか？」

「うん、そうなんだ。だって、おばあちゃんとおじいちゃんが……」

「わかった。じゃ、俺にとっても重要だ。おばあちゃんがよく言ってたよな、どんなときにも身内の面倒をみろって。そして、おまえと妹に『それを信じないなら、おまえたち二人は今頃どうなってたかね？』って」

「うん、そうだったね」と私は言った。

「それじゃ、俺たちもそれを尊重しなきゃな。親が死んでから、俺たち、おまえと妹の面倒をみたくてもみてやれなかった。自分たちのことで精いっぱいで。あの古屋に戻っていったときも、みんなが鎖とかのこぎりとか舟とか馬とか持ってきてくれて、助けてくれなかったら、生きてこられなかった」

キャラムはしばらく黙りこんだ。「それにな、俺にはわかってるんだ」と続けた。「おまえだって、なにも俺たちとここにいる必要はないんだ。ハリファックスで白衣を着ててもいいわけだよ。ここにいるのは、アレグザンダーが死んで、俺たちがもう一人、人間を必要としていたからだろ」。彼はちょっと間をおいた。「ああ、イレ・ヴィグ・ルーア、おまえが来てくれて感謝してるよ。いっしょにサドベリーへ行こう。それにしても、まず車を探さないとな」

「車は僕が都合をつけるよ。当てがあるんだ。それから、ああ、あのね、おじいちゃんが昨日、クリスティに会いにいってリンゴをやってきたって言ってたよ。クリスティはおじいちゃんの肩越しに、兄貴を探してたって」

「そうか。かわいそうにな、クリスティは。いつも自分の果たすべき分はきっちり果たしつづけたやつだ」

私たちが足を止めて小道のまんなかに立っていたとき、ファーン・ピカールが近づいてくるのが見えた。道は狭く、私たちは横に並んで立っていた。私たちを見つけたファーン・ピカールは足を速め、そのせいか大柄な体格がいっそう大きくなって見えた。道はふさがっているので、先へ進むには道からはずれるしかなかったが、そうしようとする気配はまったくなかった。

「じゃ、僕は行くよ」と私は土壇場で道をあけた。ファーン・ピカールがキャラムとすれ違うとき、肩がわずかに触れ、小声で「マンジュ・ラ・メルド」（クソくらえ）と言うのが聞こえた。「マッカンジーヴル」（悪魔の子）と兄が言い返すのが聞こえ、二人はまるで申し合わせたように小道のまんなかに唾を吐いた。珪酸に覆われた痰が日に照らされてきらきら光っていた。

頭上の木のなかで、カラスの群れが甲高い声で鳴いていた。兄は、昔、ブリティッシュ・コロンビアのブリッジ・リヴァー・ヴァレーで働いていたときの話をした。パンでくるんだ雷管をカラスに向かって投げては面白がっている男がいた。カラスはパンを取りに舞い降りてくる。数秒後、空中で雷管が爆発し、黒く光る羽根がまだ肉をつけたまま、広い範囲にわたって降ってきた。ある晩、男は誰かにスパナでめった打ちにされ、それまでの稼ぎも取りにゆかずに逃げだし、二度と姿をあらわすことはなかった。

私はマルセル・ギングラスを探しにいった。ファーン・ピカールに出くわしたあとなので、フランス系カナダ人の宿舎には近寄りたくなかったが、ちょうどいい具合に食堂で坐っているマルセルを見つけた。スツールに坐ってコーヒーを飲みながら、ぼんやり空想にふけっている。私がいきなり隣に坐ると、ぎょっとしたようだった。「タス・ア・カフェ」と私は彼が手にしていた物体を指しながら言った。「コーヒー・カップ」と彼は笑いながら言った。

マルセルが車を持っていることは知っていたが、一応確かめるために、ナプキンに稚拙な車の絵を描き、彼を指し、次に自分を指して、「ア・サドベリー？」（サドベリーまで）と尋ねた。「ウイ」と彼はうなずいた。簡単な単語とたくさんの身ぶり手ぶりを駆使して、私たちはキャンプのゲートの外で落ち合うことで合意した。彼はそれとなく、私といっしょにいるところを必要以上に見られたくないとほのめかした。ファーン・ピカールににらまれて仕事を失うのを恐れていたのだ。

ゲートの外の駐車場へ行くと、マルセルは錆びついた黒いシボレーのセダンのわきに立っていた。タイヤはつるつるに磨り減って、フロントガラスはしょっちゅう飛んでくる石にやられて小さな穴だらけだった。おまけにガラスの端から端まで、大きな亀裂が気まぐれな川のようにジグザグに走っていた。

マルセルはロックしていないドアをあけた。前の座席に、ピンクの櫛の長い柄が飛び出している女物の化粧バッグが置いてあった。床には、ひどく汚れた白いハイヒールが脱ぎ捨てられていた。マルセルは肩をすくめ、てのひらを上に向けて、どういうことかわからないという仕草をしてみせた。ひょっとして、誰かがこの車で寝ていたのか。

バックミラーに、発泡スチロールのサイコロとフリルのついた女物のガーター・ベルトがぶら下がっていた。結婚式のガーター・トスで投げるようなやつだ。後ろの窓のそばには、プラスチックの茶色い犬の人形が置いてあった。犬の首にスプリングがついていて、車が揺れるたびに上下に動く仕掛けだった。

マルセルは私にキーを渡した。フランス語で「ジュ・ム・スーヴィヤン」(私は思い出す)と書いてある金属製の円形のキーホルダーがついていた。

私たちはいっしょのところを見られないように別々に宿舎に戻った。

その晩は仕事がはかどらなかった。エアホースはしょっちゅう破裂するし、ダイナマイトは、私たちがさわると湿るように思われた。ドリルはうまく動かないか止まってしまうかで、無駄に使われた廃油を私たちの顔にまき散らした。得るものより失うものが多く、そんな乱雑な状態を残して、まったく何も進まなかったことを交替チームに白状するのも恥ずかしかった。

シャワーを浴びてコーヒーを一杯飲んだあと、キャラムと私は仮眠もとらずにサドベリーへ出かけることにした。駐車場に着くと、キャラムはとがめるような目で車を見た。

「これか、おまえの言ってた車って?」と、不満を隠そうとしながら隠しきれない声で言った。

「うん。そう、これだよ」

私はドアをあけて、運転席に滑りこんだ。化粧バッグと汚れたハイヒールは消えていた。

最初の十キロほどは、二人ともほとんどしゃべらなかった。前日も、その前の夜も眠っていなかった。溜まりに溜まった疲れが、座席に坐るという身動きのほとんどできない姿勢に落ち着いたとたん、はっきり自己主張しはじめたようだった。針がいつも残量ゼロを指していて、燃料計が壊れていることがわかった。私たちは道端に車を停め、暗い湿地に生えていた柳の木から枝を折り取った。それをガソリン・タンクに差しこむ。柳の枝の燃料計は、タンクの四分の三まで燃料が入っていることを教えてくれた。

私たちは漫然と、これから迎えにゆく男のことを話した。祖父母に育てられた私のほうが兄よりは少しは知っていた。私はおじいちゃんとおばあちゃんがサンフランシスコへ移住した兄と姉について話していたことを、もっと詳しく思い出そうとした。「なあ、もしおじいちゃんがあの病院の仕事についてなかったら、みんなでサンフランシスコに行ってたと思うか？」とキャラムが訊いた。

「さあ、どうなんだろう」と私は言った。

「もしそうだったら」とキャラムは考えこむように言った。「俺たちの人生も、いろいろと違ってただろうな」

「うん、そうだね」

「今度の戦争は、俺の理解するところでは」とキャラムは続けた。「あっちの連中は自分たちの国のため、自分たちの国をどうするかを、自分たちで決めるために、闘っているだけじゃないのか。だからって、連中が殺されていいわけないよな」

「うん、そう思う」と私は言った。「戦争って、みんなに、いろんな影響を与えるよね。僕たちも、たくさんの戦争に振りまわされてきたんだと思うよ。今、僕たちがこういうふうにここにいるのも、スコットランドの一七四五年の反乱があったからでしょ。僕たち自身が、直接的か間接的かはともかく、カローデン・ムーアの戦いとそのあとに起こった出来事から生まれた子供なんだよ」

「そうだ」とキャラムはにっこりして言った。「じいさんたち、ショナッヒズがよく言ってたじゃないか、『あのときフランスから船が来てさえいれば……』って」

「まあね」と私は言った。「それは誰にもわからないよ。もしかしたら、そもそも、そんなのは全部、ほんとうかどうか怪しいのかもしれないし。歴史について語ることと、それを生きることは違うんだと思うよ。それほど選択の余地がない場合もあるし」

「そうだな」とキャラムはもう一度微笑した。「おじいちゃんがよく言ってたっけ、『後ろから押されればどこにでも突っこむ牛のチンポみたいにはなりたくない』って」

「わが希望は常に汝にあり、クラン・ドナルド」と私は言った。「これもおじいちゃんの口癖だったよね。昨日も電話で言ってたよ」

私たちはしばらく黙っていた。「まあ、それにしても」とキャラムは窓の外のごつごつした岩や叩き切られた木を眺めながら溜め息をついた。「死ぬ人間が多すぎるし、戦争が多すぎる。俺はときどき皮肉だなあって思うよ、親父は無傷で戦地から戻ってきたのに、天気のいい三月の終わりに氷の下に沈んで死ぬなんてな」

「そうだね。もしあのとき兄貴もいっしょだったら、きっと沈んでたね」

「俺の見方はちょっと違うんだ。もし俺がいっしょだったら、みんなを助けてやれたかもしれないって、そう思うんだよ」

# 31

日が高くなるにつれて、暑さも増してきた。太陽はひび割れたフロントガラスから射しこみ、車のなかはまるで温室だった。私たちは窓をあけてフレームの上に腕をのせ、風に当てた。長時間地下で過ごす腕は真っ白で、灼熱の太陽のパワーにひるんでいるようだった。

「夏にあの島から本島に渡るとき」とキャラムが言った。「親父はよく、太陽を見ていたもんだよ。太陽が一定の角度にあって、波が一定のうねり方をしているときに、船のエンジンをふかしてスピードをあげるんだ。政府から支給された大きな船でな、ある程度スピードをあげて、太陽に対して一定の角度で舵を切ると、水しぶきがあがって、その水滴を斜めから太陽がとらえる。そうすると、船のあとを虹が追ってくるように見えるんだ。あれは、おまえたちが生まれる前だったんだろうな、まだコリンが小さかったから。あいつ、いつも親父に『パパ、パパ、虹をつくって』ってせがんでたっけ。ある日、おふくろに『ママ、虹の端っこには金のつぼがあるんだよね?』って訊いてたよ。

おふくろは、『さあ、どうかね。そうだって言う人もいるけどね』って言ったんだ。

そうしたらコリンは言ったよ、『でも、ボクんちの金のつぼは、きっと海の底にあるんだよ』って」

キャラムは口をつぐんだ。しばらくして、「あの海岸へ戻っていったとき」と話を続けた。「一人で舟を出して、〈キャラム・ルーアの岬〉の沖で、いろんな方向に舟の向きを急に変えたりして、虹をつくってみようとしたけど、一度もできなかった。人に言われたよ、おまえ、午後になると舟で何やってんだって。虹を探してるなんて、恥ずかしいこと言えないだろ。だからいつも、ふざけてるだけだって答えてた。そうすると、たいてい、『そんなの、ガソリンの無駄だぞ』って言われるんで、しばらくしてやめてしまった」

「もしかしたら、舟が違うからじゃないの」と私は言ってみた。

「そうかもな」とキャラムが言った。「舟の違いのせいかもしれないし、舵を取る人間の違いのせいかもしれない。親父から学べたことはたくさんあったはずだけど、時間切れになってしまった」。間があった。

「四年前、俺たちがティミンズにいたとき」とキャラムが話を続けた。「一昼夜、島の話をしてたことがあってな。とうとう、我慢できなくなって、おじいさんに電話して、まず向こうの天気を訊いた。おじいさんは『いい天気だぞ、こっちは』と言うんで、次に島のことを訊いた。最初、おじいさんは口ごもって、『島?』と訊き返してきた。

『そう、今日は、島はよく見える？』

『うん、島は毎日見えるよ。しかし、今日はちょっと南東の風があるからな。南東の風が吹くときは、島がどう見えるか、知ってるだろ。実際より近く見えるんだ』

『船を着けられる？』と俺たちは訊いた。

『簡単には着けられないな。政府の埠頭もなくなったからな。まあ、波が穏やかな日だったら、かなり近くまで寄って、そこで錨をおろして、あとは小舟で行くか、歩いて渡れないこともないがな、ただし胸元まで水に浸かるぞ』

『ねえ、おじいさん、もし俺たちが行くとしたら、船を手配してもらえるかな？　ここからだと三千キロ近くあるんだけど、道がそんなによくないから、二、三日かかるかも』

『三千キロも旅してくるなら、船ぐらい手配しておくよ。待ってるぞ』

『うん、じゃ、頼むね。おじいちゃんとおばあちゃんにも連絡しておいてね』

『言っておくよ。気をつけてな。バナッヒト・リーヴ』

そこで俺たちは、古いピックアップ・トラックと発電機とコンプレッサーを買って、支柱《ジャックレッグ》と刃先《ビット》とロッドを会社から借りてきた。俺たちの作業は予定よりはかどってたし、そこの主任とは懇意だったんで、かならず戻ってくると約束して頼みこんだ。

『ああ、いいよ』と主任は言ってくれた。『ダメだと言っても、どうせ行くんだろ、おまえたちは』って。

ピックアップの前の座席に三人というのは窮屈だったけどな、交代で運転していった。ニューリスカードを出たところで、猛スピードで俺たちを追い抜いてった車があってな。遠ざかってゆくその車の窓から、子猫がポーンと放り出されて、溝に投げこまれたんだよ。俺たちは顔を見合わせて、同じことを思った。車を停めて、溝のわきの草むらを探すと、鼻から血を流してる子猫が見つかって。肋骨の奥で心臓が動いているのがわかった。灰色と白の猫だったよ。そいつをかわるがわる膝にのせて、ティマーガミで車を停めて牛乳とツナ缶を買ったんだけど、飲み食いなんか全然できないほどおびえてたよ。俺たちはピーセッヒ、子猫ちゃんって名前をつけてやった。そしてゲール語の歌を歌ってやった。オタワ郊外の駐車場で、猫がいなくなったと思って、『ピーセッヒ、ピーセッヒ』って呼びながら探しまわったこともあったなあ」とキャラムは声を立てて笑った。「ニャーオ、ニャーオなんて鳴き真似までしてな。三十分くらい探したあげく、アクセルのそばの床に眠っているのを見つけた。そいつは旅が終わるまで、ほとんどそこから動かなかったもんだから、運転するとき、邪魔しないように足を変な角度に曲げてペダルを踏まなきゃならなかったよ。

あっちに着くと、おじいちゃんが喜んでな、俺たちをビール攻めにして歓迎してくれたし、おばあちゃんは抱きしめてキスしてくれた。おじいさんは、船を手配しておいてくれた。おじいちゃんがピックアップの座席をのぞいて、『これは何だ?』と言った。
『それ、ピーセッヒだよ』と俺たちは言った。『北オンタリオ生まれだけど、今日からここに住むんだ』

するとおじいちゃんは言った、『ほう、そうか。ピーセッヒ、よく来たな、キマラ・ハー・シヴ？ ミルクでも飲むかい？』

翌朝、みんなで朝早く家を出た。おじいさんが借りてくれた船の後ろには小舟がロープで結んであった。俺たちは、持ってきた刃先《ビット》やロッドや、発電機、コンプレッサー、それにおじいちゃんの買ったビール二ケースを船に積みこんだ。『まったくもう』とおじいさんがおじいちゃんに言ってたよ。『ビールがないとどこへも行けんのかね？ 船から落ちて、アザラシに雌を盗みにきたと思われても知らんぞ』なんてな。

おばあちゃんが弁当をつくってくれて、おじいさんは足場用の材木と引っかけ鉤を持ってきてくれた。鏡のように穏やかな海だった。島が近づいてくると、水面に島が映って見えて、まるで島の上面を滑ってる感じだったよ。

俺たちは引っかけ鉤からぶら下がって、材木を使って支柱《ジャッククレッグ》を支えながら、岩の表面に親父とおふくろとコリンのイニシャルと、生まれた日と死んだ日を彫った。コリンは島で生まれたんだよ。嵐が来て、おふくろが本島に渡れなかったんだ。あいつは割礼をしてなかったから、小便をするとき、みんなと違うって、よく笑われてたなあ。おじいちゃんがビールを冷やそうとして、瓶をひもで結んで海に入れた。近くでアザラシが泳いでいた。

昔住んでた家にも行ってみたよ。自動式の灯台になって、ピクトウから来た男もお役ごめんになったあとは空家のまま放っておかれてた家だ。ピクトウの男って、俺たちの犬を銃で撃ち殺したやつだよ。誰かがドア枠とか窓枠とかをかっぱらってったみたいだが、部屋はだいたい俺たちの覚えてたまんまだった。ウサギが出たり入ったりしてたよ。

おふくろが庭のわきにルバーブを植えてたんだけど、それがぼうぼうに伸びてて」とキャラムは思い出したように言った。「茎なんか、ペルーで見た熱帯植物みたいに太くて、高さが肩ぐらいまであるんだ。頭に白い種をびっしりつけて、重そうに揺れてたっけ。ルバーブの畑を通り抜けるには、大《マチ》なた《エーテ》がいるくらいだった。花も種から増えたやつがけっこうあって、やたらに生い茂ってたよ。雑草や牧草に負けないように必死に生きてたんだろうけど、ピンクや黄色や青の花をつけてたな。俺たち、もう少し花にチャンスをやろうと、雑草をちょっと引っこ抜いてきた。子供の頃、おふくろに花を植えるのを手伝えとか言われると、ブーブー文句を言ったもんだけどな。

それから、岩から水の湧いている泉へも行ったよ。泉はまだあったけど、積もった落ち葉に隠れてた。落ち葉をどけて、みんなで腹ばいになって、湧き水を飲んだ。覚えてたとおりの甘い水でな、岩からあふれ出て、そこを覆い尽くさんばかりに生えている野バラの茂みや蔓草や腐った植物のなかに入りこんでいくんだ。おじいちゃんが、海にビールを浸しておいた場所に行って、ビール瓶のひもを引っぱると、瓶が、釣りあげた魚みたいにキラキラ光って水面からあらわれた。おじいちゃんは五本の瓶から蓋を取って、中身を地面に捨てて、それから泉のそばにひざまずいて、ビール瓶に透きとおった水を詰めた。

『昔の記念に』って、おじいちゃん言った。

おじいさんがポケット・ナイフを取り出して、垂れ下がっていた柳の枝を切って、それで瓶の栓を五つつくって、水がこぼれないように瓶の口に差しこんだ。そして立ったまま、しばらく湧き出る水を眺めていた。『寂しいじゃないか』と、おじいさんが、こんこんと水の出てくる泉を見ながら言うんだ。『泉の心《しん》からあふれ出てるような水だというのに、誰にもその違いがわからないとはな』って。

帰るときには、みんな口数が少なかった。

おじいさんが船べりから静かな海をのぞきこみながら、『あの子らが、まだその辺の下にいるような気がするよ』って言った。

俺たちはみんな、しばらく黙ったまま船べりの海に目を凝らして、それから、遠ざかってゆく島からずっと続いている航跡の白い泡をじっと見ていた。

『さて』とおじいちゃんが言った。『ビールはたんまりあるぞ。一杯やろうぜ。飲めば少しは忘れられるだろう』

すると、おじいさんが静かに言った。『この子たちがはるばるやってきたのは、忘れたいからじゃないんだよ』って。

おじいちゃんはしばらく黙りこんでた。そして言ったんだ、『うん、そうだろうな』って」

キャラムは窓の外を見つめた。

## 32

車は17号線の舗装道路に入っていた。ときどき、右側に、木立ちの隙間からノース海峡とジョージア湾に浮かぶ小さい無人島が見えた。

「疲れたろ」とキャラムが言った。「運転、代わるよ」

私は道路の端に車を停め、降りて兄と席を替わった。私も兄もシャツの背中は汗で濡れ、白い腕は日に焼けて赤くなりはじめていた。

「おまえは俺より焼けやすいたちだよな」と兄が言った。「赤毛の系統はそうなんだ。おまえのような肌は何度でもくりかえし焼けて、これ以上焼けなくなるってことがない。気をつけたほうがいいぞ」

キャラムはゆっくりと車を道路に戻しながら言った。「さっき、思い出してたんだ、島でおふくろが植えてた花のことを。おふくろは花が好きで、野生の花でも喜んでたなあ。いつも花瓶に差して、部屋に飾ってたよ。

夏になると、ときどき、おふくろと親父は草の上に坐って、タンポポやデイジーで花輪をつくってたんだ。思い出すと、なんかおかしい気がするよ。だって、俺たち、親ってのはいつも歳とった人間だと思ってるだろ。自分が親の歳に追いついて、ついには追い越してしまうのって、なんか不自然な気がしてな。親父とおふくろが草の上に坐ってたときも、ひょっとしたら、二人でその気になってたかもな、だのに俺たちはそんなこと考えもしなかった。俺たちの目には年寄りに見えても、本人たちにしてみればまだ若かったんだよな。たぶん、俺が思い出してるのは、おまえたちが生まれてくる前のことだよ。あの事故がもっと前に起こってたら、おまえなんか生まれてなかったかもな。たぶん」と言って、キャラムはしばらく間をおいてから続けた。「ま、俺たちみんなに、同じことが言えるけどな」

キャラムはとまどったようにハンドルを指で叩いた。

私は遠い昔の光景を思い出しながら言った。「僕が五つか六つぐらいだったと思うけど、あるとき、恐い夢を見たことがあってさ。大声で泣いてたら、おじいちゃんが入ってきて、『おじいちゃんといっしょに寝るか？』と言うんだ。『おじいちゃんがついててやるから、もう恐くないぞ』って。

僕は『うん』と言った。

それで、おじいちゃんとおばあちゃんのあいだにはさまって寝たんだよね。おばあちゃんは、たぶん朝の支度があるから早く起きてたんだろうけど、誰かがおじいちゃんを訪ねてきたんで寝室のドアをノックして呼びにきたわけ。僕とおじいちゃんははっと目を覚ましてね。そしておじいちゃんが、寝ぼけまなこでベッドから起きあがろうとして、僕にドンとぶつかったんだ。そのとき、おじいちゃん、朝立ち状態でさ、しばらく自分でそれに気がつかなかったらしいんだけど、気づいたとたん、あわてて部屋を横切って、大急ぎで椅子にかけてあったズボンをはきはじめたんだよ。僕に背を向けてね。『心配するな』って肩越しに僕に声をかけながら。『自然にこうなるだけだからな』って。そのあと、いつものおじいちゃんに戻って、茶目っ気たっぷりに言ったよ、『だけどな、もしおじいちゃんにそっちの能力がなかったら、おまえたちなんか、みんな今頃どうなってたか』って。

僕はまたうとうと眠ってしまって、目が覚めたときには窓から日が射しこんでいた。あの頃はおじいちゃんの言ってる意味が全然わかってなかったから、おじいちゃんの冗談も、そういう状態も、僕にとってはあんまり重要なことじゃないって思ってた。そんなこと、ずうっと忘れてたのも、自分の人生とはあんまり関係なかったからだよ、自分でわかったつもりになっていた人生とはね」

## 33

突然、ドン、ドン、ドン、ドンという音がして、マルセル・ギングラスの車が揺れはじめた。「くそっ」とキャラムが言った。「この車、スペアは積んでないか？」

「どうだろ。見なかったけど」

坂をあがった向こうの、揺らめく陽炎のなかに、ガソリンスタンドらしきものが見えた。

「とにかく、なんとか、あそこまでたどり着こうぜ」とキャラムは言った。

車はゴムの焼ける匂いをまき散らしながら、よろよろとガソリンスタンドに入っていった。

「やあ、トラブルですね」とガソリンスタンドにいた親切そうな男がにこやかに迎えてくれた。

「リムをやられなくて幸いでしたよ」

私たちはタイヤについて尋ねた。

「一本だけ新しくすると、ほかの三本が磨り減ってるから、ハンドルが操作しにくいですよ。中古のタイヤを着けますか。一本十ドル。状態はほかの三本ほど悪くないし、これならどこでも好きなところへ行けますすよ。釘でも踏んだんだろうけどね、どのタイヤも全部磨り減ってるし、とにかくこのタイヤはここまでですね」

「ずっと気になってることがあるんだけど」とキャラムは車を道路に戻しながら言った。「アレグザンダーが死んだ日、俺たちのほとんどは、朝早く地下から出てきたんだ。さんざんな夜でな。岩盤で『ブローアウト』して、全然前に進めなくて。昨日の夜もそうだったけど、あれをもっとひどくしたような感じかな。俺は一人でゲートの外へ散歩に出た。そしたら、朝の五時半か六時ぐらいだったけど、ファーン・ピカールにばったり出会ったんだよ。あいつはたぶん七時からのシフトだったんだろうな。俺たちのツキのなさを聞いてたらしく、笑いながら自分の股ぐらをつかみやがった。だもんで、俺はやつの口を思いきりぶん殴ってやった。あいつ、右手がまだ股間にあったときに殴られたもんで、不意をつかれたわけだ。茂みのなかにドーンと倒れて、起きあがれないうちに俺が前に立ちはだかった。あいつにとっちゃ、不利な体勢だよな。俺のブーツの先をじっと見ながら、頭を蹴られると思ったんだろう。あいつは動くのをためらい、俺はあいつに背中を向けるのをためらって、向こうは寝転んだまま、こっちは立ったまま、お互い相手の目を見すえてにらみあったわけだ。俺たち、五年前にも、ルーインの酒場でやり合ったことがあってな。こっちは十二人ぐらいいたかな、瓶とか椅子のほかは何も持たずに、壁を背にして立っていた。あっちは雲霞のごとくいたよ、なんせ、州境を越えたケベック側の町だもんな。そのとき俺はゲール語で『シン・アカテー』(やばい)と思いながら、ファーン・ピカールの目をにらみつけてたのを覚えてるよ。やつは勝ったと思ったんだろうけど、そこへ警察が来た。三、四歩下がって、まだ俺の目をにらんだまま床に唾を吐いた。俺たちは騒ぎを起こした責任を負わされて、全員クビになった。

俺は足元に倒れているファーン・ピカールをじっと見ながら、用心深く三、四歩後退した。やつも用心深く立ちあがって、三、四歩後ろに下がった。二人とも相手に背を向けたくないわけだよ。お互いに地面に唾を吐いて、下がりつづけた。そうやって十五、六歩離れたところで、やつが背中を向けて、ゲートのほうへ歩いていった。警備員はずっと俺たちの様子を見ていたらしいよ。『これで終わりじゃないからな』とファーン・ピカールはふりむいて捨てぜりふを吐いてたよ。思ったよりはっきりした発音の英語だったな。

その日の午後だよ、誰かが集水坑の掃除をする人間が足りないんで手伝ってくれと言ってきたのは。あのときアレグザンダーは、たっぷり寝てたし、当番以外の仕事もして金を稼ぎたがっていた。鉱石バケットが降りてきて、アレグザンダーの首をはねたとき、巻き揚げ係は、下から間違った合図が来たか、自分が合図を聞き違えたんだと言った。巻き揚げ係は若い男で、自分の言いたいことを英語でうまく言えないやつだった。葬式のあと、こっちに戻ってきたとき、俺はそいつを探しにいったんだけど、すでに辞めてケベックに帰ったあとだった。

俺は、あの日、ファーン・ピカールをぶん殴ったことを誰にも言ってなかった。あとで気がついたんだけど、誰かが人手を探しにきたとき、俺たちのメンバーはみんな地上に出ていて、たぶん、みんな眠ってたんだろうな。そのとき仕事をしてたのは、ファーン・ピカールのチームのメンバーだけだった。アレグザンダーが俺に相談してくれてたら、止めてたんだけど、きっと俺を起こしたくなかったんだろうな。俺に言ってくれてたら、事情が事情だし、おばあちゃんの言葉じゃないが、今日のところは『身内でかたまってる』ほうがいいと言ってたのにな」

兄は私のほうを向いた。ハンドルを握る手が汗で滑っていた。彼はポケットから汚れたハンカチを取り出し、てのひらを拭いた。

「いろいろあったんだよ、おまえの卒業式の日にはな」と兄は言った。

そしてまた話を続けた。「おばあちゃんがいつも言ってたよな。『何事も慣れだよ、靴のなかに出た釘は別だけど』って。おばあちゃん、間違ってたのかもな。とにかく、俺は今回のことにはなかなか慣れたりできんよ。さもなきゃ、これ自体が、俺にとって靴のなかの釘なんだな」

兄は揺れるサイコロの上のバックミラーに目をやった。「今度は何だ?」

私は首をまわして後ろを見た。茶色いプラスチックの犬の頭越しに、道路の起伏に合わせてパトカーのヘッドライトが上下している。陽炎のゆらめく屋根の上には、赤いライトが規則正しく点滅している。まるで太陽に向かって熱波を送り返しているようだった。

私たちは路肩に車を停めた。警官が運転席に近づいてきた。「免許証と車の登録証と保険証、見せてください」と警官が言った。

警官はとがめるように車を見た。「ナンバー・プレートの期限が切れてるな。こういう古い車でケベックからオンタリオに来る連中には、われわれもうんざりしてるんでね」

私たちは物入れを探ってみたが、登録証はなかった。奥のほうに、ピンクの柄のついた櫛を差した化粧バッグが押しこまれているほかは、何もなかった。

警官は兄の免許証を調べた。「ノヴァ・スコシアの免許証で、なんでケベックの車を運転しているの? 車の登録証は? この車、盗んだんじゃないだろうな?」

「盗むんだったら、もっとましなやつを盗むよ」とキャラムが言った。

「車から降りてくれますか?」と警官が言った。「トランク、あけて」

私たちは車から降りた。警官の名札に「ポール・ベランジャー」と書かれていた。

トランクには、タイヤをはずすためのタイヤレバーが二本入っていたが、タイヤはなかった。エンジン・オイルの空き缶が二、三本と、破けたチェックの古いシャツがあった。マルセルがそのシャツを着ているのを見た覚えがあった。擦り切れた手袋と長い鎖も入っていた。隅のほうに、汚れてしわくちゃになった請求書が落ちていた。テミスカミングの近くの修理工場で中古のラジエーターに交換したときの請求書で、マルセルの名前と住所が記されていた。

「これが、車の持ち主の住所かな?」とポール・ベランジャーが、まず請求書を、次いでキャラムを見ながら言った。

「ええ、そうです」と私が答えた。

「おたくには訊いてない」と警官が言った。

警官は請求書と兄の免許証を持って、赤いライトを点滅させているパトカーに戻った。

「車のなかで待っててていいですよ」と警官は肩越しに声をかけた。「車の運転者に話しているんでね」「しばらく時間がかかりそうだから」

警官はもう一度戻ってきて、車をぐるっと一周して、磨り減ったタイヤに目をとめ、曲がりくねったフロントガラスの割れ目をじろじろ眺めた。それから、またパトカーに戻った。次にこっちに戻ってきたとき、呼出状か反則切符の書類のようなものをキャラムに渡した。そして、それをよく読むようにと言った。

ふたたび車を出すと、パトカーがあとからついてきた。長い時間ついてきたような気がする。私たちはかなりゆっくり走ったが、そのときはじめて、速度計も壊れていることに気がついた。パトカーが轟音を立てて追い越していったとたん、兄は書類をつかみ、丸めて窓の外へ放り投げた。

サドベリーの空港に着くと、どっと疲れが押し寄せてきた。二日間ほとんど眠っていなかったので、すぐに頭が前に垂れてくる。目を覚まそうとして飲んだコーヒーは、口のなかで嫌な味に変わった。トイレに行って、水で顔を洗った。鏡をのぞいて、ひげを剃っていなかったことを思い出した。目は血走り、腕は真っ赤に日焼けしていた。私たちは首の後ろに水をかけ、指を水で濡らして黒い髪と赤い髪に滑らせた。

飛行機から降りてきた乗客を、私たちはよく注意して見た。そのアレグザンダー・マクドナルドには一度も会ったことはなかったが、私も兄も見ればわかると思っていた。「あれだ」と私たちは同時に言った。赤い髪を肩まで伸ばし、バックスキンのジャケットを着た男だった。ウィリー・ネルソンを若くしたような感じで、近づいていった私たちを見て、手を差し出した。

彼も私たちと同じぐらい疲れているようだった。三人で手荷物を取りにいった。ダッフルバッグが二個と、掛け金と組み合わせ錠で防護した金属製小型トランク。私たちはその荷物を車まで運んだ。「けっこうぼろい車だな」と彼は言ったが、そんなにはっきりした口調ではなかった。「頼む立場にえり好みは禁物」とキャラムもはっきりしない口調で言った。決まり文句を言ったりして、一瞬おばあちゃんを思わせた。

「前半は、おまえ運転してくれ」と兄は私にキーを投げてよこした。「急げよ。三、四時間で次のシフトに入らないと」

新しい道連れは前に坐り、兄は後ろの座席にどっかり腰を落ち着けた。

サドベリーを出ると、両側岩ばかりという風景の道を、ひたすら西へ、太陽の落ちるほうへ向かって走った。

「ずいぶん荒れた土地だね」とわれわれのいとこは言った。「月の写真みたいだ」

「『嵐のときは港を選ばぬ』というだろ」とキャラムは言って、ちょっと間をおいた。「あなたがそこへ行かねばならないときには、彼らはあなたを入れてやらねばならない」と付け足し、「なんかの詩だよな、これ？」とバックミラーを通して私を見ながら訊いた。

「ロバート・フロスト」とわれわれのいとこが答えた。「『雇い人の死』という詩の一節です」

私は思いきりスピードを上げて走った。速度計がないので、しょっちゅう、揺れるサイコロの上のバックミラーをのぞいては、上下に首を動かしている犬の向こうにポール・ベランジャーの点滅ライトやその仲間のパトカーが見えないことを確かめた。二人の同乗者はだんだん頭を垂れ、まもなく、穏やかないびきをかきはじめた。

ハイウェイ17号線を離れたとき、兄がはっとしたように目を覚ました。「悪い。寝すぎた。ここからは俺が運転する」。私たちは席を替わった。もう一人の道連れは眠ったままだった。赤い髪が肩から前へ垂れ、染みで汚れた座席に左手が力なく置かれていた。その指にはケルトの指輪がはまっていた。終わりのない円の指輪が。

キャンプに着いて、駐車場に車を停めると、兄はキーを私に渡した。一人一個ずつ荷物を持って、警備員の詰め所の前へ向かう。私たちが近づいていったときには、警備員はペーパーバックの小説を読んでいて、もうすぐ交代の時間だった。

「サドベリーに行ってきたんだ」とキャラムは言った。「これ、俺たちの新入り。明日の朝、身分証をもらうことになってる。カズン・アガム・フィン」と言って、にっこり笑った。警備員は通れというように手を振った。

宿舎に行く途中で、マルセル・ギングラスに会った。「ボン・ジュール、コマン・サ・ヴァ?」とマルセルが言った。

「なんで英語で言わないんだ?」とわれわれのいとこが訊いた。「ここは北米だよ」

マルセルも私もぐいっと眉をあげた。「メルシー」と私は彼にキーをぽんと投げて返した。

キャラムは先に行ってしまったので、私たちはあとを追って宿舎へ急いだ。チームはすでに次の当番の準備を終えて、じりじりしながら待っていた。私たちの弁当も注文しておいてくれた。私たちはそそくさと紹介をすませると、すぐに出発した。新入りのアレグザンダー・マクドナルドには、今夜は私のベッドに寝てもいい、朝になったらいろいろ手はずを整えようと言っておいた。彼は感謝しているようだった。小型トランクとダッフルバッグをベッドの下に押しこむと、服を着たまま毛布の上に横になった。

二日間ほとんど寝ていない私とキャラムにとって、その夜は長く感じられた。ときどき、スチールで爪先を覆われた重い長靴が岩やホースにつまずいた。背後には、黄色いホースがとぐろを巻いてシューシュー音を立てていた。たえまなく岩を砕くドリルの音が、ずきずきする頭のなかで鳴り響いて、めまいを起こさないように、ときどき岩壁に手をついて休んだ。それでも、充分睡眠をとっていたほかのメンバーたちが、自分の担当分以上の仕事をして、われわれの肩代わりをしてくれた。私たちは騒音越しに互いに手を振った。手を振るために腕をあげると、手袋のなかから水が出てきて肘まで流れ落ちた。

翌朝、私たちは朦朧としていたが、アレグザンダー・マクドナルドはすっかり元気を回復していた。私たちは自分の荷物や書類をかきまわして、死んだ赤毛のアレグザンダー・マクドナルドの従業員カードを見つけた。薄茶色のそのカードは、現在カナダで使われているプラスチック製の社会保障番号カードよりはぺらぺらしているが、番号はまだはっきりしていた。キャラムはこのカードを持って作業時間係のところへ行き、「明日から、こいつもうちのチームで働きますから」と言った。

レンコー・デヴェロップメントにその違いがわかるかどうか、問題にされるかどうか、といったことはあまり重要ではなかった。「あいつらには、俺たちがみんなおんなじに見えるらしいけど、今度もそうだよ、きっと。仕事さえはかどってればいいのさ」

赤毛のアレグザンダー・マクドナルドの通行証も見つかった。それがあればキャンプのゲートを自由に出入りできた。

なんだか、赤毛のアレグザンダー・マクドナルドは短い休暇をとっていただけで、今戻ってきて仕事を再開したというみたいだった。もしかしたら、会社の給料支払い名簿ではそういうことになっていたのかもしれない。「この男、二、三ヵ月、いなかったよな？　何かあったけど、また戻ってきたのかな？」とか言って。

赤毛のアレグザンダー・マクドナルドの遺体は、およそ二千五百キロ離れたはるか彼方の穏やかな大地の下に静かに眠っていた。人生最後の日、彼は、今安置されている地下より深い地下にいたのだ。暗いオークの柩のなかには、切断された頭が彼のそばに静かに横たわっているだろう。

今頃はもう、希望に満ちた春の植物から夏の植物にかわり、彼の両親が息子の十字架の下の茶色い泥土に花を植えていることだろう。

彼の書類はそのまま使われることによって、彼の存在を超えて命を吹き返した。まるで体の持ち主が息絶えたあとも伸びつづける髪や爪のように、彼の人生の一部がそのまま続いているようだった。新しいアレグザンダー・マクドナルドは、ある種の贈り物を受け取っているようなものだった。顔を合わせたことはなかったけれど、同じ血筋と同じ赤毛をもつ今は亡き提供者《ドナー》からの贈り物を。その贈り物はどちらのアレグザンダー・マクドナルドにとっても、人生を長らえさせるものだったのかもしれない。偽りの人生にせよ、それぞれが先へ進むことのできる延長された人生。長い旅ではないにしても。ほんのしばらくのあいだ。

## 34

「グレンコーの人たちは」と妹はカルガリーのモダンな家で話したことがあった。「ニシンの群れは王様に率いられてやって来ると信じてたの。だから、銀色のニシンの群れをすくいあげるときには、いつもニシンの王様を探したの。傷つけたくなかったのね。ニシンの王様は村に食べ物を運んできてくれる友だち、ひょっとすると飢えから守ってくれる友だちだと思っていたの。自分たちが王様を信じつづければ、王様は毎年戻ってきて、自分たちに恩恵を施してくれると信じていたわけ。そういうふうにして、昔からずっとうまくやっていると思われてたのね」

妹はそこでちょっと間をおいて、大きな一枚ガラスの窓から、まるで日の光のなかに置かれた一幅の絵のように目の前に広がる街を見おろした。

「この話、おじいさんがしてくれたんだけど」と妹は続けた。「おじいさんは『おまえはどう思うかね？』って訊くの。

私は『よくわかんない。王様を信じるというところが好きかな――ただのニシンの王様でも』って言ったの。たぶん、七年生か八年生ぐらいだったと思うけど。おばあちゃんに頼まれて、おじいさんの家へクッキーを届けにいったときだった。おじいさんはにこにこしながら、ちょっと声を立てて笑ったりして、コップに牛乳を注いでくれたりしてね。

そして、こう言ったの、『ほかのニシンの身になって考えてみなさい。ほかのニシンにしてみたら、王様に裏切られたことになるんだよ。王様は群れを死なせにゆくようなものだが、群れにいるニシンのほうは、たぶん、手遅れになるまで気がつかないだろうな』。

そう言われて、私、前みたいにその話が好きになれなくなったの。いろんなことを考えなくちゃいけないみたいで」

「もしかしたら、ニシンのほうこそ、もっと考えるべきだったのかもしれないよ」と私は言った。「ニシンは、太古の昔からあるパターンに従っていたのよ」と妹が言った。「私にとってニシンは、自然に動いているものなの。私たち人間がどういうことをもって『考える』と言うのかはともかく、ニシンはそういうこととは関係なく動いているの。私にとってニシンは、月に支配されているものなの。そして、自分たちの勢いに忠実なの。おばあちゃんがよく歌っていたゲール語の歌があったでしょ。私たちの先祖がスコットランドを離れるときにつくった歌よ。そのなかに、『鳥たちは戻ってくるけれど、われわれは戻らない』というような一節があったの。覚えてる?」

「うん」と私は言った。「『ファダッヒ・ナン・ゲィイェル』、『ハイランダーの離散』だろ」。私たちはその歌をハミングしはじめた。しばらくすると、ゲール語の歌詞が浮かんできて、最初はもたつきながらも、頭のどこか知らないがその歌が蓄えられていた部分から、どんどん歌詞があふれ出てきた。私たちはゲール語で知っている箇所を全部、三番までの歌詞とコーラスの部分をすべて歌った。自信がないところでは、出だしの手がかりを求めて互いに相手を見ながら歌った。歌い終わったとき、高価な服を着て妹の豪邸にいる裕福な自分たちに戸惑いそうになりながら、立ったまま二人で顔を見合わせた。

「でも」と妹が言った。「思うに、ニシンは、戻ってくる渡り鳥に似てるんじゃないかしら。人間たちに何があろうと関係なく戻ってきたと思うの。海岸に自分たちを待っている人間がいようといまいと戻ってきたのよ。王様がいると信じている人間がいようといまいと関係なくね」

「おじいさんが言ってたけど」と妹は続けた。「カローデン・ムーアでハイランダーたちは歌を歌ったんですって。みぞれと雨に顔を打たれながら、そこに立ちつくして歌ってたハイランダーたちがいたんだって。敵に恐怖心を起こさせる歌や、味方を励ましたり慰めたりする歌を歌って。ハイランダーたちは、音楽がなければ戦いにはゆかなかったって」

「ねえ、覚えてる？」と妹はひと息入れてから言った。「おじいちゃん、おばあちゃん、そして二人のお友だちもみんなでよく歌ってたわよね？　おばあちゃんが話してたけど、結婚したばかりの頃は、女の人たちはみんなで小川へ洗濯にいったんですって。そこで火をおこして、持ってった黒いお鍋でお湯を沸かして、一日中歌いながら、リズムをつけて岩に洗濯物を打ちつけるの。それから、毛布をつくるときにも、みんなで長いテーブルを囲んで坐って、やっぱり歌いながら布を縮絨《しゅくじゅう》するんだって。音楽があると仕事がはかどると信じてたのね。それから、男の人たちも、みんなでロープや鎖を引っぱるときには歌を歌ったみたいよ」

「うん、そうだよ」と私は言った。「おじいちゃんおばあちゃんがもっと歳をとってからのこと、覚えてるだろ？　家にあふれ返るほど人が集まって、夜遅く、十三番とか十四番までの長い歌を歌ってたよね。おじいちゃんは、ビール飲みすぎて、途中でわかんなくなると、『ひとっ走りして、おじいさんを連れてこい。あれは一行残らず知ってるから』なんて言って、僕たちを使いに出してさ。おじいさんは、ぴかぴかに磨いたばかりの台所に一人で坐って歴史の本を読んだりしてるんだけど、いつもちゃんと来てくれた。おじいさんが入ってくと、陽気な騒ぎに異質なものが入ってきたみたいに、みんな一瞬、黙っちゃうんだよね。あとでおじいちゃんが、『あれは、あんまり頭が切れすぎて、まじめすぎて、きれい好きすぎるからさ』って言ってたけど。でも、おじいさんが歌いはじめると、みんなもいっしょに歌いだした。おじいちゃんがよく言ってたよ、『あれが入ってくると、池に石を落としたみたいになる。最初はさざなみが立つが、しばらくすれば何の問題もなしだ』って。

覚えてるだろ、盛りあがったその場の勢いで、みんながつい、ちょっときわどい歌の出だしに脱線してしまってさ、そういえばおじいさんがいるんだと思い出して、眉をあげたり、首でおじいさんのほうを示す仕草をしたりして、途中で歌を変えようとしてたよね。そうしないと、おじいさん、帽子をかぶって帰ってしまうんだよ。独身男のパーティに出たがらない厳格な牧師みたいな人だった」

「そうね」と妹が言った。「おじいさんは、いつも、自分の出生のいきさつを苦にしてたのよ。もしかしたら、私たちのお母さんの誕生のいきさつについてもね。おばあちゃんが言ってたけど、おじいさんは奥さんを死なせたのは自分の責任だと思ってたらしいの。奥さんを妊娠させなければ、出産で死なせることはなかったって。結婚してたったた一年しかたってなかったのよね」

私たちはしばらく黙っていた。

「これもおばあちゃんから聞いた話だけど」と妹が口を開いた。「私たちのお母さんが初潮を迎える前に、おじいさんがおばあちゃんのところへやってきて、うちの娘に『いろいろな事実』を説明してやってくれと頼んだんですって。お母さんがまだ思春期に入る前の頃にね。

おばあちゃんが言ってた、『かわいそうに、あの人、うちに来て、椅子に坐って、帽子を膝の上にのせて、えー、とか、あー、とか口ごもりながら、顔を真っ赤にしてたよ。いつもはっきり物を言う人だったから、何をしにきたのか、あたしにはわからなかった。やっとそのわけがわかったとき、あたしは言ったのよ、〝いいですとも、まかせてください。メンスのことであたしの知らないことなど、そうありませんから〟って』

そこがおじいさんの独特のところだったと思うの。自分の娘のために服にアイロンをかけたり、髪を結ってあげたりはできた。二、三日あれば家の骨組みを一人で組み立てることもできた。高校へも行ってないのに二次方程式も解けた。それなのに、メンスに関してはお手上げだったというのがね。父親のいない、母親だけの家庭で育った人が、何年もたったあとで、母親のいない、父親だけの娘と二人で暮らしていたんだから。いつも喪失感のなかにいたのよ」と妹は静かに言った。「母親によくぶたれたっていうじゃない──生まれてきたからというだけで」

「そう」と私は言った。「その母親が、僕たちのひいおばあさんに当たるわけだもんね。その血は僕たちのなかにも流れているんだよ」

「そうね。私もよくそのことを考えるわ」

「一度、歌った夜のあとで、おじいさんといっしょに歩いて帰ったことがあるんだけど。そのとき、おじいさんが『音楽は貧乏人の潤滑油だ』と言ったんだ。『世界中どこでも。いろんな言葉で』って」

「そうなのよね、私、ニュースを見るときにもそう思うの」

「ズールー族は」と私は前の会話を思い出して言った。「坑夫の居住区で、いつも歌ってるんだよ。兄さんたちの話では、しばらくたつと、兄さんたちもその歌をだいたい歌えるようになるんだって。もちろん、意味なんかわからないけどね。まるで、音楽人というひとつの民族が手をつなぎ合おうとするみたいだったって」

妹はちょっと考えてから言った。「あなたは働きながら歌わないわよね?」

「うん、歌わないね」

「コンサートの定期公演のメンバーになってる?」

「うん」

「私もよ。すごい人たちが演奏するの」

「うん、そうだよね」

「ときどき、この町のコンサートに行ったときとか、バンフの公演に行ったときに、演奏する人たちを見て、それからまわりの聴衆を見るの。私を含めて、女性は高そうなドレスを着てるし、男性はタキシードよ。あなたのところでも同じだと思うけど。『この人たちはほとんど、矯正歯科に行ってるな』と思って見てるの。そうじゃない?」

「そうだよ。そういう連中のほとんどは矯正歯科に行ってるね」

「ズールー族で矯正歯科へ行く人は多くないと思うけど?」

「だろうね」

「どうしてそんなふうに考えてしまうのか、自分でもわからない。でも、アフリカのドキュメンタリーを見ると、いつも感動するの。ズールー族は、自分たちの世界は決して終わらないと思ってたのよね。彼らは背が高くて、強くて敏捷そうだった。肩で風を切って歩いて、尊大な感じで。

彼らは自分たちの戦いの隊形を信じ、自分たちの歌を信じ、トーテムを信じていたの。彼らの土地の風景のすばらしさ、何千という兵士の強さを信じていたの。アフリカの草原を歌いながら歩いて渡るときには、彼らが裸足で踏みつける衝撃で大地が揺れたそうよ。彼らは自分たちが無敵だと信じていたのよ。たしかに、人間同士なら、無敵だったでしょうね。ただ、彼らは機関銃に対する備えができていなかったし、そのあとに続いて出てきたいろんな書類にも心がまえがなかった。

何年か前、マイクといっしょに、アフリカのサファリ・ツアーに行ったの。キリマンジャロの麓の平原の動物を見たいと思って。ケニヤの南部、タンザニアの国境に近いところよ。あの動物たちを見たら、息をのむわよ。いろんな種類の動物たちがいっしょに草を食べていて、そのあとを天敵たちがつけねらっているの。その動物たちに混ざるようにして、牛の群れを連れたマサイたちが、草地を季節のサイクルに従って順ぐりに渡り歩いている。牛から乳や血をもらって生きながらね。私たちは朝早く、カメラや双眼鏡を持って、ランド・ローヴァーやATVに乗りこみ、ベース・キャンプから出かけるの。ツアー・ガイドはマサイがいて申しわけないと謝るのよね。私たちが大金を払って見にくるのは野生動物であって、牛を追う人間の一家じゃないことはわかってる。野生動物の保護区や国立公園にはちゃんと境界があるんだけど、マサイはそれを認めないんだと言うの。マサイはただ水と草を求めて移動するだけなの。ツアー・ガイドによると、彼らはいつも『悩みの種』だった、最初に移住者がケニヤに来たときにも、協力するどころか襲撃してきた、というわけね。ツアーの参加者の一人が、『こんなきれいな場所から連中を追い出すのに、どうやるんだね？』と訊いたの。そしたらガイドは『わかりません。何か手を講じるでしょう。早いうちにそうしてほしいです』って。

平原でマサイのそばを通り過ぎるときがあると、私、彼らの目を見ようとしたの。私がそこに見たのは、いや、見たと思ったのは、恐れと軽蔑の混じりあったものだったのかもしれない。私たちはゴムのタイヤをつけた乗り物の屋根の上にいたし、彼らは裸足で地面に立っていたの」

「まあ、これは長い余談だけどね」と妹は溜め息をついた。「どっちにしても、私にアフリカのことなんて、たいしてわかるわけじゃないんだから。裸足でアフリカの大地を歩いたこともない私が」

私たちは、示しあわせたわけでもないのに二人いっしょに立ちあがり、窓の外を眺めた。下に、ボー川がきらきら光っていた。川は両岸にできた新しい市街のあいだを蛇行して、輝きながら流れていた。

「カルガリーって、スコットランドのマル島の地名からとったって、知ってた？」と妹が言った。

「いや。うーん、どうだろ。そんなこと、あんまり考えたことないから」

「でも、そこにもう、昔からの住民はいなくなってるの」と妹は言った。「みんながよく言ってたけど、私たちの両親が島からやってくると、お母さんはしょっちゅうおじいさんを訪ねていったんですってね、一人で。おじいちゃんとおばあちゃんに、しばらく小さい子供たちの世話を頼んで、自分の父親に会いにいったって。あのぴかぴかに磨かれた台所で、二人して坐って、お茶を飲んで。私、二人がいっしょに坐ってるところをよく想像してみるの。何を話したのかしらね？　お母さんは自分の旦那さんといっしょにいるよりも長く、おじいさんは自分の奥さんといっしょにいた時間より長く、いっしょにいたのよ。おじいちゃんが『あの男は岩のごとくゆるぎない』と言ってたように、おじいさんはいつもそこにいて、お母さんを待っていたの。おじいさんはお母さんの人生のいろんな変化をいっしょに切り抜けてきたのよ、もちろん、最後のだけは別にしてね。誰にもそれは予想できなかったことだもの。おばあちゃんが言ってたわ、私たちのお母さんが小さかった頃、いつも細かいところまで行き届いた身なりをして、いつも完璧なお下げ髪をしていたって。あの人は、もし奥さんが生きていたら母親として娘にしてあげたような世話を、自分の手でしてやろうと一生懸命だったって。それに、もしかしたらおじいさんは、自分の子供時代をもう一度やりなおして、もっといいものにしようとしていたのかもしれないわね。おばあちゃんは言ってた、おじいさんが小さかった頃、よく半ズボンをはいて戸口に坐って、父親が来ないかと道路を見おろしてたって。父親があらわれて、自分の人生をもっといいものにしてくれることを、願ってたのよ」。妹は間をおいた。「半ズボン姿のおじいさんなんて、想像できないわね」

「きっと、きれいに洗濯されてたと思うよ」と私はほほえんだ。

「でも、してなかったかもよ」と妹は言った。「きれい好きな性格は、あとから自分で身につけたのかもしれない。とにかく、父親はあらわれなかったのよね。おじいさんは父親の写真すら持ってなかった。母親は、息子が出生にまつわる秘密にちょっとでも触れると、かんかんに怒ったの。いつも不機嫌だったというのもあったでしょうけど、戸惑っていたのかもね。

おじいさんは、自分がこの世に生を受けた夜、まあ、夜だったかどうかもわからないわけだけど、父親はただ楽しんだだけなのかもしれないという思いが、ずっと頭から離れなかったんだと思うの。メインの森に出稼ぎにゆく若者は、本によく出てくる出征前の若い兵士みたいなもんだったんじゃないかしら。おじいちゃんが冗談ぽく、若い娘を森に連れこむ男の話をしたりすると、とたんにおじいさんがそわそわと落ち着きがなくなったのは、もしかしたらそのせいかもしれない。最近は私も、おじいさんの気持ちが前より理解できる気がするの。

歴史に興味をもつようになったのも、ひょっとするとそのせいかもね。たくさん読んで、ばらばらの断片をつなげていけば、ほんとうの意味での真実が浮かびあがってくると思ったのよ。それは、ちょっと大工仕事に似てるかもね。すべてがぴたりとおさまって、最後には『過去という完璧な建物』が見られるわけ。自分に直接関係のある過去がわからないなら、遠い過去を理解しようとしたのかも」

「そんな簡単じゃないよ」と私は言った。

「簡単じゃないってことはわかってるわよ」と妹は言った。「おじいさんにもそれはわかってたのよ。でも、おじいさんはやってみたの、歴史に興味をもって、それを私たちに伝えようとしたの。何もかもが新しい、こんなところに住んでいると、あの人たちみんなのことが懐かしくなる。あの人たちのことがひとつの塊として懐かしくなるんだけど、ときどき、そのグループから両親だけを分けようとしてるの。私とあなたって、両親のことをあまり知らないから、美化して考えてるようなところがない？　現実の人間というより、『理想的な親』としてあるんじゃないかしら。おじいさんが自分の父親だった若い男を考えるときと同じなのかもしれない」

「もしかしたら、遺伝なのかな」と私は言った。「いや、ふざけた意味じゃなくて」

「そうよ、遺伝よ」と妹は言った。「私、ときどき、クロウン・キャラム・ルーアのことを考えるの。黒い髪や赤い髪のクロウン・キャラム・ルーアの人たちをね。あなたや私みたいな。カナダに渡ってから二百年間、からまり合い、結婚でつながり合ってきて、しかもカナダに来る以前からとなると、どのくらい前からそうやってきたのか、誰にもわからない。モイダートやキーポック、グレンコーやグレンフィナン、グレンガリーでね」

「王子を忘れるなよ」と私は言った。「彼も赤毛だった」

「忘れてないわよ」と妹は言った。「でも、誰にでもあてはまる一般的な親というのはいないわよね。ふつうは、二人の個人でしかないのよ。私、何か考えたり感じたりするとき、『お母さんもこんなふうに考えたり感じたりしたんだろうか』と思うことがあるの。本人に直接訊いてみたかった。お母さんがおじいさんとお茶を飲みながら話していたのも、そういうことだったかもしれない。養子の子供が実の親を求めるのは、そんなときかもしれないわね。たぶん、自分以前にある存在、原型となる存在を求めているのよ。自分がだんだんそうなってゆくという兆しを、いろいろ知りたいのよ。でも、私たちの場合は」と妹はにっこりした。「養子になったとも言えないし。おじいさんには父親の写真一枚すらなかったけど、私たちにはもっとたくさんのものが残されていたしね」

「卒業式の日」と私は言った。「おじいさんが話してたんだけど、おじいさんの父親が二度あらわれたことがあるんだって。一度は幻で、一度は夢のなかで。幻としてあらわれた父親は、おじいさんより若い男だったっていうけど、それはたぶん、突然の死で時間が止まってしまったからだろうね。もちろん、実物には会ったことはないわけだけれど、幻がどういう外見だったかよく覚えてると言ってたよ。幻を見たときにはびっくりしたけど、夢のなかに出てきたときには元気づけられたって。どうやって自分の娘の人生と自分自身の人生を生きていけばいいか、しばらく助言でももらったんじゃないのかな」

「その前の日」と私は続けた。「ウルフについてずっと疑いを抱いていたおじいさんは、それを裏づける確証を得たんだ。ウルフがハイランダーを『ひそかなる敵』と呼んだというくだりが、本物だったという確証をね。それはウルフが『勇敢なるハイランダー』とともに戦ったという従来の見方を、いくぶん変えるものだったわけだ」

妹は言った。「勇敢であり、かつ正当に評価されない、ということもあるんじゃない？　勇敢で、かつ裏切られるということもね。カローデンのあと、ゲール語を話す兵士たちがたくさんフランスへ渡ったでしょ。恩赦で帰国したあと、ウルフの下で戦ったときには、ゲール語と同じくらい上手にフランス語をしゃべれるようになっていた。部下が二つの言語を話すということは、ウルフのような立場にある人を、とくに安心させるようなことではなかったんでしょうね」

「もしマクドナルドがフランス語をしゃべれなくて、フランス軍の歩哨をだませなかったら、カナダの歴史は変わってたかもしれないよ」と私が付け加えた。

「なんとも言えないわね」と妹は言った。「あるいはもしマクドナルド一族が戦地の布陣の左翼ではなく右翼に配置されていたら、カローデンの戦いも変わっていたかもしれない。彼らはバノックバーン以来、戦線の左側が昔からの自分たちの定位置だと信じていたけど、彼らを指揮するのは、たいてい違う文化をもつ司令官たちだったのよ。だから、司令官には彼らが何を言っているかわからなかったし、気むずかしくて短気な連中だと思っていたでしょうし、たぶん、ほんとうにそうだったんじゃないかしら。わけのわからないゲール語でぶつぶつ文句を言ったりして」

「厄介なやつらだったわけだ」と私は言った。

「そういうこと」と妹は言った。「その前の、十七世紀に虐殺されたグレンコーのマクドナルドも、やはり厄介なやつと思われてたしね。だから、ウイスキーを差し出そうとして背中を向けたとき、頭の後ろを撃たれた。まったく、言語道断のひどい裏切り行為よね。マクドナルドはそのとき、一枚の紙切れが自分を守ってくれると思っていたのね」

「まあ、でも」と私は言った。「おじいちゃんの口癖じゃないけど、『悲しい話はもうやめようよ』」

「そうね。でも、私、ケベックでウルフに敗れたモンカルム将軍の話を読んだんだけど、彼も同じような問題に直面していたらしいわよ。フランス軍にはカナダ生まれのフランス人たちが多かったでしょ。何世代にもわたって『冬の国』といわれる土地に生きてきた人たちよね。彼らはそのあいだに徐々に変わっていたし、自分たちの住む土地のことをよく知っていた。ところがモンカルムは生粋のフランス人だった。それに、フランス軍と同盟を結んだインディアンたちをどう扱っていいかわからなかったの。インディアンなんて理解できないし、言葉も習慣も、彼らの戦いのやり方もわからなかったから。そして、インディアンの独立心の強さは、当てにならないということのしるしだと思っていたのね。インディアンは夢に犬が出てくると戦いに勝利すると信じてたの、知ってる？」

「いや、知らなかった」

「まあ、それはともかく。モンカルムはたぶん、統制のとれていない未開人たちを指揮していると思っていて、彼らのほうはモンカルムを、ひだ襟の服なんか着てるヤワな男で、奇妙なヨーロッパ式戦闘隊形をとるやつだと思ってたのよ、たぶん。モンカルムがフランスからの船を待ってしきりに海を見ていたのもうなずけるわね」

「そうだね」と私は言った。「フランスから船が来てさえいれば」

「アブラハム平原の戦いの前に」と妹が言った。「ウルフはボーポールに上陸する攻撃を仕掛けたの。でも、さんざん打ち負かされて、ウルフはハイランダーたちに激怒したの。なぜかというと、ハイランダーたちは戦場から負傷した仲間を運び出すまで撤退しようとしなかったからよ。負傷者は放置せよという命令が出ていたにもかかわらず、砲火をものともしないで、なんとか仲間を連れて帰った。たしかに、それは軍事的に言えば正しい戦術ではなかったかもしれない。でも、そのときには、彼らはたぶん頭じゃなく心で戦っていたのよ。彼らの前にはフランス軍がいて、後ろにはウルフと船がいて、ボーポールの海岸には負傷した仲間がいた。彼らは、ウルフが自分たちについて書いた手紙のことなど知らなかったしね。私は今でもその一節を覚えてるわよ。『彼らは頑健にして勇猛果敢、未開の地に慣れている。そして、彼らが倒れても、たいした損失ではない』

ちょっと陳腐な見方かもしれないけど、ときどき、彼らが大きなスポーツ・チームのように思えるの。経営側や監督に対する信頼は失ったかもしれないけど、とにかく血と泥と煙にまみれた決戦の場に出ていって、『経営者』のためにではなく、互いに共有する歴史のために身も心も捧げて戦うチームね。

現代人の私の頭には、計算機を片手に立っているウルフの姿が浮かぶの。そんなことはありえないし、片寄った見方だってわかってるけどね。彼は偉大な将軍だと思われていたし、赤毛でもあったし。私、あまりいい軍事史家にはなれないわね。もし私がその場にいたら、きっと泣いてたわね。その手紙を読んでいたら、まちがいなく泣いていたと思う。

私はこういうことを考えすぎるのかもね。おじいちゃんとおばあちゃんによく言われた、『考えてばかりいたら、いつまでたっても仕事は終わらないよ』って」

「うん」と私は言った。「あの二人はよく働いたもんな、とくにおばあちゃんは」

「そう」と妹が言った。「部屋の掃除とか皿洗いとか床磨きとか、家のことをやらなくちゃいけないとき、私が『でも、疲れちゃった』とか言うと、おばあちゃんは、『みんな疲れてるんだよ、あたしも疲れてる。疲れてるからって、世界は止まっちゃくれないの。だから早くやっちゃいなさい、そうすりゃ、すぐ終わるから』って言ったっけ。そして自分の疲れが目立ってくると、『おまえの兄さんのコリンが生きてたら、自分の部屋の掃除くらいで音をあげたりはしなかっただろうね。おまえはコリンの歳を過ぎたけど、コリンはあれ以上大きくなれない。哀れな子。最後に見たときには、新しいパーカを着て、うれしそうにしてたよ。あたしらは生きていて、こうしていっしょにいられるんだから、ありがたいと思わなくては。さあ、早く、ベッドを整えなさい。田舎のお兄ちゃんたちも、きれいになった部屋が好きだよ、きっと』って言うの。

するとと私は、『でも、お兄ちゃんたちはベッドを整えたことなんかないよ。お風呂だって掃除しなくていいし。だってお風呂場がないんだもん』って言うの。

そしたらおばあちゃんは、『そうだよ。お兄ちゃんたちがどうやって暮らしてるか考えなさい』って」

妹はしばらく無言だった。

「キャラムがいつか言ってた話だけど」と私は言った。「田舎の古屋へ戻ってから、ある日、舟を引き揚げる台をつくろうとして、木を切りにいったんだって。海岸のそばのトウヒが密生している林のなかに入ってね。そして林のまんなかに、台をつくるのにうってつけの木を見つけた。まっすぐ伸びた、十メートル近くもある木だったって。兄さんたちは教わったとおり根元に切り込みを入れて、のこぎりを挽いた。そして挽き終わって完全に切り離したんだけど、木は倒れなかったんだ。上のほうの枝がまわりに密集している木の枝としっかりからまり合ってたもんで、立ったまま倒れなかったわけ。林の木を全部切り倒さないかぎり、その木だけを取り除いたり倒したりはできなかったんだ。その木は何年もそのままそこに残っていた。今でも残ってるかもしれないよ。風が吹いたりすると、林全体が動いて、溜め息のような音を立ててるんだって。常緑樹で葉が落ちることもないから、その木を支えているまわりの木は毎年枝を伸ばしてゆくばかりでね。キャラムが言ってたよ、その林のまんなかに根元から切断された木がまっすぐに立ってるなんて、誰も気がつかないだろうって」

「物事は見かけどおりとはかぎらないのよね」と妹が言った。「私たちの人生もそうなのよ。私が最初に女優になりたいと言ったとき、おじいちゃんとおばあちゃんは変なことを考える子だと思ったらしいのね。『なぜ女優になりたいんだ？　なんで他人のふりをしながら人生を送りたいんだね？　おまえらしくふるまうほうが簡単じゃないかね？』って」。妹は指で髪に軽く触れた。

「ねえ、アルバム見ましょうよ」

私たちはアルバムを取り出して、亡くなった両親の写真を見た。どの写真も戸外で撮られていた。両親だけの写真は一枚もなかった。いつもクロウン・キャラム・ルーアの一団がいっしょだ。子供を抱いたり、隣に立っている人の肩に手をかけたりしている。たくさんの人間がいるので、全員をレンズに収めるために、素人カメラマンはかなり後ろに下がって撮っていた。ある写真では、前列に片膝をついている父がいて、その後ろにいる母が父の肩に左手をのせている。母は右手でコリンを抱き、コリンは親指をしゃぶっている。父は、自分の前に坐っている茶色い犬を両手で抱きしめている。父は犬の胸の前で両手の指をからませ、犬は頭を反らせて父の顔のほうを向いている。父のあごをなめようとしているのだ。

私たちは亡くなった両親の顔と兄の顔に指を触れた。おじいさんの父親と同じように突然の死によって時間を止められて、不自然にも私たちより年下になってしまった兄の顔に。そして、ひたむきに喜びをあらわしている犬を見つめた。

「かわいそうな犬《クー》」と妹が言った。「いっしょに氷の割れ目に落ちて、泳いで戻って、助けを呼びにいったのよね。あとで死んだのは、やってももう無駄なことのためだったけど、犬にはそんなことはわからなかった。小さな体で、全身全霊を捧げたのよ。ひるむことなく。おじいちゃんがよく言ってたように、『それ以上は望めない』ことよね。情が深すぎて。一生懸命がんばりすぎた」

私たちは写真を見つづけた。妹が言った。「私、現代の技術があれば、大勢のなかから両親だけを取り出せるんじゃないかと思ったの。それで、何枚か写真屋に持っていって、二人だけ切り離して拡大した写真をつくれないか訊いてみたの。引き伸ばした写真がほしいって。それを壁に飾りたかったの。写真屋はやってみてくれたけど、うまくいかなかった。写真を引き伸ばすと、顔がぼやけるの。まるで近くに寄れば寄るほどぼやけてくるもんだというみたいに。しばらくして、あきらめちゃった。大勢といっしょのままにしておくことにしたの。そうするしかなかったみたい」

それから妹は提案した。「もう一日泊まっていけるなら、明日、バンフへ行ってみない？　バンフって、山の上からお天気が見えるのよ。雨の降っているところや、日の照ってるところや、絶えず形の変わる雲が見えるの。そして、いろんなパターンの霧が、山をのぼったり下りたり、隠したり見せたりするの。それはもう、とてもきれい。

子供の頃、よく島のお天気を眺めたの、覚えてる？　こっちは雨が降っているのに、あっちは晴れて日が照っているということがあったわね。逆のこともあったし。雪や霧で何にも見えないこともあったけど、しばらくして、おじいちゃんがよく言ったみたいに『天気があがる』と、また島が見えてきた。いつもと変わらない姿で」

「覚えてるよ」と私は言った。「そうだな、もう一日泊まっていくか」

妹はにっこり笑った。「ウルフがリクソン大尉に『彼らが倒れても、たいした損失ではない』という手紙を書いたのはどこだったたか、知ってる?」

「いや、知らない」

「バンフで書いたの。スコットランドのバンフ。ウルフはそこがあまり居心地よくなかったみたい。バンフは荒涼とした寒い土地で、住民のことも好きになれなかった。ケベックに行くのはうれしかったんでしょうね、ただ、その先に何が待っているかは知らなかったわけだけど」

妹はしばらく沈黙した。「バンフよりもっと遠くへ行ってもいいわね。ロッキー大分水嶺まで行けるかもしれない」

# 35

新しいアレグザンダー・マクドナルドは、ちょっと見ただけでは、われわれの仲間と同じにしか見えなかった。レンコー・デヴェロップメントにとっても、フランス系カナダ人にとっても、また建設現場で働く連中や食堂の従業員にとっても、彼の存在は、われわれが外の世界に対して広げて見せる一枚の布に完全に織りこまれていた。

私と共通点が多いだろうという理由から、私の部屋で寝泊りすることになり、いつもいっしょだった別のいとこは隣の宿舎に移った。

彼は高校時代、優秀なクォーターバックとして活躍したフットボール選手で、私も彼の祖父母からおじいちゃんとおばあちゃんに新聞の切り抜きが送られてきたのを覚えていた。このときにも彼はサンフランシスコの新聞の切り抜きを持ってきており、きれいに折りたたんでマニラ紙の封筒に入れ、小型トランクの底のほうに大事に保管していた。切り抜き記事には、その腕力の強さや、敵のディフェンスを読む力や、発想の豊かさや、土壇場における判断の速さについて書かれていた。恐いもの知らずの点を強調している記事も多かった。最後の何分の一秒かまでぎりぎりポケットにとどまり、すさまじい勢いで襲いかかってくる屈強な大男のラインマンたちでさえ彼を阻止できない。「マクドナルド、最後の数秒でチームを勝利に導く」というタイトルもあった。「赤毛のマクドナルド、またもや優勝杯を持ち帰る」とか、「マクドナルド、逆転勝利を演出」、「マクドナルド、オールスター・チームに選出」というのも。

彼の祖父は、「おまえは恐れを知らないやつだ。戦争に行ったら、さぞや、どでかい働きをするだろうな。もし俺がカローデンにいたら、おまえのそばにいたいもんだ」と言ったそうだ。

私たちはベッドに寝転がって切り抜きを見ていた。「カローデンって、こっちが負けたんだよね?」と彼が言った。

「そう」と私。

「でも、勝った時期もあったんだろ?」

「うん、勝った時期もあった」

「この指輪、うちのじいさんがくれたんだ」と彼は左手をあげて言った。「ケルトのデザインなんだよ。終わりのない円」

「知ってたよ、最初に会った日から」と私は言った。

# 36

アレグザンダー・マクドナルドは、あちこちの大学からスカウトされていたが、最後のシーズンも終わりに近づいた頃、試合中に重傷を負った。ポケットにとどまるのがわずかに長すぎたのだ。結局はその勇敢さが仇になったのかもしれない。ボールを手放す直前、左足をしっかり踏みこみ、そこにほとんど全体重をかけていた。その左足が、不意をつかれてタックルされたときに、自分の体重に押しつぶされてしまったのだ。左膝の靭帯が切れ、再建手術を受けたものの、以前のような体の切れや横への動きは戻らなかった。スカウトにきていた大学は、その怪我が決定的なダメージとなっていることを恐れて興味を失っていったが、兵役をこなすには充分な機敏さを回復していると見なされたらしい。

たしかに、運動能力はずば抜けていた。動くときは敏捷で、立っているときは揺るぎなく、長年鍛えた体は筋骨隆々で力強かった。その夏はじめて彼に会った私たちの目には、以前はもっとすごい体をしていたとは想像できなかった。もっとも、シャワーで隣に立つと、膝のまわりの肉がピンクに盛りあがって、ぎざぎざの手術痕がはっきり見てとれた。

彼は祖父の言葉どおり、本当に「恐れを知らない」か、あるいは知らないように見えた。

「あいつはのみこみが早い」とキャラムは言った。「地下ではいろいろまごつくだろうと心配してたんだ、ダイナマイトや暗闇や、きつい作業とかな。だけど、あいつは文句ひとつ言わない。いつも自分の分担はきっちりこなすし、一度やってみせるだけですぐ覚える」

人付き合いにもすぐ順応した。ほとんどどんな話題にも進んで入ってきたし、まわりでどんな意見が主流を占めているかも逸早く察知した。ほかのグループとも気軽に付き合ったが、自分のほんとうの正体は見せないように気をつけていた。私たちのチームではほとんどやらないポーカーもやり、しかも異常なほど強かった。顔の表情や体の動きから手の内を読まれることは決してなかったからだ。

「優秀なクォーターバックは、みんなそうだよ」と彼は笑って言った。「目を見れば何を考えてるかわかる、というんじゃ困るわけ」

その夏、私たちはいろいろなことを話しあった。私も彼も外の世界で起こっていることに関心があった。ときには二日も遅れることはあっても一応新聞も読めたし、小型ラジオの雑音を通していろいろな情報がパラシュートで落とされるように入ってきた。ニュースのなかには私たちに関係のあるものもあれば、あまり関係のないものもあった。直接的にしろ間接的にしろ、私たち全員に影響するものもあった。

その夏、ケニヤで原始人の骨が見つかった。二百五十万年前のヒトの骨だという。カナダではレスター・ピアソンに代わってピエール・トルドーが首相になった。レスター・ピアソンは長いあいだ、われわれが働いていたアルゴマ・イースト区の選出議員だったが、私たちは住民資格を満たしていなかったので投票にいった者はいなかった。ピエール・トルドーは前任者のレスター・ピアソンと同じく北ヴェトナムに対する爆撃の停止を訴えていた。そうした提案にリンドン・ジョンソンは耳をかさなかった。シャルル・ドゴールはフランスに帰還して以来ずっとケベック独立にアドバイスを送りつづけた。ピエール・トルドーは前任者のレスター・ピアソンと同じく、そうした提案に影響されなかった。ジェームズ・ホッファ［米国の労働運動指導者］は刑務所に入っていた。ロナルド・レーガンはカリフォルニア州知事のままだった［一九六八年共和党大統領候補指名争いに出馬するも敗退］。ロバート・スタンフィールドがノヴァ・スコシア州知事の座を去り、進歩保守党党首のジョン・ディーフェンベイカー［元カナダ首相（一九五七—六三）］に取って代わった。公民権運動が激化した。デモ行進があり、銃撃があり、放火があり、暴動があった。ストークリー・カーマイケル［米国の市民運動指導者でブラック・パワー理念の提唱者］とラップ・ブラウン［SNCC＝学生非暴力調整委員会のメンバー］は独自の変革を唱えた。大勢の支持者を率いていたマーティン・ルーサー・キング・ジュニアはこの年の四月に暗殺された。犯人のジェームズ・アール・レイはヒースロー空港でカナダの偽造パスポートを持っていたとして逮捕された。その三日前、カリフォルニアで演説を終えたロバート・ケネディが頭を撃ち抜かれた。

私たちが働いていた地域では、新しくウランが発見されたという調査報告があった。ひょっとしたら、レンコー・デヴェロップメントはもっと北部で新しい立坑を掘りはじめるのではないか？　カナダはニッケルと亜鉛の生産量では世界一だった。ネヴァダ、ニューメキシコ、ユタ、モンタナで新しい鉱石が発見された。熟練した立坑掘りや開坑専門の坑夫が求められているという話もあったが、英語の知識が必要とされた。兄たちが言うには、ユタやモンタナの高地に行くときには、空気が薄くなるから車のキャブレーターを調節しなくてはならない。空気の薄さはほとんどペルー並みだそうだ。

カリフォルニアは徴兵忌避者の数がアメリカでいちばん多かった。そうした若者たちの多くは偽名を使ってカナダで働いていると言われた。戦争が始まって以来二万六千九百七人の米兵が死亡したという記事があった。カシアス・クレイは戦争に参加したくないという意志を表明した。ヴェトコンに対して何の恨みもないとクレイは言った。ウィリー・メイズ選手はサンフランシスコ・ジャイアンツでめざましい活躍を続けていた。ベンジャミン・スポック博士は徴兵に反対したという理由で、ボストンで懲役二年の刑を言い渡された。J・エドガー・フーヴァーはまだFBIを牛耳っていた。優秀なクォーターバックのように、外見から自分の本意を悟られるようなことは絶対にないようにしていたのかもしれない。トロントの編み物メーカーはグリーン・ベレーを製造する契約で大もうけした。軍隊の靴類を製造している大手靴メーカーも同様だった。のちに広報部は「わが社はあの戦争で巨万の富を得たが、一人の人間も失わなかった」と言った。「俺は恐いからここにいるんじゃない」とアレグザンダー・マクドナルドは言った。「バカじゃないからここにいるんだ」

小型ラジオからボブ・ディランの音楽が流れていた。

私たちのあいだでは、オークランド・レイダースやサンフランシスコ・フォーティナイナーズが話題にのぼることもあった。モントリオール・カナディアンズはスタンレー・カップを獲得した。マルセル・ギングラスやその仲間たちは満足そうだった。なかには、車のフロントガラスやバンパーにカナディアンズのロゴを貼っている者もいた。

マルセル・ギングラスの故郷では、ルーインの自動車販売業者レアル・カーウーエットが地元の注目を集めていた。彼が党首を務める信用党はこの夏の総選挙で十四議席を獲得していた。これには驚いた人も多かった。レアル・カーウーエットはカナダからの脱退は望まない、むしろ十一番目の州をつくるべきだと主張した。新しい州はオンタリオの東側とケベックの西側の境界にまたがる地域となり、ルーイン－ノランダ、コバルト、ティマーガミ、カークランド・レイク、ラーダー・レイク、テミスカミング、アビティビが含まれる。カーウーエットの論拠は、この地域の住民は互いに共通点が多く、自分たちの運命を決めている遠くのトロントやケベック・シティといった都市とは気候や風土も違うし、日頃の関心事や人間の感性も違う、というものだった。ケベック・シティやトロントは、さまざまな意味で自分たちとは縁の薄い都市であり、新しい州となる地域にはそんな都市は聞いたことはあっても見たことがないという人が多く、それほど遠く隔たった存在なのだ、と。新しい州は、ニューブランズウィックとケベックとメインの境界に位置する「マダワスカ共和国」に似たものになる。マダワスカでは三つの州の州境があまりに近接しているので、人々の意識のなかではそんな境界が消えてしまっている。マダワスカでもやはり、ケベック・シティはニューブランズウィックの州都フレデリクトンと同じくらい遠く、メインの州都オーガスタはもっと遠い。マダワスカの住民は自分たちだけが歌い継いできた独特の歌を歌い、たいていは自分たちのために自分たちだけで歌った。

レアル・カーウーエットの提唱する新州の住民たちにもたくさんの歌があった。ときどき、マルセル・ギングラスが一つ二つ歌ってくれたが、私たちには理解できないものが多かった。でも、そうした歌はマルセルに大きな影響を与えているらしく、マルセルはぼろぼろになった地図を広げて、実際には見えない線を手でなぞりながら、照れたようにうっすらと目を潤ませていることもあった。しかしその線は、彼にとっては、そして「ル・ペイ・デ・ローランティード」(ローランティードの国)という長年の夢のなかでは、存在していたのだ。

その夏、マルセル・ギングラスは英語の語彙を飛躍的に増やした。非常にやる気があって、捨てられた新聞を拾って穴のあくほど見つめ、眉間にしわを寄せながら、手に負えそうもないと思われる英語をなんとか理解しようとした。まわりにあまり人がいないと、新聞を私のところへ持ってきて、単語をひとつ、またひとつと指差した。私は高校と大学で習ったあまり豊かとはいえないフランス語の語彙を総動員して、その単語にあたるフランス語を教えた。名詞や動詞はどんどんはかどるのだが、抽象的概念はそう簡単にはいかない。しかし、「人と場所と物」に動作を加えれば、ほとんど生活してゆけそうな気もした。ときどき、マルセル・ギングラスはアレグザンダー・マクドナルドをつかまえて単語を指し、尋ねるようにその顔を見た。私とアレグザンダー・マクドナルドはマルセルにはほとんど同じ歳だったから、どちらもフランス語をかじっているはずだと思ったらしい。マルセルには、私たちがまったく違う教育を受けてきたということは知る由もなかった。彼から見れば、私たちは二人ともきわめてよく似ていたのだ。

最初、アレグザンダー・マクドナルドはマルセル・ギングラスやその仲間たちを「変わり者」と思っていたのかもしれない。しばらくたつと、おそらく、生まれ育ったカリフォルニアのヒスパニックやメキシコ人を見るようにマルセルたちを見るようになったのではないか。いつも主流の言語をしゃべるわけではなく、それでもおおいにその存在が目立つ人間たち。アレグザンダー・マクドナルドのスペイン語の語彙は、私の貧しいフランス語と似たようなものだった。といっても、これはすべて私の推測だ。彼は他人には明かさないと決めたことに対してとても用心深かった。

それでいながら、さっきも言ったように、気さくで愛想がよかった。小道でファーン・ピカールに会えばにこっと笑ってうなずき、私たちの大部分がフランス系カナダ人に抱いている恨みは、彼には係わりのないことだった。夜、大胆にも彼らの宿舎に出かけていって、ポーカーをやっているという噂もあった。最初は、敵陣のなかに入りこんで情報を探るスパイと見なされたそうだ。でも、しばらくすると、スパイだとしても単純で世間知らずのやつだと思われるようになった。ひょっとして、ちょっと頭がおかしいんじゃないか。人生の厳しさから守ってやる必要があるんじゃないか。

マルセル・ギングラスがたまに私たちの宿舎を訪れるのも、同じような目で見られた。これまでのいきさつを考えれば歓迎はされなかったが、しかし自分の言語ではない英語を覚えようとがんばっている一人の人間としては嫌いになれるものではなかった。彼をスパナで殴ってやりたいなどと思う者は誰もいなかった。

たぶん、マルセル・ギングラスとアレグザンダー・マクドナルドと私の三人がしばらくのあいだ大目に見られていたのは、ほかの仲間たちと同じ過去を共有していなかったからだろう。一部は共有していても、全部ではなかった。私たちは三人とも、ルーイン－ノランダの喧嘩騒ぎの現場に居合わせていなかったし、フランス人をバカにする「カエル」とか、スコットランド人をさげすむ「粥食い」といった言葉を投げられることもなかった。また私たちに実際に嫌がらせをした者もいなかったし、私たちがそんな妄想を抱いたこともなかった。ほかの人間が自分の服を着ているのを見たこともない。いろいろな意味で傷つけられたこともなく、なにより赤毛のアレグザンダー・マクドナルドが死んだときには三人ともここにはいなかった。私は大陸の半分も離れたところにいた。彼の上にバケットが落ちてきたとき、私はたぶん写真を撮ってもらっていた。彼の頭がなくなったその瞬間には、私の頭にはたぶん角帽がのっていた。

だから私たちにとって、釘は同じように飛び出ていたわけではない。靴の内側に飛び出すほど深く打ちこまれてはいなかったのだ。

三人のなかでもとりわけまわりに左右されていないように見えたのは、新しいアレグザンダー・マクドナルドだった。前にも言ったように、それはつい最近起こった出来事から最も遠いところにいた人間だったからだろう。比較的最近のことに関して、許したり忘れたりすべきことは、彼には何もなかった。クロウン・キャラム・ルーアの血筋のなかで、彼だけが、自分の持っている身分証明書のほんとうの持ち主だった死んだ男に会ったこともなく、知ってもいなかった。

それにしても、彼はあいかわらずよく働いた。

ある日、キャラムが私に訊いた。「あいつ、俺たちのところに長くいると思うか？」

「どうなんだろうね」と私は言った。「そんな話、いっさいしないから」

「しばらく俺たちといっしょにいるつもりなら、おまえは戻ってもいいんじゃないか？　研究室と白衣の生活に戻るには遅すぎるだろうけど。違うか？」

「うん。今年はもう間に合わないね」と私は言った。

「まあ、ちょっと骨休めにでも帰ったらどうだ？」とキャラムは訊いた。「あいつはよく働くし、今だったら、おまえがいなくてもなんとかやれそうだしな」

「だけど、もしかしたら」とキャラムは言った。「おまえがいなくなると、あいつ、俺たちのなかで、居心地はよくないかもな。そもそも、あいつがここに来たのは、おじいちゃんおばあちゃんとおまえとの合意があってのことだからな」

私はしばらく考えてから言った。「やっぱり、僕がいたほうがいいと思うよ」

「よし」とキャラムは言った。「じゃ、このままやっていこう」

おじいちゃんはよく言っていた。「たいていの人間は、いいと思うことをやろうとするもんだ。おまえの両親は、自分たちが溺れ死ぬとわかっていたら、氷の上を渡ろうとしたと思うか？」

仕事は続けられた。

# 37

アレグザンダー・マクドナルドは、私たちと同じようによく働いた。非番のときには寝ていたが、睡眠時間は短いようだった。深夜、たまに私が目を覚ますと、暗がりで動いている姿が見えたり音が聞こえたりした。栄光の時代の切り抜きが大事に保管されている小型トランクをあけているところもあった。二人でいっしょにいるときには、スポーツ・チームや本や音楽や、最近の映画の話をした。ポール・スコフィールドが主演した『わが命つきるとも』はその前の年に大きな賞をとった映画で、私たちは二人とも見ていた。

八月初旬の土曜日、立坑の巻き揚げ機が故障した。午後三時頃のことだった。人間も物も運べなくなったため、すべてが停止した。今の時代でいえば、二十階建てのビルにたったひとつしかないエレベーターが故障して動かなくなったようなものだ。ただし、私たちの場合、地面よりははるかに高いところにいるのではなく、深い地の底にいた。事故発生に気がついて、私たちは地上へ出る道をのぼりはじめた。立坑のわきには緊急用の木の梯子がつくられていた。こういうときに作業員が地底に閉じこめられないように。

私たちは一列になって梯子をのぼりはじめた。ヘルメットのランプが濡れて光る岩を照らし、水滴がヘルメットの縁から襟の裏にしたたり、冷たい筋になって背中に流れた。速く進みたくても、前にいる人間と同じ速度でしか進めない。あせると、スチールの爪先のついたブーツで手の指を踏まれそうになる。私たちの通る梯子に沿った岩壁やブーツの底から小石や泥がはがれ落ちてきた。列の下のほうにいる者は、そうした破片をシャワーのようにたえまなくヘルメットに浴びるので、いつも頭を下げていたが、それと同時に、梯子の次の横木をつかむためには上も見なくてはならなかった。

脚ががくがくしたり息づかいが荒くなったりしたら、立ち止まって呼吸を整え、岩壁に寄りかかった。しかし、そんなことをしていると、下からのぼってくる者の足を止めてしまうことになる。暗闇から、いらいらした声が上に響いてきた。「上のほうはどうなってるんだ?」「立ち止まってるのは誰だ?」「早くここから出ようぜ。グリス・オルシュト! 早くしてくれ!」

びしょ濡れになって震えながらやっと地上に出ると、灼熱の太陽の下に目をぱちぱちさせて立った。

最初は、例によって噂が広まった。巻き揚げ機は修理中だ。いや、修理はできない。新しい機械をトラックで搬送中だ。機械を取り付けるのに二時間かかる。ひょっとすると半日かかる。いや、まる一日かかるかもしれない。土曜日の午後だから、業者が電話に出ない。結局、週末が終わるまで手の打ちようがないらしい。また地下におりられるようになるのは、たぶん月曜の朝になるだろう。

ほとんど時を移さず、ゲートの外にタクシーがあらわれはじめた。あとから思えば、どうしてそんなに早くタクシーがやってきたのか、見当もつかない。もしかしたら、前もって知らされていたのかもしれない。タクシーが、空を低く旋回しながら飛んでいる鳥と同類に思えることがある。本能や直観に導かれて飛んでいる鳥。近くの景色に、自分の得になるようなことが起こっているといち早くそれを察知する鳥。しかし、タクシーは旋回しなかった。ゲートの入り口近くで待つか、隣の駐車場へ直行した。乗客を待っているタクシーは前者、売る物を積んできたタクシーは後者だった。

太陽が傾いてゆくにつれて、私たちはそわそわと落ち着かない気分に襲われた。ふだんは、何人かは地上で休んでいるか眠っていても、残りは地下で仕事をしていた。しかし今は、全員、地上にいた。しばらくのあいだ、手紙を書いたりベッドに寝転んでラジオを聞いたりしている者もいた。トランプをしている者もいた。ヴァイオリンを弾きはじめて、すぐにわきに放り出す者もいた。私たちはコーヒー・ショップへ行って、また戻ってきた。夕食を待った。全員地上に出ていたから、食堂はいつもより混んでいた。肘や肩が触れあうような混雑ぶりだった。調理場では材料が足りなくなった。私たちは宿舎に戻った。とくに疲れているわけではなく、うたた寝をするには暑すぎた。そこでゲートの外へぶらぶら歩いていった。駐車場へ入った。日中の太陽の熱で暖められた岩の上に坐ったり、古い車のバンパーの上に坐ったりした。男が一人近づいてきて、ちょっとお楽しみでもいかがですか、と声をかけてきた。楽しむなんて無理だよ、とキャラムが答えた。太陽はさらに傾き、ついに夕暮れが訪れた。私たちはそのまま岩やバンパーに坐りつづけた。ときどき、グループを離れて、駐車場の隅で立小便をする者もいた。シューッと音がして、熱くなった岩から蒸気がのぼるのが見えた。

「くそっ！」とアレグザンダー・マクドナルドが言った。「みんなにビールでもおごるよ」。彼はタクシーの一台に近づいていった。まもなく、私たちの足元にビールの大箱二ケースが置かれた。安いライ・ウイスキーも一瓶あった。かなりの出費だったにちがいない。

駐車場の向こう側には、ファーン・ピカールが仲間の男たちと坐っていた。彼はアレグザンダー・マクドナルドがビールを買ったのを見ると、男の一人を送って同じことをやらせた。とにかく何であれ負けたくないというように。

その男が私たちのそばを通り過ぎるとき、誰かが「物まね小猿」と言った。

「くたばれ、この野郎」とファーン・ピカールの手下は言い返した。

私たちは夕暮れの薄暗がりに坐って、生ぬるいビールを飲んでいた。ウイスキーの瓶をまわし飲みしている者もいた。みんなアレグザンダー・マクドナルドに礼を言った。

暗くなってくると、誰かが車のラジオをつけた。アレグザンダー・マクドナルドは立ちあがって、宿舎のほうへ歩いていった。しばらくして、また戻ってきて、私たちといっしょに坐った。フランス系カナダ人のグループにも動きがあった。誰だかわからない人影が数人立ち去り、また戻ってきた。星が見えはじめ、まもなく月が出てきた。明かりはそれだけだった。

薄暗がりからファーン・ピカールがあらわれた。そして「モーディ・ザンファン・ドゥ・シエンヌ」（ろくでなしのクソ野郎）と言うと、地面にぺっと唾を吐いた。

彼はキャラムを見おろすように立ち、キャラムは岩の上に坐っていた。キャラムは自分が不利な体勢にいると気づいて、わずかに前にかがんだ。そして、言った。「うせやがれ。てめえの心配でもしてろ」

そのときにはもう、ファーン・ピカールの仲間たちが暗がりから出てきて、彼の後ろにつこうとしていた。坐っていた私たちも、体を起こして立ちあがった。

「ヴー・ゼート・デ・ヴォルール・エ・デ・マントゥール」（おまえらは泥棒と嘘つきだ）とファーン・ピカールが言った。「ヴー・ゼート・デ・トゥルー・ドゥ・キュ。タ・スール！」（おまえらはみんなくそったれだ。いいかげんにしろ！）

キャラムが坐っていた岩から飛び出し、ファーン・ピカールの膝下をタックルしてあおむけに倒そうとした。ところがピカールは背が高いうえに足をしっかり踏ん張っていたので、あおむけにではなく前に倒れこんできて、キャラムの背中に覆いかぶさる格好になった。二人は岩肌のむき出しているごつごつした地面を転げまわった。と思うまもなく、彼らが私たちに飛びかかり、私たちが彼らに飛びかかった。

そのとき駐車場に居合わせたさまざまな建設チームの労働者たちはすぐさま立ち去っていったが、それでも一部は残って暗い木の陰から見守っていた。

「こんな辺鄙なところで死ぬために来たんじゃない」とアレグザンダー・マクドナルドが言うの

が聞こえた。彼は背後の林のなかへ消えていった。

暗闇のなかでは、拳を肉体に叩きつけるドスンという鈍い音や、激しい動きによる不規則な息切れやうめき声しか聞こえなかった。私の相手は若い男だった。私はそいつの首を両手でつかみ、そいつは私の喉を両手でぎゅっと押さえこみながら、二人で駐車場の端から端まで転がっていった。どちらも相手と同じことをしようとしていた。一回転したときに自分が下にならないように必死だった。私は背中に乗られて身動きできなくなりそうになるとすぐさま、相手の右脚にありったけの力をかけて横向きになり、右側へ転がって体勢を逆転させた。彼も同じことをした。ときどき、力を取り戻すために相手の喉に当てた手を放さなければならなかった。そんなときには、お互いにどちらか空いているほうの手で相手の顔を殴ろうとした。私はそいつの名前すら知らなかった。

誰かがビールの箱を蹴り、瓶が割れ、中身が泡となって、密閉されていた世界から噴き出した。あたり一面に酵母の匂いが広がった。

車のドアやトランクの蓋が閉まるバタンバタンという音。すぐに石の上に何かがガチャンガチャンと落ちる金属音が続いた。いろんな問題が複雑に入り組んだ対立に、ジャッキかタイヤレバーかスパナかチェーンが持ちこまれた。

人間は明るいところではやらないようなことでも暗いところではやってしまう、といったことがいろいろある。相手の耳に嚙みついている男とか、折りたたみ式の小型ナイフの刃で相手のあばら骨のあいだを刺そうとしている男など、明るいところで人目にさらされていたら、自分の行動のさもしさに恥ずかしくなるようなことをしていた。突然、誰かがまわりに停めてあった何台かの車のヘッドライトをつけた。すると、喧嘩の質がいくらか変わった。変わりはしたが、衰えたわけではなかった。

今や照明の入った闘技場と化した駐車場で、私は相手の男と岩肌の上をごろごろ転げまわった。私たちのシャツの背中は尖った石に突き破られて血まみれになった。相手の分も混じりあった血は海の匂いと塩からい味がした。

車のラジオはあいかわらず音楽を流していた。チャーリー・プライドが「クリスタル・シャンデリア」を歌っていた。

誰かが、私たちのほうへか、私たちをめがけてか、大きくて頑丈なパイプレンチを投げてきた。それがガチンと音を立ててわきに落ちたとき、私は相手の男の下になっていた。それまでの体勢が入れ替わって、上に乗られてしまったのだが、こっちはそいつの両手首をがっちりつかんでいたので、相手は手を動かせなかった。彼はレンチを横目で見た。そのあごから血と唾液が私の上にぽたぽた垂れてきた。

ドサッという音とともに、わきにキャラムが倒れてきた。あおむけに倒れたが、石に頭をぶつけないように肩から落ちたので少しは衝撃が食い止められたようだ。顔が血だらけだった。キャラムが倒れたのとほぼ同時に、ファーン・ピカールが上にまたがり、右手で顔を殴りつけ、続いて左手で殴った。そして親指でキャラムの喉笛を押さえつけた。キャラムの目玉が上を向き、呼吸がゼーゼーと苦しそうになった。

私が注意をそらしているのに気づいた私の相手は、突然ぐいと右手をねじって私の手から逃れ、レンチへ突進した。私は逃した手首をつかまえようと相手に飛びつき、取っ組みあって転がった。そのとき、二人の体がレンチを軽く突いた。レンチは私たちのほうではなく、反対側へ動いた。レンチは私たちのどちらのそばにも来なかった。そのかわり、キャラムのところへ行った。キャラムの手がレンチのハンドルを握った。最後の贈り物をもらったようにそれを握った。キャラムはファーン・ピカールを押しのけて起きあがると、レンチを振りまわした。重いレンチの出っ張りがファーン・ピカールの頭蓋をバキッと砕き、彼はゴロゴロ喉を鳴らしながら倒れた。地面にあおむけに倒れ、見開いた眼球が上を向いていた。大きな手がぴくっと痙攣して、ズボンの前に黒い染みがあらわれた。ファーン・ピカールは息絶えた。

キャラムは血だらけのレンチを茂みのなかに投げ捨てた。そして駐車場の端にひざまずき、波のうねりのような嘔吐に襲われていた。そのときにはもう取っ組みあうのをやめていた私と相手の男は、いっしょに並んで、より大きな事件の傍観者のように立っていた。誰かが車のラジオとヘッドライトを消した。私たちみんなの上に暗闇がおりた。

# 38

警備員と応急処置のスタッフがファーン・ピカールの上に毛布をかぶせたあとも、みんな待っていた。幹線道路に検問のためのバリケードが設けられたらしいが、そこで逮捕された者はいなかった。長い時間がたったような気がしたあと、警察が到着した。サイレンを鳴らし、ライトを点滅させたパトカーが何台も集まり、騒々しくなった。警官たちのなかにあのポール・ベランジャーの姿もあった。が、私たちはひっそりと沈みこんでいた。

私たちのいた場所は、人間の死が珍しくないところだったが、この場合は違った。ある警官が、五月に人が死んで以来はじめての死亡事故だと言った。五月に死んだというのは赤毛のアレグザンダー・マクドナルドのことだった。労災事故だ、と警官は言った。

何人かはその場で事情を訊かれ、何人かはサドベリーへ連行された。私たちは見たことを話せと言われた。レンチがファーン・ピカールに当たったところは大勢が見ていた。その光景は車のヘッドライトで照らしだされていた。そして、たしかに、ファーン・ピカールは武器を持っていなかった。警備員が進み出て、その夏のはじめ、キャラムがファーン・ピカールの顔を殴ったのを見たが、そのときも彼は武器を持っていなかったと証言した。私たちは身元や以前に住んでいた場所を尋ねられた。アレグザンダー・マクドナルドがここにいなくてよかったと思ったのを覚えている。その二、三時間は彼のことをほとんど忘れていたのだ。私は「ほんとうに」歯科学部にかよっているのかと訊かれた。「あとで問い合わせるからな」と警官が言った。

土曜日の夜のことだったので、私たちは月曜日までサドベリーの勾置所に拘留された。その日、キャラムは州裁判所の治安判事の前に連れていかれた。そして第二級謀殺で起訴された。罪状認否の手続きは約十五分続いた。治安判事は州政府検察官に、勾留命令を望むかどうか訊いた。裁判を待つあいだ、被告の身柄を拘束すべき理由はあるか？　逃亡の可能性は？　検察官はあると答え、キャラムには暴力行為の過去があり、粗暴な男であると主張した。彼にはいくつもの管轄区域で起こしたさまざまな違反歴があった。若い頃までさかのぼる件もあれば、赤毛のアレグザンダー・マクドナルドを遺体袋に入れて故郷へ運んだ日、彼の車を停めようとした警官を殴った件も含めて、もっと最近のものもあった。

治安判事は弁護士をつけるかどうかキャラムに尋ねた。「いりません」とキャラムは答えた。

「弁護士に弁護してもらいたいと思わないのですか？」と治安判事は訊いた。

「十六のときから自分の面倒は自分で見てきました。今回も自分でやれます」とキャラムは言った。

治安判事は、それは賢明な考えではないと言った。

キャラムはオンタリオ州高等裁判所での公判を待つあいだサドベリーの拘置所に入れられた。当時は裁判官が巡回裁判区をまわっていたので、裁判が始まるのは五、六ヵ月後になりそうだった。キャラム以外の者は、召喚状を出す場合にそなえて住所を訊かれ、そのあと帰ってもいいと言われた。

私たちが拘置所を出ようとすると、外でたむろしていた人たちの一人が言った。「見てごらん、赤毛の連中がいっぱいいいるよ。いかにも乱暴者の感じだね」

私たちは鉱山のキャンプへ戻った。そこでは何もかも沈みこんでいた。フランス系カナダ人たちは荷造りをはじめた。ファーン・ピカールの葬式のためにケベックへ帰る者が多かった。もう戻ってこないというしるしに、ベルトやレンチを茂みに投げ捨てる者もいた。彼らはリーダーを失った。私たちもリーダーを失った。彼らの契約のほとんどはファーン・ピカールが取り決めてきたし、キャラムは私たちのためにその役割を果たしてきた。

雁が春に北へ飛んでゆくとき、進むべき方角を示すリーダーがいて、その鳥を先頭にしてV字の隊形で空を渡る。あとについてゆく者は、リーダーがベストを尽くしていると信じなければならないが、最後まで全員が無事に旅を終えるという保証はどこにもない。事件の数週間前に話題にしたフットボールの言葉を使えば、キャラムもファーン・ピカールもクォーターバックのように見なされていたのかもしれないが、キャラムにしてもファーン・ピカールにしても、彼ら自身にとってまったくなじみのないスポーツの文脈で自分を考えていたとは思えない。

マルセル・ギングラスと小道で出会った。私たちは互いに眉をあげた。話をするのは危険すぎた。

クロウン・キャラム・ルーアのメンバーたちが私の部屋に入ってきた。私たちはアレグザンダー・マクドナルドの小型トランクをバールでこじ開けた。なかから、あきらかに彼の所持品ではないとわかる品物がぞろぞろ出てきた。トランクの底に保管されていたマニラ紙の封筒の上には、ファーン・ピカールの財布が見つかった。千ドル入っていた。ファーン・ピカールは私たちのことを嘘つきとか泥棒とか呼んだとき、私たちの知らないことを知っていたようだ。

私たちはマニラ紙の封筒の一枚にファーン・ピカールの名前と、運転免許証に載っていた住所を書いた。そして封筒のなかに千ドルを入れた。私たちは顔を見合わせた。誰も切手を持っていなかった。

私たちは、どういう方法にしろとにかく封筒と財布を持ってケベック州に入り、そこで別々の郵便ポストに投函することに決めた。切手を見つけて、「ル・ペイ・デ・ローランティード」に宛てて送ろう。そうすべきだ、という気がした。

レンコー・デヴェロップメントの幹部が私たちの宿舎にやって来て、巻き揚げ機が直ったと告げたとき、誰もあまり興味を示さなかった。私たちは考えておくと返事をした。

アレグザンダー・マクドナルドの姿は二度と見かけることはなかった。あとで気がついたのだが、彼は私のシャツを着たまま いなくなった。マクドナルド家のタータン・チェックのシャツ、私の卒業式の日、そして赤毛のアレグザンダー・マクドナルドが命を落とした日、彼の母親が息子のために買ったシャツだ。それは一人のアレグザンダー・マクドナルドのために買われ、彼が袖を通すことのなかったシャツだった。そのシャツは二人目のアレグザンダー・マクドナルドが着ていたが、消えたときには三人目のアレグザンダー・マクドナルドが身につけていた。

どうやら三人目のアレグザンダー・マクドナルドは自分の祖父母に事のてんまつを話さなかったようだ。まあたしかに、事件の終幕が演じられる前にその場を離れてしまっていたのだけれど。おそらく、あの晩は大忙しだったタクシーの一台に乗って、そそくさと去っていったのにちがいない。彼の祖父母はおじいちゃんとおばあちゃんに手紙を書いてきて、孫がいろいろと面倒を見てもらったことを感謝していたそうだ。みんながまだ血のつながりを信じているのは素晴らしいことだ、と書いていた。「血は水よりも濃しです。バナッヒト・リーヴ」と。

## 39

その冬、キャラムは第二級謀殺で有罪になった。終身刑を言い渡され、キングストン刑務所に入れられた。判事は「被告の違法暴力行為の長い歴史」に触れて、この判決は、あえて法律を破ろうとする者の戒めとなるだろうと述べた。

## 40

兄の一人はその後ブリティッシュ・コロンビアのブリッジ・リヴァー・ヴァレーに戻っていった。若いあいだはそこで坑夫として働き、今は狭い山道を通るスクール・バスの運転手をしている。

もう一人の兄はスコットランドへ渡った。彼がグラスゴーのクイーン・ストリート駅のプラットホームに立っていたとき、赤毛の男が近づいてきて、「やあ、マクドナルド」と言った。「キマラ・ハー・シヴ――元気かい？」

「グレー・ヴァー――とても元気です」と兄は答えた。

「ハイランドへ行く列車を待っているんだけど、あんたもそうなんだろ？　まだ時間があるから、駅のバーで一杯やらないか」

「そうですね」と兄は言った。「その時間はありそうですね」

「あんたを見たとき、最初はハイランドから来たのかと思ったけど、しゃべってるのを聞くと、どうもカナダのようだね」

「ええ、カナダです。ケープ・ブレトンから来ました」

「ああ、森の国ね」と男は言った。「いろいろあったあとでこっちから大勢渡っていったところだ。うちの親戚も、たぶんここよりたくさんいるよ。すべて実に残念なことだけどね」

「そう、残念なことですね」

「でも、まあ」と男は、晴れやかな顔になって言った。「どんなに長いこと離れていても、あんたのような外見や話し方だったら、そんなに遠くなってしまったわけじゃない。去るもの、また来たれり、すべてめぐりめぐっているんだね。うちの近くに養魚場があるんだ。見にこないか。なんなら、しばらくいてもいいよ。泊まる場所ならいつでも用意できる。あんたのいいように都合をつけられるよ。『私といっしょにハイランドへ行こう』っていう歌もあるじゃないか」

「そうだな、行こうかな」と兄は言った。「ちょっといろいろあって。しばらく過去から遠ざかろうとしていただけですから」

「そういうことなら、あんたの興味をひくと思うよ」と男は笑った。「もしかしたら、あんたは過去へ近づいてゆくのかもしれないよ。ともかく、切符を買ってきなさい。そのあと、バーへ行こう。そして一七四五年から四六年にかけてのブリアーナ・ティエッリッヒ、チャーリーの年の話をしよう。あのときフランスから船が来ていればなあ!」

# 41

おじいちゃんは空中に跳びあがって踵を二回打ちあわせようとして死んだ。その晩、家のなかには人が大勢いて、おじいちゃんはその前にすでに二度もその芸に挑戦していた。いつもおじいちゃんを励ますおばあちゃんは、「もういっぺんやってごらんなさいな。三度目の正直というじゃないの」と言った。おじいちゃんは跳びあがったと思うと崩れるように床に倒れ、そのまま起きあがらなかった。私も妹も、三人の兄たちも、おじいちゃんが最後に倒れた場にはいなかった。その日、夜もまだ早い頃にはトランプをしていたそうだ。「オークション・ブリッジ」というゲームをやっていたのだが、おじいちゃんはハートのエースが来るたびに、興奮してテーブルを叩いていたという。「ハートのエースが来たくらいで、あれだけ大喜びできたらいいよなあ」とおじいさんはよく言ったものだ。

おじいちゃんが死んだとき、おじいさんは「男の死に様にしては、なんというバカな死に方をしたんだ」と言って、関節が白くなるまで手を握りしめていた。おじいさんが人前で泣くのは、一人娘を亡くして以来のことだった。

あとでおばあちゃんは言った。「あの二人はまるで違うタイプだったけど、とても仲がよかったの。生涯を通じて、お互いにバランスを取り合っていたのよ」

おじいさんは『スコットランド・ハイランドの歴史』という本を読みながら死んだ。読みかけのページに一本の指が置かれ、本はその指をはさんだまま閉じられて、眼鏡が鼻からずり落ちていた。ちょうどグレンコーの虐殺について、内と外からの裏切りの話を読んでいたところだった。あえて法を破ればこうなるという見せしめのために殺された「厄介な」男の話。それまでの自分の生き方が仇になって死んだ独立独歩の男の話だった。

予想どおり、おじいさんは何もかもきちんと整えてから世を去った。柩をかつぐ人や、葬儀で演奏する音楽をリストにしていた。おじいさんの柩が教会の通路を進むあいだは、ヴァイオリンが「子供たちを悼むパトリック・マクリモンの悲歌」を、墓地へ行く途中はバグパイプが「ハイランドを悼む」を演奏していた。教会を出ながら、一人の女性が言った。「これから、誰が私たちの面倒を見てくれるのかしらね」

おじいさんは私を遺言執行者に指定していた。蔵書と家は、唯一の孫娘である妹に贈られ、現金は男の孫たちに分配された。

どちらの祖父も、一人が建て一人が管理した病院では死ななかった。キャラムはどちらの葬式にも来られなかった。

おばあちゃんは百十歳まで生きた。先祖のキャラム・ルーアと同じ歳だ。おじいちゃんが亡くなったあと、おばあちゃんはおじいちゃんの衣類を、生前と同じ場所にそのまま残しておいた。上着や帽子は長いあいだポーチの釘にかかったままだったので、家に入っていくと懐かしいおじいちゃんの匂いがした。それは独特のタバコの匂い、こぼしたビールの匂い、ユーモアや陽気な優しさの匂いだった。茶色い犬たちは何ヵ月もその衣類の下に寝そべり、交差させた前足に鼻面をのせていた。情が深く、一生懸命がんばる犬たちだった。

おじいちゃんはあるとき、おじいさんに言ったことがある。「あんた、女友だちでもつくったらどうかね」

おじいさんはこう言い返した。「それじゃあ、あんたは、人のことに口出さないで、自分の心配でもしたらどうかね」

おばあちゃんはあいかわらず働き者だった。体力と忍耐力はあったが、やがてほかの能力が追いつかなくなった。晩年になると、通りがかりの酔っぱらいたちは、よく午前二時頃に家の明かりが煌々とついているのを目にした。家のなかでは、おばあちゃんが十一人分の食卓を用意していた。レンジの上では鍋がぐつぐつと楽しげに煮え立ち、おばあちゃんがエプロンで手を拭いていた。オーブンの料理の仕上がり具合を確かめたあと、「さあさあ」と茶色い犬たちに話しかけた。「もうすぐだよ。あとはピクルスを出せば、できあがり。あとたった一分だからね。『今日の一針、明日の十針』って言うでしょ。手間を惜しんじゃだめなの」

老人ホームへ移ってからのおばあちゃんを訪ねるときには、疎外感と親近感の両方を味わうことになった。ときどき、私は自分の過去もからんだ話題を見つけておばあちゃんの心をとらえようとしたが、おばあちゃんの過去は私より多かった。ホームにおばあちゃんを訪ねていったときのことは、いつも現在形で思い出す。

「今日はいいお天気ね」とおばあちゃんが言う。「漁に出たり、洗濯物を干すには、うってつけだわ」

「そうだね」と私が言う。

「あなた、この辺の人？」とおばあちゃんが訊く。

「ええ、いや、そうとも言えないかな。まあ、やっぱりそうかな」

「すてきな服、着てるわね。いいお仕事についてるのね、きっと。うちの主人もいい仕事についてたのよ。病院をやってたの。ちゃんとした定収入があって。何の不自由もなく暮らしてたのよ。うちの人はね、とっても心の広い人だったの」

おばあちゃんの話がちょっと途切れる。

「息子の一人も、いい仕事についてるの」とまた続ける。「戦争に行ってたんだけどね、海軍で。今は、向こうの小島の灯台守よ。ほら、窓から見えるでしょ。政府がいろいろ支給してくれるの、大きい船とかね。かわいいお嫁さん、もらってね。あたしたちのお友だちの娘さん。今じゃ子供が六人いるのよ。下の二人は双子でね。男の子と女の子。ときどき、二人でうちに泊まりにくるの。手のかからない子たちよ。あなた、お子さん、いるの？」

「ええ」

「自分たちでベッドを整える？」

「まあ、ときどき」

「自分のベッドは自分で整えるようにさせなさい。生きてゆくためのいい訓練よ。うちの孫はオンタリオの南部に住んでて、あたし、一度、訪ねたことがあるの。歯医者でね、お金持ちよ。結婚して、お嫁さんと大きな家に住んでるの。掃除婦を雇っているのよ。驚きね！　あたしなんか、その子たちを訪ねたとき、掃除婦が来る前に掃除したくなっちゃったもんよ。だってね、くしゃくしゃのベッドとか、散らかってるの、他人に見られたくないもの。あなた、自分でベッドを整えているでしょう？」

「あの、まあ、以前よりはやらなくなったかな」

「おやんなさい。ちょっとの時間でできるんだから」

おばあちゃんはまた少し間をおく。

「孫娘も一人いるの。お芝居か何か、そんなようなことやってるの。たぶん、テレビでやるようなものだと思うけど。あなた、テレビは見る？」

「いや、あんまり」

「ここの人たちはね、午後になるとたまにラウンジでテレビを見るのよ。まったく、テレビに出てくる人たちって」とおばあちゃんは、膝から前にのりだして、同情するように両手をひらひら振る。「いろんな悩みを抱えているのよねえ」

ちょっと間をおいてから、おばあちゃんはまた口を開く。「ここはね、スコットランド人が多いの。あたしたち、ハイランダーなのよ。この海沿いのあたりや、内陸に入ったところにも住んでるの。昔々、こっちへ移ってきた一人の男がいてね、あたしたちはだいたいその子孫。その人はスコットランドで結婚して、子供が六人できて。まもなく奥さんが死んで、奥さんの妹と結婚して、また六人子供ができたの。二度目の奥さんも、こっちへ渡ってくる途中で亡くなってしまってね。こっちへ着いたときには、その人ももう若くはなかったけど、年寄りというほどでもなかったのよ。五十五歳だからね。寂しいと思うこともあったんだろうに、意志が強くて、何でもできるだけ一生懸命やろうとする人だったの。今は、海のそばに一人で眠っているわ。

長いあいだ、あたしたちはこのあたりから離れたことがなかった。あたしたち、ゲール語を話す仲間で、島の外へ出たことがないという人がいっぱいいたの。うちの人がよく冗談を言ったものよ。ある男がもう一人の男に『ケープ・ブレトンから外へ出たことがないんだって？』と訊いたら、訊かれた男が『ああ、一度だけあるよ。昔、木に登ったときにな』と言ったって。うちの人はそんな人だったの。いつも冗談ばかり言って。酒場とか、どこへ行っても、そういう小話を聞いてきて、夜ベッドに入ったときに話してくれたの」

おばあちゃんは自分の両手を見おろした。

「そのあと、男たちが島を出はじめたの。最初は冬のあいだだけ森に出稼ぎに。本土のノヴァ・スコシアに行って、しばらくするとニューブランズウィックのミラミシーにも行くようになって、次にはメイン州にまで行ってね。そのまま帰ってこない人もいた。それから、家族も行くようになって。あたしの姉は、うちの主人の兄と結婚したの。姉妹と兄弟ね。あたし、姉の花嫁の付き添い《ブライズメイド》をやったのよ。姉夫婦はサンフランシスコに行ってしまって、二度と会うこともなかった。手紙はずっとやりとりしてたけどね。いつも『血は水より濃し』と言ってね。

もっとあとになると、たくさんの男たちが岩山の鉱山へ行きだしたの。カナダじゅう、アメリカじゅうにね。南米とかアフリカとか、いろんなとこへも。よく写真や絵はがきを送ってきたり、アフリカのお面とかをお土産に買ってきたりしてたわよ。一度なんか、孫たちが北オンタリオから子猫を連れてきたの」

おばあちゃんはしばらく口をつぐんだ。

「向こうで、あの子たちに何があったのかしら」

磨きこまれた床に、カチカチという犬の爪の音がして、二匹の茶色い犬が部屋に入ってくる。犬はおばあちゃんのところへ来て、手をぺろぺろなめる。突然、おばあちゃんは現在に引き戻される。そして私と共謀するように身をのりだす。「犬を入れちゃいけないのよ、ここは」とおばあちゃんが言う。「規則でね、でも、ここの職員さんはうちの親戚が多いから、犬が来ても見て見ぬふりをしてくれるの。この子たち、毎日あたしを訪ねてくるの。とても忠実な犬でね。みんなに好かれてるの。あなた、犬、飼ってる？」とおばあちゃんが訊く。

「いや、飼ってないけど」

「飼いなさいな。犬は人間の最良の友よ。なまじの人間より、よっぽど分別があるわよ」。それから、また質問をする。「あなた、フランス人の知り合いはいる？」

「ええ」と私はほほえむ。「何人か」

「昔、何かでフランス人のことを読んだとき、あたしたちとよく似てると思ったものよ。あの人たちも、ずいぶん長いあいだ、風景のほかは何もない土地で寂しい思いをしてたのねえ。そして、どうやらこうやらその風景になじんでいったのよ。お友だちが言ってたけど、ずっと昔のスコットランドじゃ、フランス人はあたしたちの友人で、『古い同盟』って呼ばれていたらしいわよ。この言葉、聞いたことある？」

「ええ、聞いたことはあるけど」

「いい人？」

「誰が？」

「フランス人よ」

「ああ、たぶん」

「あたしたちと変わらないんだろうね。いい人もいれば、あんまりよくない人もいて」

「そうだね」と私は言う。

「あなた、結婚してるの？」

「うん、結婚してるよ」

「あたしも、してたのよ」とおばあちゃんが言う。「若いうちに結婚したの。主人がうるさくせがむもんでね。きっと幸せになれると言ってたけど、ほんとうにそうだったわ。二人とも迷ったことなんかなかった。『誰でも、愛されるとよりよい人間になる』って、主人はよく言ったもんよ。あの人がそんなこと言うなんて、世間の人は思いもしないだろうけどね。うちの主人は、お友だちを訪ねて帰ってくると、あたしにスコットランドの話をいろいろしてくれたの。あの人はマクドナルド一族が世界で最高だと思っててね。よくそのお友だちに、木を見て森を見ないやつだと言われてたっけ。あたしにそういう話をするとき、目に涙をためていたこともあるのよ。よく、涙もろいと言われてたけど、それは情に厚い人だったからね。何にでも深く感動するの。この辺ではそういう男の人を『やわ』だと言ったもんだけど、あの人は言うのよ、『そうかもしれん。だが、俺は硬くなるべきときには硬くなる。それはおまえがよく知ってるよな』って。まったく、そういうきわどい冗談をよく言う人だったのよ、うちの主人は」

おばあちゃんは一匹の犬の頭を撫でる。犬がおばあちゃんの手をなめる。おばあちゃんは懐かしそうにほほえむ。そして「誰でも、愛されるとよりよい人間になるのよ」と言う。

「あなた、民俗学者？」とおばあちゃんが訊く。

「いや、民俗学者じゃないよ」と私は答える。

「この辺には民俗学者がよく来るの。せっせと古い歌を集めてるわよ。あたしたち、いつも歌ってたの。働いてるときにいつも歌ってたけど、ただ好きだからというだけでも歌ったわ。そういう習慣だったのよ。長い歌もあってね、何番も何番も歌詞があるの。ラジオを聞くようになって、はじめて、自分たちの歌は長すぎるのかなって思うようになったけど。ラジオの歌は二、三分で終わってしまうものね。

うちの主人とあたしには、お友だちが一人いてね。その人は歌をたくさん知ってたの。歌詞が全部頭のなかに入ってて、間違うことなんてないの。全部覚えてるの。あの人が生きているあいだに全部書きとっておくべきだったわね。メモ用紙とかにね、でも、そこまで手がまわらなかった。そのお友だちは、一生のほとんどを一人で暮らしたの」

おばあちゃんはしげしげと私を見つめる。

「あなたを見てると、なんだかそのお友だちを思い出すわ。ちょっと感じが似てるのよ。あなた、歌える?」

「いや」と言ってから、私はもう「いや」と言いたくなくて、「うん、歌えるよ」と言いなおす。

私は「オシウード・アントウーヴ・ア・ガーヴェン」を歌いだす。おばあちゃんはすぐさま私といっしょに歌いはじめる。そして私のほうへ手を伸ばし、私たちは手をつないで、その古いリズムに心を奪われる。おばあちゃんはすっかり少女に返っている。歌がマクドナルド一族のところへ来ると、おばあちゃんが笑いだす。

*Dòmhnullaich 'us gu'm bu dual dhaibh*

*Seasamh dìreach ri achd cruadail,*
*A bhith diann a' ruith na ruaige,*
*Dheas, cruaidh gu dòruinn.*

マクドナルドの一族は常とした、
苦難には豪胆に立ち向かい、
厳しく敵を追いつめ敗走させ、
逆境で信義に厚く勇猛果敢であることを。

歳とった入居者たちがドアのところへやって来て、歌に加わる。無意識に互いの手を取りあっている。それから、若い職員たちもやって来る。若く力強い歌声が、なめらかにリズムのなかに溶けこんでゆく。茶色い犬たちが床から見あげている。世界はまた元どおりにうまくゆくようになったなと言わんばかりに。

*Falbhaidh sinn o thìr nan uachdran;*
*Ruigidh sinn an dùthaich shuaimhneach,*
*Far am bidh crodh laoigh air bhuailtean,*
*Air na fuarain bhòidheach.*

われらは地主の土地を去り、
安らぎの土地へ行く、
丘のくぼみや美しい池のまわりに
牛のいる土地へ。

歌が終わると、おばあちゃんが感心したように私を見る。「あなた、歌うのもあたしのお友だちみたいよ。まあ、彼ほど上手じゃないけどね。でも、そんなこと言ったら、あの人にかなう人なんかいないいんだから。あなた、彼に会ったことがないなんて、残念ね。きっとあなたも彼のこと好きになるわよ」

私はもう耐えられなくなる。「その人は僕のおじいさんだよ」と私は言う。「おばあちゃん、僕だよ、ギラ・ベク・ルーアだよ」

おばあちゃんは困ったような表情で私を見る。まるで、私がどうしようもないバカだというように。

「ああ、ギラ・ベク・ルーアね」とおばあちゃんは言う。「あのね、ギラ・ベク・ルーアはここから何千キロも離れたところにいるのよ。でも、この広い世界のどこにいても、会えばすぐにわかるわ。あたしはいつも、あの子のことを心にかけてるから」

誰でも、愛されるとよりよい人間になる。

# 42

今や黄昏は夕闇に変わろうとしていて、私の車は南へ南へと走っている。ここからそう遠くない、川を渡ったところで、アメリカ合衆国——革命によって生まれた国——が、空に向かって高層ビルを突き出している。

月曜日には、クリニックで、私を求めてやって来た人々を励まし、治療を提案し、ひょっとして治るかもしれないと話しているだろう。下顎の後退や嚙み合せや、嚙み合せの悪さが引き起こす問題について話しあっているだろう。「嚙めないほどたくさん口に入れるもんじゃないの」とおばあちゃんによく言われたものだ。

歯科医になるための実習をはじめたとき、白衣を着て歯科医のドリルを持った自分の姿が、その前に削岩ドリルを持って過ごした日々の自分の姿と重なった。穴をあける表面に向かって力を入れる。はね返ってくる冷たい水を顔に浴びながら。深く、しかし深すぎることなく、穴をあける。ミスをしないように気をつけながら。

まわりの景色を見ると、大地の恵みを穫り入れる人々は、今日のところは仕事を終えている。それでも彼らはまだ、自分なりの希望と夢と失望を胸に抱いて、迫りつつある夕闇のなかにいる。東海岸では、土地を縦横に移動して収穫をしていた昔からの住民も仕事を終えている。明日にはまた境界を越えて、ジャガイモやブルーベリーを収穫するためにニューブランズウィックからメインへ入り、また戻ってくるだろう。彼らは州境や国境が決められるより古くからそこに住み着いていて、境界など念頭にないのだ。

ケニヤのキリマンジャロの山麓では、誇り高い長身のマサイ族が家畜の群れを追っている。彼らは力をつけるために、牛の血を飲む。彼らは季節のサイクルに従って動き、公園や野生動物の保護区の境界など気にしない。自分たちのほうが先にいたのだから、というのが彼らの言い分だ。南アフリカのズールー族と違って、彼らはいわゆる「ホームランド」に閉じこめられたことはまだない。ホームランドといっても故郷《ホーム》とはほど遠いものだが。ひょっとしてマサイ族は、他人が自分たちを「どうにかしよう」と計画していることも知らないのかもしれない。それも「まもなく」かもしれないということなど。

キングストン刑務所では、受刑者のうち先住民の占める割合が異常に高い、とキャラムは言っていた。たいてい、彼らは、自分たちの管理を任された人間、自分たちに刑を宣告した人間の言葉を、あまりよく理解していなかった。彼らは監房の窓に、網状のドリーム・キャッチャーを吊るしているという。キングストン刑務所にはそうたくさんの夢はなかった。長い刑務所暮らしについて、キャラムが話したのはこれだけだった。

法律用語の終身刑とは、実際には二十五年の実刑で、それも十年たつと仮釈放の資格が与えられる。私がこうして兄を訪ねることができるようになったのも、それだからだ。私は兄を訪ねることをきちんとやっていこうと思っている。

グレンコーの近くの海では、謎めいた「ニシンの王様」がまだ泳いでいるかもしれない。王様がほんとうにいるとしたら、ほかのすべてのリーダーと同じく、ずいぶん複雑な存在なのだろう。ある者には友人と見なされることはあっても、彼に従う者たちはひょっとすると危ない目に遭うかもしれないのだ。いずれにしろ、彼を待ち、彼の恵みを当てにするマクドナルド一族はもういない。そしておそらくそうした信頼がなければ、彼はただのニシンにすぎないのだから、どこで泳ぐか注意しなければならない。

私の行く手には、家で待っている妻と子供たちがいる。暗黒時代の東欧で、まだ小さかった妻の家に、警官がやって来た。警官は、妻の父親と二人の兄の名前が載っているリストを持っていた。明日の朝、駅に出頭せよという命令が出ている、と警官は言った。ドアが閉まると、父親は夜のうちに二人の息子といっしょに家を出ると言った。朝までには遠くへ行けるだろう、あとはどうにかできるかもしれない。すると私の妻の母親は、自分たちのためにつくられた規則には従うべきだと言い張った。たとえ正しいと思わなくても、法律を破るのはよくない、と。妻の両親は深夜まで議論した。ついに父親が折れ、母親の忠告を受け入れることにした。朝、母親は自分の夫と二人の息子に別れを告げ、三人を駅へ送りだした。そのまま二度と三人に会うことはなかった。

妻は兄を訪ねる私のトロント参りに賛成してくれる。「この先、どうなるかわからないんだから。もうあまり時間がないかもしれないしね」

私は車の速度設定装置《クルーズ・コントロール》とエアコンのスイッチを切り、わが家のある住宅団地の「私有地」に入ってゆく。妻はすでに夕食会のために着替えをすませている。

「旅はどうだった？」と妻が訊く。

「うん、順調だったよ」

「何かあったの？　疲れた顔して、顔色が悪いけど」

「いや、別に、何もなかったよ」

おばあちゃんはよく言ったものだ、「みんな疲れてるのよ」

私はシャワーを浴びて、着替えをする。それから、夕食会の場所を確認するために電話帳のところへ行く。電話帳の余白に、「ル・ペイ・デ・ローランティード」という文字と番号を見つける。息子の手書きのメモで、「パパに伝言」と書いてある。

「何だ、これは？」と息子に尋ねる。「いつ電話があったんだ？」

「ああ」と息子があわてたように言う。「ずっと前。言おうと思って、忘れてた。フランス人みたいだよ、その人。『ジンジャーエール』みたいな名前だった。その『ル・ペイ』なんとかというやつ、スペルを教えてもらって書いたんだ。それを見れば、わかるって言われて」

その番号に電話をかけると、愛想のいい女の声が出る。私はいろいろ尋ねてみる。

「ああ、うちの下宿にいましたよ。ほんのしばらくのあいだでしたけど。お金があんまりよくないんで、国境を越えてアメリカへ行くと言ってました。ギングラスとか、マッケンジーとか、ベランジャーとか、そういう名前の人がいたのは覚えてますが。そういう名前に心当たり、あります？」

「ええ」と私は言った。「そういう名前に心当たり、あります。どうもありがとう」

# 43

あれから六ヵ月たち、今、電話が鳴っている。夕方である。窓の外は激しく吹雪いている。

「三月は羊のようにやって来て、ライオンのように出てゆく」とおばあちゃんがよく言っていた。

「もしもし」と私が言う。

「時間だ」と彼が言う。

「どういうこと？」

「時間が来たんだよ、出かける時が」。彼は受話器のなかに咳きこむ。

「今がその時という意味？」と私は訊く。「外は雪が降ってるよ。暗いし。三月だよ」

「三月がどういう季節かぐらい、わかってるよ」と彼は言う。「おまえもな」

「本気なの？」

「あたりまえだ。冗談でこんなことはしない。おまえに俺から電話したことがあるか？」

「うん、ないね」

「だったら」

交換手が割りこんで、コインを入れるように言う。もちろん、公衆電話でかけているのだ。

「いったん切って、コレクトコールでかけてよ」と私は言う。

「そんな必要はない」と彼は笑う。「いつも身内の面倒を見なさいと」と彼は言いかけるが、電話は切れてしまう。

こちらからかけ直す方法はない。

「気をつけてね」と妻が言う。「道路の状況は悪いそうよ」

「まあ、できるだけやってみるよ」と私。「酒を持ってったほうがいいかな？」

「何でも好きなものを持ってって。でも、気をつけてね」

私はブランデーを一本、手にする。私たちは抱きあって別れを告げる。

ハイウェイ401号線は天気予報の情報ほど悪くはない。天気予報は、不要不急の運転をさせまいと、大げさな情報を流すのだ。車はときどき尻が横に振れるけれど、安定した速度で走っている。

ライトを点滅させた除雪車が行き来している。散塩トラックが白い路面に凍結防止の塩をまいている。今夜は車が少ない。

　トロントで、キャラムはベッドの端に坐っている。白い髪に櫛が入れられ、ウェーブのかかった髪が頭の上で立っている。床屋に行ってきたのだ。足元にスポーツバッグが置かれている。

「よく来てくれたな」と彼が言う。「おまえのほうの準備はいいよな？　運転はときどき代わるから」

　ドアは開け放しておいた。ほかの部屋の何も持たない絶望的な男たちが、部屋のなかのものを好きに持っていけるように。

「ブランデー、飲む？」と私は訊く。

「いや。窓のところに置いておこう。すぐなくなるだろ」

　私たちは夜のなかへ出てゆく。

　車のなかでは、彼は私のそばに静かに坐っている。眠ってしまったか、うとうとしているんだろうと思って、横を見てみると、ちゃんと目をあけている。よく咳をする。

　夜が過ぎてゆき、ハイウェイが過ぎてゆき、私たちは北東へ進んでゆく。ときどき雪混じりの突風に襲われるが、しばらくすると止む。鉛色の空が明るくなってきた。ケベック州に入ってしばらくたった頃、朝食をとるために車を停める。朝食のスペシャル・メニューは、玉子、トースト、ベーコンかソーセージ、そして豆料理。

　ウェイトレスが私たちの朝食を運んでくる。そこには豆がない。かわりにソーセージが一本余分についている。まわりのフランス系カナダ人たちは豆を食べている。

キャラムが笑う。「朝メシに豆を食うのを、俺たちがバカにしてると思ってるんだよ。俺たちが粥を食うのをバカにされてると思ってるようなもんだな」

私たちは豆を頼む。ウェイトレスがじっと私たちを見つめる。「豆？　わかりました。お客さんたちを見て、これは……と思ったんですが……」

ウェイトレスはデザート用ボウルに入った豆を持ってくる。

「これはサービスですから、お代はけっこうです」

「メルシー」と私たちは答える。

平坦なハイウェイ20号線はハイペースで進む。氷の塊と化したセント・ローレンス川のそばを通る。

リヴィエール・デュ・ルーからは、ニューブランズウィックに向かって南下する。道路は二車線になり、それほど速度を出せなくなる。それでもまだ前進する。発泡スチロールのカップでコーヒーを飲み、飲み終わったカップを、キャラムが窓から投げ捨てる。カップが雪の白さと混ざりあう。

グランド・フォールズに近づいたとき、私は問いかけるように両眉をぐいっとあげる。キャラムが言う。「プラスター・ロックを通ろう。そっちのほうが距離が短いし、車もいない。森のなかは俺が運転する」

「免許、持ってるの？」

「いや。ずっと前に失効した。必要もなかったし」

彼の運転は着実で安定している。ほかの車は全然いない。ムースに注意という標識が出てくる。

「これはいい道路だ」とキャラムが言う。「いつ舗装したんだろう？　前はただの砂利道だったのにな。ティミンズから帰るとき通ったのもこの道だった。コンプレッサーと猫を乗せて」

重罪刑務所の町ルヌーを通る。廃校になった校舎や使われなくなったホールなどが点在する小さな村をいくつも走り抜ける。ロジャーヴィルに入る。

「ここへ来ると、いつもショックを受けるんだ。墓地はやけにでかいのに、村はやけに小さくてな。村にいる人間より墓地にいる人間のほうが多いんだよ。俺たちが立坑で働いてたときには墓地なんかなかった。ああいう場所には、死ぬまで住んでるやつはいなかったからな」

「何人かはいたけどね」と私。

「うん、何人かはそこで死んだ。いろんな死に方でな。さあ、ここらで運転代わってくれ」

車はモンクトンに近づく。サックヴィルを過ぎたあと、州境を越えてノヴァ・スコシアに入る。夏ではないので、歓迎してくれるバグパイプの演奏もない。風に舞う雪があるだけだ。

アンティゴニッシュを通り過ぎる頃に暗くなる。車が強い風にあおられて地面から浮きあがりそうになる。地吹雪に注意しろという道路標識が立っている。嵐の勢いが増している。アーヴル・ブーシェの丘の麓まで来たとき、キャラムが言う。「ここで運転、代わろう。丘や雪は、俺のほうが慣れてるからな」

長い登りが始まる。三キロほど登ってゆく。車は一台も見かけない。タイヤが横滑りしたり、急にがくんと跳ねたりするが、キャラムはコースからはずれないようにハンドルをしっかり操作する。エンジンのオーバーヒートを知らせる赤いランプがつく。ようやく頂上までたどり着き、そこから短い下りが始まる。行く手の右側に、カンソー・コーズウェイの石材が切り出された山がぼんやりと見えてくる。

「あの歌、知ってるか?」とキャラムが言う。「アルバート・マクドナルドの『コーズウェイを渡って』」

「うん、知ってるよ」

「いい歌だ」とキャラム。

私たちの前に赤いライトを点滅させたパトカーがあらわれる。警官が、横に寄れと手で合図する。

「どこへ行くんですか?」と警官が訊く。「この季節に、オンタリオ・ナンバーを見かけるのは珍しいけど」

「ケープ・ブレトン」と私たちは答える。「海峡を渡ろうと思って」

「渡れませんよ」と警官。「道路が波で洗われてるんで。コーズウェイは閉まってます」

警官の訛りはこの辺のものではない。

「名前は?」と警官が訊く。

「マクドナルド」

「マクドナルド?」と警官が言う。「ハンバーガーつくってる人たち?」

「いや、俺たちはハンバーガーをつくってる人間じゃない」とキャラムが言った。

雪が激しくなり、風が強くなってきたので、警官は帽子を押さえていなくてはならない。警官が駆け足でパトカーに避難する。

キャラムは車をスタートさせる。

「何やってるの？」と私は訊く。

「渡るんだよ。そのために来たんだから」

コーズウェイの入り口まで来ると、波が打ち寄せているのが見える。あたりは霧に包まれ、目の前に茶色い泡の塊がふわふわ浮かんでいる。「こっち側の端が最悪だな」とキャラムが言う。状況を判断できるところまで車を進める。波は左から打ち寄せ、道路に当たって砕けて引いてゆく。波が砕けるときに道が見えなくなり、泡立つ水のなかに路面が埋没する。

キャラムは波を数えはじめる。

「三つ目の大波のあとに、しばらく波が途絶えるから、そのときに行こう。エンジンに水が入りすぎると、停まってしまう。だから三度目が勝負だ」。風の音に負けないように声を張りあげてキャラムが叫ぶ。「それっ、行くぞ！」

車が前に飛び出す。赤いエンジン・ランプが点灯し、エンジンが轟音を響かせ、ドアの下から水が入ってくる。フロントガラスに一面に氷が付着してワイパーが止まってしまう。キャラムは横の窓を開けて、風のなかに頭を突き出しながら、見えない道路のどの辺を進んでいるかを確かめている。波が一回ドーンと車体にぶつかってきて、次にもう一回ドーンとくる。波の衝撃で車が激しく揺れる。コーズウェイにはパルプ材の切れ端や死んだ魚が散乱している。キャラムは障害物を避けて縫うように車を進める。車輪が対岸に達する。

「着いた。さあ、ここからは運転を交代してくれ。もう、うちは目の前だ」

　私たちは席を替わる。波にもまれたあとだから、あたりがよけい穏やかに思える。明かりのついた家々が見える。私は海岸に沿って走りはじめる。キャラムは助手席にぐったり体をあずけている。私たちが今走っている道路は、嵐の通り道からはずれているらしい。フロントガラスの氷が徐々に解けはじめ、赤いエンジン・ランプが消える。

　おじいちゃんが、若いときにはケープ・ブレトンに足が着いたとたん勃起したもんだ、とよく言っていた。まだ、ズボンの前をボタンで留めていた時代のことだ、とおじいちゃんは言った。中年男になったわれわれ孫たちには、そんな希望に満ちた興奮の徴候は何ひとつあらわれない。しかし、それにもかかわらず、私たちはここにいる。

　明日、夜が明けたら、今は見えないものも見えるようになるだろう。美しい光景ばかりとはかぎらない。海の近くでは、白頭鷲が大きな鉤爪で、白い毛皮のアザラシの赤ん坊に飛びかかっているかもしれない。そして、血で汚れた氷の上に舞いあがるとき、それぞれ異なる鋭い鳴き声をあげるだろう。「酸いも甘いもいっしょに味わわなきゃだめ」とおばあちゃんがよく言ったものだ。「誰も人生が楽なもんだなんて言っちゃいないよ」

　あたりは暗かったし、山は雪に覆われていたが、見覚えのある場所に来ればそれとわかる。ここは、卒業式の帰り、おじいちゃんがウイスキーの蓋を窓から放り投げた場所だ。私たちはそのとき知らなかったけれど、あの日、赤毛のアレグザンダー・マクドナルドが死んだのだった。彼の母親が息子のためにシャツを買ったその日に。

キャラムのほうを向くと、目を大きく開いて前方を見つめながら、静かに坐っている。昔、夏のある日、私たちはクジラに向かって歌を歌った。もしかしたら、その歌であの大きなクジラを、安全な海の外まで誘い出してしまったのかもしれない。そしてそのクジラは、見えない海底の岩に腹を引き裂かれて死んだのだ。あとで、クジラの死体は陸へ運ばれたが、大きな心臓は岸に残された。

ダッシュボードのほのかな光で、キャラムの下唇の傷跡が白くなりはじめたのに気がつく。ここにいるのは馬に歯を抜かせた男だ。ここにいるのは、自暴自棄だった若いとき、他人にはガソリンを無駄にしているだけだと思われながら、虹を探していた男だ。

車は高い丘の頂上にたどり着く。遠く、白い氷の広がりの向こうに、今は自動制御されている灯台の光が見える。まだ何キロも先だ。それでも、その光は島のいちばん高いところからメッセージを送ってくる。注意を促す光、励ましを与える光を。

私はもう一度キャラムをふりかえる。手を伸ばして、助手席のわきに置かれた冷たい彼の手に触れる。ケルトの指輪に触れる。ここにいるのは、私が三歳のとき肩車をしてくれた男だ。島から肩車をして氷の上を歩いて渡ったけれど、ふたたび私を連れて島に帰ることはできなかった。

島には、誰にも顧みられることのない真水の湧く泉があり、甘く新鮮な恵みが夜の白い闇にあふれ出ている。

死者を運べ。フォイス・ド・タナム。彼の霊よ、安らかなれ。

「誰でも、愛されるとよりよい人間になる」

1314　バノックバーンの戦い（ロバート1世）。〈105, 274〉

1497　カボットがカナダ東岸を発見。現在のケープ・ブレトンに上陸。

1534　ブルターニュ人がケープ・ブレトンに上陸。フランス領と宣言。

1603　スコットランドとイングランド同君連合成立。

1644　スコットランド軍がイングランドの内戦に参入。モントローズ挙兵。〈108〉

1689　キリークランキーの戦い（ハイランド軍、政府軍をキルクランに敗走させる）。〈106〉

1692　グレンコーの虐殺。〈112, 144〉

1744　イギリス軍がルイブールを攻略。ケープ・ブレトンを奪取。

1745　チャールズ王子、ハイランドに上陸。王位奪回の決起を促す。キャラム・ルーア21歳。〈30, 186〉

1746　カローデンの戦い（反乱軍完敗）。〈128, 240, 263〉

1748　ケープ・ブレトンとルイブールはフランスへ返還される。

1758　イギリスがルイブールを最終的に攻略し、破壊。

1759　アブラハム平原の戦い（ジェームズ・ウルフ戦死）。〈32, 217, 275〉

1763　ヌーヴェル・フランスはケベック植民地と改称され、ケープ・ブレトンはノヴァ・スコシアに併合される。

1779　キャラム・ルーア一家、ケープ・ブレトンに移住。

1784　ノヴァ・スコシアから分離してケープ・ブレトン植民地となる。〈37〉

1820　ケープ・ブレトン植民地がノヴァ・スコシア植民地に再併合。〈37〉

1834　キャラム・ルーア死亡。

1867　カナダ連邦設立。〈37〉

＊〈　〉内はこの項の登場する本文頁

# 訳者あとがき

本書はカナダの作家アリステア・マクラウドの長編小説（原題 No Great Mischief）の翻訳である。既刊短編集『灰色の輝ける贈り物』と『冬の犬』のあとがきでも紹介したが、マクラウドは一九九九年にこの長編が出るまでカナダでもあまり知られていなかった寡作な作家で、大学教師と六人の子供の父親としての生活を大切にしながら、主に夏休みを利用して、一、二年に一篇の割合でこつこつと短編を書いていた。

そんなマクラウドが初の長編を書きはじめたのは一九八六年。この年までに二冊の短編集しか出版していなかったが、文学界や読書好きのあいだでは高い評価を得ており、長編執筆の噂が広まるとその完成が熱く待ち望まれていた。

その間のいきさつを、出版社マクレランド&スチュワートのダグラス・ギブソンがエッセイに書いている。マクラウドとは旧知の仲だったギブソンは、半年に一度電話をかけるくらいで性急な催促は控え、根気よく待っていたのだが、執筆開始から十三年後の一九九九年はじめの電話で、ようやく終わりそうだと聞いて、秋までにやりましょうと持ちかけて合意をとりつける。でも、ギブソンはまだ一枚の原稿も目にしていない。「秋まで」とは「秋までに完成させる」という意味に理解していたマクラウドは、原稿を見たいというギブソンに「まだだ」と断るが、ギブソンは「とにかくそちらに行くから」と電話して、ウイスキーを手土産にウインザーの自宅まで強引に押しかける。こうして、十三年というスローペースのマラソンは、ゴール手前で一転、「息が切れそうな追い込みレースの七月」を経て、ついにその年の秋、ゴールインした。「彼がいなかったら、もっと時間がかかっていただろう」とマクラウドはカナダの『マクリーンズ』誌に語っている。まもなく、作品を絶賛する書評が続々と出はじめ、それまではまったく縁のなかったベストセラー入りもして、一年近くリストにとどまり、国内、国外のさまざまな文学賞を受けるなど大きな反響を呼んだ。また二〇〇〇年には、読者の要望に応えて全短編集『Island』も出版され、これもベストセラーになった。

これはスコットランド系カナダ人の、ある一族の物語である。

カナダのオンタリオ南部で開業する裕福な歯科医の「私」ことアレグザンダー・マクドナルドが、トロントのぼろアパートに住む兄キャラムを訪ねるために、黄金色の秋景色のなかをドライブしながら語りだすところから、この物語は始まる。優秀で豪胆な坑夫としてみんなのリーダー格だった兄が、なぜ今は生きる希望を失い、アルコールに溺れ、死を待つだけのみじめな生活を送っているのか。なぜ「私」は毎週末、往復八百キロ近くも車を走らせて兄の様子を見にゆくのか。偶然の出来事が運命のように「私」とキャラムの人生を変え、まったく別々の道を歩むことになった経緯も含め、マクドナルド家に代々語り継がれてきた移住のエピソードや、「私」を育ててくれた好人物の祖父母たち、少年時代を過ごしたケープ・ブレトンの自然、「終わりのない円」のような対立の歴史が影を落とす鉱山での争い、みずからのルーツに対する郷愁とそれを失ってゆく負い目などが、過去と現在とを往きつ戻りつしながら、「私」の口から語られてゆく。

この物語の影の主役は歴史である。遠いスコットランドの歴史、イギリスとフランスが争ったカナダの歴史、二百年余り前にハイランドから追われるようにケープ・ブレトン島に渡ってきたキャラム・ルーア一族の歴史、そして現代のマクドナルド一家のそれぞれの歴史。遠い過去の声が基調音となって物語全体にBGMのように響いている。そのトーンはスコットランドのハイランドやケープ・ブレトンを知らなくても充分に伝わってくるが、本書によく引用される二つの歴史的事件を中心に、少しだけ背景を説明しておこう。

（1） スコットランドの**「一七四五年」**と**「カローデンの戦い」**

スコットランドは、六世紀にアイルランドから渡ってきたケルト系のスコット人が定住した地で、民族と王室と宗教がからまりあった複雑きわまりない歴史をもつ。たびたびイングランドから侵略され、常に独立を脅かされてきた一方、同じスコットランドでも、ローランド（低地地方）の支配層はより洗練されたイングランドの影響を強く受け、王室同士の政略結婚による結びつきもあった。他方、**ハイランド**（高地および島嶼地方）は**氏族**《クラン》のもとに固い団結を守り、ゲール語を話す独特の文化を誇りにする人々が住んでいた。時がたつにつれ、このハイランドの伝統も次第に失われてゆくのだが、今日、私たちがスコットランド的なものとして思い浮かべるタータン・チェックやキルト、バグパイプ、音楽、あるいは忠誠心に篤い勇敢な戦士のイメージなどは、すべてハイランドの文化といっていい。

こうした背景に十六世紀の宗教改革による対立が加わり、ますます複雑かつ微妙な関係になってゆくスコットランドとイングランドが、「君主連合」によって一人の君主を戴くようになったのは一六〇三年のこと。スペイン無敵艦隊を破って大英帝国の基礎を築いたエリザベス女王が、独身を通して子供がいなかったので、血縁にあたるスコットランド国王ジェームズ六世がイングランド国王を兼ねることになったのだ。ところが、このジェームズがロンドンに行ったきり帰ってこなかったため、結果的にスコットランドはイングランドに併合されたも同然になってゆく。そのうち、清教徒《ピューリタン》革命が起こってジェームズの息子チャールズ一世が断頭台に消え（一六四九）、すぐに王政復古はなるものの、英国国教会の強いイングランドでは、新しく王位についたカトリックのジェームズ二世は嫌われて退位させられ（一六八九年名誉革命）、オランダ王室のウィリアムが国王として迎えられた。

ジェームズ二世は、カトリック国であるフランスへ逃げる（スコットランドとフランスの「古き同盟」は十三世紀末にまで遡る）が、スコットランド王家の血を引く王が追放されたことに憤慨して、王位奪還をはかる一派が生まれた。彼らはジェームズのラテン語名にちなんで「ジャコバイト」と呼ばれ、その後たびたび反乱を起こした。**「グレンコーの虐殺」**はそんな背景のもとにおこなわれた。ハイランドの氏族は新しく王位についたウィリアムへの「臣下の誓い」を一六九一年一月一日までにするよう求められたが、雪で道に迷ったグレンコーのマクドナルド家の族長**「マク・イアン」**（マキーアン）はその期限に遅れた。しばらくして百二十人の兵士が、徴税のためという名目で二週間マクドナルド一族の家々に泊まって歓待を受けたあと、二月十三日早朝、世話になった彼らを襲い、三十八人を虐殺した。ハイランドはジャコバイトの温床とみなされていたので、反抗的な一族は厳しく監視されて折りあるごとに迫害されたが、ささいなミスを口実におこなわれたこの一族皆殺しは、スコットランドじゅうの激しい怒りを買った。

ジャコバイトの最後の反乱といわれるのが、**「一七四五年」**の**チャールズ王子**（一七二〇-八八）の決起である。明るくハンサムなこの若者は**「ボニー・プリンス・チャーリー」**の愛称で呼ばれ、フランスに逃れたジェームズ二世の孫にあたる。王子はフランスからひそかにハイランドの海岸に上陸した。その上陸地点が、本書のキャラム・ルーアの故郷**モイダート**だ。それ以前、王子の父親がフランス艦隊を引き連れて上陸を試みたものの、イギリス艦隊を目の前にして戦わずにフランスに帰ってしまったこともあった。しかし、王子がわずかな数の友を連れて王位奪還にやってくると、あれよという間にハイランドのジャコバイトたちが集結し、一ヵ月で二千人に達し、二ヵ月後にはエディンバラを占拠していた。その後も王子率いる反乱軍は増えつづけ、破竹の勢いでロンドンの近くまで迫るが、政府の軍勢はその数倍、当てにしていたフランスから援軍の船も到着せず、このままでは勝算なしと見て、チャールズの軍隊は退却を始めた。結局、そのままずるずるとハイランドまで戻り、一七四六年四月、ネス湖近くの**カローデン・ムーア**で政府軍と最後の決戦をまじえることになる。この「**カローデンの戦い**」は、大砲という政府軍の新兵器によってわずか三十分でカタがつき、反乱に加わったハイランドの氏族には過酷な報復が加えられた。この戦いで政府軍を指揮したカンバーランド公の副官だったのが、**ジェームズ・ウルフ**（一七二七－五九）だった。

しかし、ウルフが後世に「英雄」として名を残したのは、十三年後の一七五九年、かつての敵ハイランダーを味方につけてフランスを相手にカナダで戦った「アブラハム平原の戦い」の功績による。彼はかつては敵だったハイランダーを全面的には信用せず、「ひそかなる敵」と呼んで、「**彼らが倒れても、たいした損失ではない No great mischief if they fall.**」と書いていた。この言葉は本書で何度か引用され、原題にもなっている。

（2）カナダの「**アブラハム平原の戦い**」

いわゆる大航海時代の幕開けとなった十五世紀末、ヨーロッパ人探検家として最初にカナダの地を踏んだのは、イングランド国王の命により北米探検に乗り出して、ケープ・ブレトン島に上陸したイタリア人ジョヴァンニ・カボットである。十六世紀は英仏が競って「発見」した場所を、自分の領土だと勝手に宣言していた時代で、本格的に植民が始まるのは十七世紀に入ってからのこと。フランスは早くからカナダに関心をもち、アカディア（現在のノヴァ・スコシア、ニューブランズウィック、米国のメイン州にまたがる一帯）とヌーヴェル・フランス（ケベック、オンタリオ両州）を広く「領有」していたが、当時のヨーロッパにおける英仏の覇権争いはそのまま北米の植民地争奪戦にもちこまれ、結局はスペイン継承戦争後のユトレヒト条約（一七一三）で、アカディアの領有権をイギリスに譲った。

つまり、ごくおおざっぱに分ければ、植民地としてのカナダは、十六世紀の「発見」の時代、十七世紀のフランスによる拡大時代、十八世紀前半の英仏による争奪の時代を経て、十八世紀後半にイギリス支配が確立されたと言える。

**ケープ・ブレトン島**も十七世紀前半にフランスのブレトン（ブルターニュ）から移住してきた人々によって開拓され、島の名前はそれに由来するが、やはりイギリスに奪取される。この島の要塞ルイブール（ルイスバーグ）を拠点にさらなる植民地拡大をめざして、**ジェームズ・ウルフ**はセント・ローレンス川を遡ってヌーヴェル・フランスのケベックへ遠征し、**「アブラハム平原の戦い」**に勝利した。

戦場となったアブラハム平原は、ケベック・シティの川沿いにそそり立つ高さ五十三メートルの断崖の上にある。一七五九年九月十二日深夜、フランス軍の見張りにフランス語で「補給物資を運んできた」と答えて油断させ、この崖をよじ登って先陣を切ったのが、イギリス軍の**ハイランダー部隊**だった。カローデンの戦いで敗けたあとフランスに亡命し、その後恩赦で帰国したハイランダーたちは、フランス語が話せたのだ。フランス軍の将**モンカルム**の意表をつくこの奇襲作戦が成功し、翌日には決着がついて、ウルフは勝利の報を聞きながら、モンカルムは敗北を知らないまま、ともに戦死した。

この戦いをきっかけに、カナダ支配を決定的にしたイギリスではあったが、すでにヌーヴェル・フランスには八万人のフランス系住民が定着しており、少数のイギリス人が統治するのは困難とされ、この地域にはフランス民法、フランス語の使用、カトリックの信仰が認められた。しかしその後、アメリカの独立（一七七五－八三）に反対してイギリスに忠誠を誓う王党派《ロイヤリスト》が大挙して押し寄せ、フランス系住民と対立した。この対立は根深く、今にいたるまでケベック州の独立運動として続いている。本書で重要なパートを占めるフランス系カナダ人とキャラムたちの抗争には、こうした遠い過去の記憶が織りこまれている。

ところで、カローデンの戦いに敗れたあと、ハイランドではチャールズ王子に味方した氏族《クラン》にすさまじい弾圧が加えられたのだが、ウルフに従ってカナダに遠征したハイランダーたちのように、その後、イギリス国王に忠誠を誓って軍隊に加わった者も多く、勇猛果敢なスコットランド・ハイランド連隊として名を馳せ、大英帝国の植民地戦争や世界大戦の最前線に送りこまれてきた。去年十一月、新聞に「今月からは、ブラックウオッチと呼ばれるスコットランド部隊が、今最も危険なバグダッド南での軍事掃討作戦に加わった」という記事が載っていた（二〇〇四年十一月十三日付け朝日新聞酒井啓子〈アジア経済研究所参事〉）。ブラックウオッチというのはジャコバイト残党を監視するために組織されたスコットランド・ハイランド部隊で、黒っぽいタータンを着けていたことからその名があるが、ああ、イラクでもか、と遠い過去の戦いの響きを聞くような思いがした。

語り手の「私」は、モイダートからケープ・ブレトンに渡ったキャラム・ルーアから数えて六代目の子孫にあたるが、作者のマクラウドもやはりスコットランド移民の六代目で、父方の祖先がインナー・ヘブリディーズ諸島から渡ってきたのだそうだ（『ザ・スコッツマン』紙）。ケープ・ブレトンのゲール語を話すハイランド文化のなかで育ったマクラウドの、自分のルーツに対する大きな関心と愛着は、程度の差はあれ、どの作品にも色濃く反映されている。

マクラウドは、二〇〇〇年に六十四歳でウインザー大学の教職を引退したあとも、創作講座、講演、朗読会などで忙しい日々を送っているらしい。二〇〇三年のインタビューで「今は何を書いているのか」という質問に、「短編を考えている。ダグには内緒だよ」（『マクリーンズ』）と答えていたが、新しい短編が発表されたというニュースはまだ届いていない。短編にしろ、なにせ三十一年間に十六篇しか書いていない作家だから、気長に待つしかないけれど、書きつづけてほしい。

朝早くコーヒーの入った魔法瓶とボールペンとメモ用紙を持って、ケープ・ブレトンの海を見渡す崖の上の電気も水道もない小屋に行き、机の前に坐って仕事を始めたというかつての夏休みのように。

今回もたくさんの人々に助けていただきましたが、とりわけゲール語の翻訳でお世話になったチャールズ・マーシャルさんに深く感謝いたします。

二〇〇五年一月　　　　中野恵津子

《主な参考文献》

『スコットランド王国史話』（森護著、中公文庫）
『スコットランドの聖なる石』（小林章夫著、ＮＨＫブックス）
『スコットランド物語』（ナイジェル・トランター著、杉本優訳、大修館書店）
『世界歴史の旅　スコットランド』（富田理恵著、山川出版社）
『カナダの歴史　大英帝国の忠誠な長女　１７１３－１９８２』（木村和男、フィリップ・バックナー、ノーマン・ヒルマー共著、刀水書房）
"Crucible of War——The Seven Years' War and the Fate of Empire in British North America, 1754-1766"（Fred Anderson, Faber and Faber）
"Alistair MacLeod——Essays on His Works"（edited by Irene Guilford, Guernica）

No Great Mischief
Alistair MacLeod

# 彼方《かなた》なる歌《うた》に耳《みみ》を澄《す》ませよ


著者
アリステア・マクラウド
訳者
中野恵津子
発行
2005年2月25日
5刷
2014年11月15日
発行者　佐藤隆信
発行所　株式会社新潮社
〒162-8711 東京都新宿区矢来町71
電話 編集部 03-3266-5411
読者係 03-3266-5111
http://www.shinchosha.co.jp

印刷所
株式会社精興社
製本所
大口製本印刷株式会社

乱丁・落丁本は、ご面倒ですが小社読者係宛お送り下さい。
送料小社負担にてお取替えいたします。
価格はカバーに表示してあります。



ISBN978-4-10-590045-8 C0397

CREST BOOKS
Shinchosha